Agatha Mary Clarissa Miller wurde am 15. September 1890 in Torquay, Devon, als Tochter einer wohlhabenden Familie geboren. 1912 lernte Agatha Miller Colonel Archibald Christie kennen, den sie bei Ausbruch des Ersten Weltkriegs heiratete. Die Ehe wurde 1928 geschieden. Zwei Jahre später schloss sie die Ehe mit Max E. L. Mallowan, einem um 14 Jahre jüngeren Professor der Archäologie, den sie auf vielen Forschungsreisen in den Orient als Mitarbeiterin begleitete. Im Lauf ihres Lebens schrieb die «Queen of Crime» 73 Kriminalromane, unzählige Kurzgeschichten, 20 Theaterstücke, 6 Liebesromane (unter dem Pseudonym «Mary Westmacott»), einen Gedichtband, einen autobiografischen Bericht über ihre archäologischen Expeditionen sowie ihre Autobiografie. Ihre Kriminalromane werden in über 100 Ländern verlegt, und Agatha Christie gilt als die erfolgreichste Schriftstellerin aller Zeiten. 1965 wurde sie für ihr schriftstellerisches Werk mit dem «Order of the British Empire» ausgezeichnet. Agatha Christie starb am 12. Januar 1976 im Alter von 85 Jahren.

Unsere Adresse im Internet: www.fischer-tb.de

Agatha Christie

Der blaue Express

Roman

Aus dem Englischen von
Gisbert Haefs

Fischer Taschenbuch Verlag

Limitierte Sonderausgabe
Veröffentlicht im Fischer Taschenbuch Verlag,
einem Unternehmen der S. Fischer Verlag GmbH,
Frankfurt am Main, Januar 2004

Lizenzausgabe mit freundlicher Genehmigung der Scherz Verlag AG, Bern

Die Originalausgabe erschien unter dem Titel
‹The Mystery of the Blue Train› bei HarperCollins, London.

Deutsche Neuausgabe der Übersetzung von Gisbert Haefs,
Scherz Verlag, Bern 2000
Gesamtherstellung: Ebner & Spiegel, Ulm
Printed in Germany
ISBN 3-596-50779-0

Zwei hervorragenden Mitgliedern des O. F. D. gewidmet –
Carlotta und Peter

Erstes Kapitel

Der weißhaarige Mann

Es war beinahe Mitternacht, als ein Mann den Place de la Concorde überquerte. Trotz des schönen Pelzmantels, der seine magere Gestalt umgab, haftete ihm etwas grundlegend Schwaches und Schäbiges an.

Ein kleiner Mann mit einem Rattengesicht. Ein Mann, möchte man sagen, der nie eine bedeutende Rolle spielen oder in irgendeinem Umfeld herausragen könnte. Und doch hätte ein Betrachter sich geirrt, wenn er zu diesem Schluss gelangt wäre. Denn dieser Mann, so gering und unscheinbar er auch schien, spielte eine wichtige Rolle im Geschick der Welt. In einem Reich, in dem die Ratten herrschten, war er der König der Ratten.

Gerade jetzt wartete eine Botschaft auf seine Rückkehr. Aber er hatte vorher noch Geschäfte zu erledigen – Geschäfte, von denen die Botschaft offiziell keine Kenntnis hatte. Sein Gesicht glomm weiß und scharf im Mondlicht. Die leise Andeutung einer Krümmung war in der schmalen Nase. Sein Vater war polnischer Jude gewesen, Schneidergeselle. Was ihn in dieser Nacht unterwegs sein ließ, war ein Geschäft, wie es sein Vater geliebt hätte.

Er erreichte die Seine, ging über die Brücke und betrat eines der weniger reputierlichen Viertel von Paris. Vor einem hohen, verwahrlosten Haus blieb er stehen und stieg dann zu einer Wohnung im vierten Stock hinauf. Er hatte kaum die Zeit zum

Klopfen, als die Tür schon von einer Frau geöffnet wurde, die offenbar auf ihn gewartet hatte. Sie begrüßte ihn nicht, half ihm aber aus dem Mantel und ging voran in ein geschmacklos eingerichtetes Wohnzimmer. Die elektrische Lampe wurde gedämpft durch einen Schirm aus schmutzig rosa Girlanden, was das Gesicht des Mädchens mit der Maske aus grob aufgetragener Schminke zwar weicher machte, aber nicht zu verschleiern vermochte. Es konnte auch nicht ihre breiten mongolischen Züge verbergen. Am Beruf von Olga Demiroff gab es keinen Zweifel, ebenso wenig an ihrer Nationalität.

«Alles in Ordnung, Kleines?»

«Alles in Ordnung, Boris Iwanowitsch.»

Er nickte und murmelte: «Ich glaube nicht, dass mir jemand gefolgt ist.»

Aber seine Stimme klang besorgt. Er ging zum Fenster, zog die Vorhänge ein wenig zur Seite und spähte vorsichtig hinaus. Er fuhr heftig zurück.

«Da sind zwei Männer draußen – auf der anderen Straßenseite. Mir scheint …» Er brach ab und begann an den Nägeln zu kauen, was er immer tat, wenn er beunruhigt war.

Die Russin schüttelte langsam, beschwichtigend den Kopf.

«Die waren schon da, bevor du gekommen bist …»

«Trotzdem sieht es so aus, als ob sie dieses Haus beobachten.»

«Möglich», räumte sie gleichgültig ein.

«Aber dann …»

«Na und? Selbst wenn sie etwas wissen – von hier aus werden sie nicht *dich* verfolgen.»

Ein dünnes, grausames Lächeln kroch um seine Lippen.

«Nein», gab er zu, «das stimmt.»

Er überlegte ein paar Momente und bemerkte dann:

«Dieser verdammte Amerikaner – soll selber auf sich aufpassen, wie jeder andere.»

«Finde ich auch.»

Er ging wieder zum Fenster.

«Harte Jungs», murmelte er mit einem Glucksen. «Sicher gute Bekannte der Polizei. Na, ich wünsche Bruder Apache eine gute Jagd.»

Olga Demiroff schüttelte den Kopf.

«Wenn der Amerikaner wirklich der Mann ist, für den man ihn hält, dann sind mehr als ein paar feige Apachen nötig, um mit ihm fertig zu werden.» Sie machte eine Pause. «Ich frage mich nur…»

«Ja?»

«Ach, nichts, aber heute Abend ist zweimal ein Mann die Straße entlanggegangen – einer mit weißem Haar.»

«Und?»

«Als er an den beiden da vorbeigekommen ist, hat er einen Handschuh fallen lassen. Einer hat ihn aufgehoben und ihm zurückgegeben. Ziemlich durchsichtig.»

«Du meinst, der Weißhaarige ist ihr – ihr Auftraggeber?»

«So was Ähnliches.»

Der Russe blickte beunruhigt und besorgt drein.

«Bist du sicher – dass das Paket in Sicherheit ist? Niemand hat sich daran zu schaffen gemacht? Es ist so viel geredet worden – viel zu viel geredet.»

Er kaute wieder an den Nägeln.

«Überzeuge dich selbst.»

Sie beugte sich zur Feuerstelle und schob geschickt die Kohlen beiseite. Darunter lagen zerknüllte Papierklumpen; mitten heraus nahm sie ein längliches Päckchen, in schmieriges Zeitungspapier gewickelt, und reichte es dem Mann.

«Gerissen», sagte er mit einem beifälligen Nicken.

«Die Wohnung ist zweimal durchsucht worden. Man hat die Matratze in meinem Bett aufgeschlitzt.»

«Wie ich schon sagte», murmelte er. «Es ist zu viel geredet worden. Dieses Feilschen um den Preis – das war ein Fehler.»

Er hatte das Zeitungspapier entfernt. Darin lag ein kleines, braunes Papierpäckchen. Er öffnete es, prüfte den Inhalt und wickelte alles schnell wieder ein. Als er noch damit beschäftigt war, schrillte eine Klingel.

«Der Amerikaner ist pünktlich», sagte Olga mit einem Blick auf die Uhr.

Sie verließ den Raum. Nach einer Minute führte sie einen Fremden herein, einen großen, breitschultrigen Mann, der ganz offensichtlich von jenseits des Atlantiks stammte. Sein scharfer Blick ging von der Frau zum Mann.

«Monsieur Krassnine?», fragte er höflich.

«Der bin ich», sagte Boris. «Ich muss mich für – für diesen ungewöhnlichen Treffpunkt entschuldigen. Aber Geheimhaltung ist unabdingbar. Ich – ich kann es mir nicht leisten, mit diesem Geschäft in Verbindung gebracht zu werden.»

«Ich verstehe», sagte der Amerikaner höflich.

«Ich habe Ihr Wort, nicht wahr, dass kein Detail dieser Transaktion an die Öffentlichkeit gelangt? Das ist eine der Verkaufsbedingungen.»

Der Amerikaner nickte.

«Das haben wir doch schon vereinbart», sagte er gleichmütig. «Vielleicht könnten Sie mir jetzt die Ware zeigen.»

«Sie haben das Geld bei sich – in Banknoten?»

«Ja», erwiderte der andere.

Er machte jedoch keine Anstalten, das Geld zu zeigen. Nach kurzem Zögern deutete Krassnine auf das Päckchen auf dem Tisch.

Der Amerikaner nahm es und wickelte das Packpapier ab. Mit dem Inhalt ging er zu einer kleinen Lampe und prüfte ihn sehr gründlich. Er schien zufrieden, zog aus seiner Tasche eine dicke lederne Brieftasche und entnahm ihr ein Bündel Banknoten. Diese gab er dem Russen, der sie sorgfältig zählte.

«In Ordnung?»

«Ich danke Ihnen, Monsieur. Alles ist korrekt.»

«Ah!», sagte der andere. Lässig steckte er sich das Päckchen in die Tasche. Er verbeugte sich vor Olga. «Guten Abend, Mademoiselle. Guten Abend, Monsieur Krassnine.»

Er ging hinaus und schloss die Tür hinter sich. Die Augen der beiden im Raum trafen sich. Der Mann fuhr mit der Zunge über seine trockenen Lippen.

«Ich frage mich – ob er je zu seinem Hotel zurückkommt?»

Wie auf Verabredung gingen die beiden ans Fenster. Sie kamen gerade rechtzeitig, um zu sehen, wie der Amerikaner unten auf die Straße trat. Er wandte sich nach links und ging raschen Schrittes die Straße entlang, ohne sich auch nur einmal umzusehen. Aus einem Hausflur stahlen sich zwei Schatten und folgten ihm lautlos. Die Verfolger und der Verfolgte verschwanden in der Nacht. Olga Demiroff sagte:

«Er wird unbehelligt heimkommen. Du hast nichts zu befürchten – oder zu hoffen – was auch immer.»

«Warum glaubst du, dass er sicher ist?», fragte Krassnine neugierig.

«Ein Mann, der so viel Geld gemacht hat wie er, kann kein Dummkopf sein», sagte Olga. «Und da wir von Geld reden ...»

Sie sah Krassnine bedeutsam an.

«Hm?»

«Mein Anteil, Boris Iwanowitsch.»

Ein wenig widerwillig gab Krassnine ihr zwei der Scheine. Sie nickte zum Dank, ohne jede Gefühlsregung, und steckte sie in ihren Strumpf.

«Das ist gut», bemerkte sie befriedigt.

Er sah sie neugierig an.

«Du empfindest kein Bedauern, Olga Wassilowna?»

«Bedauern? Weshalb?»

«Wegen der Dinge, die du aufbewahrt hast. Es gibt Frauen – die meisten Frauen, glaube ich, würden bei so etwas verrückt werden.»

Sie nickte versonnen.

«Ja, da hast du Recht. Die meisten Frauen leiden an diesem Wahnsinn. Ich nicht. Ich frage mich…» Sie brach ab.

«Was denn?», fragte Krassnine neugierig.

«Der Amerikaner ist in Sicherheit, trotz des Päckchens, das er bei sich trägt – ja, davon bin ich überzeugt. Aber später…»

«Eh? Woran denkst du?»

«Er wird sie natürlich einer Frau schenken», sagte Olga nachdenklich. «Ich frage mich, was dann geschieht…»

Sie riss sich zusammen und ging zum Fenster. Plötzlich stieß sie einen Laut aus und rief ihren Gefährten.

«Sieh mal, jetzt geht er die Straße entlang – der Mann, von dem ich gesprochen hatte.»

Beide starrten gemeinsam hinunter. Eine schlanke, elegante Gestalt ging gemächlich vorbei. Sie trug Zylinder und Abendmantel. Als sie unter einer Laterne entlangging, fiel das Licht auf einen vollen weißen Schopf.

Zweites Kapitel

Monsieur le Marquis

Der Weißhaarige ging ohne Eile seines Weges, anscheinend völlig gleichgültig seiner Umgebung gegenüber. Er bog in eine Seitenstraße nach rechts ein und in eine weitere nach links. Hin und wieder summte er eine Melodie vor sich hin.

Plötzlich blieb er stehen und lauschte gespannt. Er hatte ein bestimmtes Geräusch gehört. Es konnte das Platzen eines Reifens gewesen sein oder vielleicht – ein Schuss. Ein seltsames Lächeln spielte kurz um seine Lippen. Dann ging er gelassen weiter.

Als er um die nächste Ecke bog, erreichte er eine recht bewegte Szenerie. Ein Hüter des Gesetzes schrieb etwas in sein Notizbuch, und ein paar späte Passanten hatten sich angesammelt. Einen von ihnen bat der Weißhaarige höflich um Auskünfte.

«Hier ist etwas vorgefallen, nicht wahr?»

«*Mais oui*, Monsieur. Zwei Apachen haben einen älteren amerikanischen Herrn überfallen.»

«Haben sie ihm etwas getan?»

«Aber keineswegs.» Der Mann lachte. «Der Amerikaner hatte einen Revolver in der Tasche, und ehe sie ihm etwas tun konnten, hat er sie so mit Kugeln eingedeckt, dass die Kerle Angst gekriegt haben und geflohen sind. Die Polizei ist wie üblich zu spät gekommen.»

«Ah!», bemerkte der Frager.

Er zeigte keinerlei Gemütsregung.

Gelassen und unberührt nahm er seinen nächtlichen Bummel wieder auf. Bald überquerte er die Seine und gelangte in die reicheren Viertel der Hauptstadt. Etwa zwanzig Minuten später blieb er vor einem bestimmten Haus in einer ruhigen, eher aristokratischen Straße stehen.

Der Laden, denn ein solcher war es, wirkte zurückhaltend und unaufdringlich. D. Papopoulos, Antiquitätenhändler, war so berühmt, dass er keine Reklame brauchte, und tatsächlich machte er die meisten Geschäfte nicht am Ladentisch. Monsieur Papopoulos besaß eine sehr elegante Wohnung an den Champs-Elysées, und man hätte ihn natürlich zu dieser Zeit eher dort erwartet als in seinem Geschäft, aber der Weißhaarige schien seiner Sache sicher, als er die fast verborgene Türglocke drückte, nachdem er zunächst einen schnellen Blick die verlassene Straße hinauf und hinab geworfen hatte.

Seine Zuversicht war gerechtfertigt. Die Tür öffnete sich, und ein Mann stand im Rahmen. Er trug goldene Ohrringe und war von eher dunkler Hautfarbe.

«Guten Abend», sagte der Fremde. «Ihr Herr ist zu Hause?»

«Er ist da, aber zu dieser Nachtzeit empfängt er keine unangemeldeten Besucher», knurrte der andere.

«Ich glaube, er wird mich empfangen. Sagen Sie ihm, sein Freund Monsieur le Marquis sei da.»

Der Mann öffnete die Tür etwas weiter und ließ den Besucher eintreten.

Der andere, der sich Monsieur le Marquis nannte, hatte beim Sprechen das Gesicht mit der Hand bedeckt. Als der Diener mit der Mitteilung zurückkehrte, dass Monsieur Papopoulos sich freuen würde, den Besucher zu empfangen, war eine Veränderung im Aussehen des Fremden erfolgt. Der Diener musste entweder sehr unaufmerksam oder sehr gut ausgebildet sein, denn er zeigte keinerlei Überraschung angesichts der kleinen schwarzen Seidenmaske, die die Züge des anderen verbarg.

Der Diener ging voran zu einer Tür am Ende des Vorraums, öffnete sie und meldete in einem respektvollen Gemurmel: «Monsieur le Marquis.»

Die Gestalt, die sich erhob, um diesen seltsamen Gast zu empfangen, war beeindruckend. Monsieur Papopoulos haftete etwas Ehrwürdiges und Patriarchalisches an. Er hatte eine hohe, gewölbte Stirn und einen schönen weißen Bart. In seiner Manier war etwas von einem gütigen Geistlichen.

«Mein lieber Freund», sagte Monsieur Papopoulos. Er sprach französisch, und seine Stimme war schwer und salbungsvoll.

«Ich muss um Entschuldigung bitten», sagte der Besucher, «dass ich zu so später Stunde komme.»

«Aber keineswegs», sagte Monsieur Papopoulos. «Eine interessante Zeit. Hatten Sie möglicherweise einen interessanten Abend?»

«Nicht persönlich», sagte Monsieur le Marquis.

«Nicht persönlich», wiederholte Monsieur Papopoulos, «nein, nein, natürlich nicht. Und es gibt Neuigkeiten, wie?»

Er warf seinem Besucher einen scharfen Seitenblick zu, einen Blick, der nicht im Geringsten priesterlich oder gütig war.

«Es gibt nichts Neues. Der Anschlag ist misslungen. Ich hatte kaum etwas anderes erwartet.»

«Ganz recht», sagte Monsieur Papopoulos, «jede rohe Gewalt ...»

Er machte eine Handbewegung, die seine intensive Ablehnung für jede Form von Rohheit ausdrückte. Tatsächlich war nichts Rohes an Monsieur Papopoulos und den Gütern, mit denen er handelte. An den meisten europäischen Fürstenhöfen war er sehr bekannt, und Könige nannten ihn freundschaftlich Demetrius. Er stand im Ruf erlesenster Diskretion. Dies und sein aristokratisches Aussehen hatten ihm bei mehreren fragwürdigen Transaktionen geholfen.

«Der direkte Angriff ...», sagte Papopoulos. Er schüttelte den Kopf. «Manchmal ist er nützlich. Aber sehr selten.»

Der andere zuckte mit den Schultern.

«Er spart Zeit», bemerkte er, «und kostet nichts, wenn er scheitert – oder fast nichts. Der andere Plan wird nicht scheitern.»

«Ah», sagte Monsieur Papopoulos; er musterte ihn scharf.

Der andere nickte langsam.

«Ich habe großes Vertrauen in Ihren – hm – guten Ruf», sagte der Antiquitätenhändler.

Monsieur le Marquis lächelte sanft.

«Ich glaube sagen zu dürfen», murmelte er, «dass ich Ihr Vertrauen rechtfertigen werde.»

«Sie haben einzigartige Möglichkeiten», sagte der andere, mit etwas wie Neid in der Stimme.

«Ich schaffe sie mir», sagte Monsieur le Marquis.

Er stand auf und griff nach dem Mantel, den er nachlässig auf eine Sessellehne geworfen hatte.

«Ich werde Sie auf dem Laufenden halten, Monsieur Papopoulos, durch die üblichen Kanäle. Aber es darf nichts schief gehen bei Ihren Vorkehrungen.»

Papopoulos wirkte gequält.

«Bei meinen Vorkehrungen gibt es *nie* Schwierigkeiten», protestierte er.

Der andere lächelte, und ohne weitere Abschiedsworte verließ er den Raum; die Tür schloss er hinter sich.

Monsieur Papopoulos stand einen Moment in Gedanken versunken da und strich über seinen ehrwürdigen weißen Bart; dann ging er zu einer zweiten Tür, die sich nach innen öffnete. Als er die Klinke drückte, stolperte eine junge Frau, die nur allzu deutlich mit dem Ohr am Schlüsselloch an der Tür gelehnt hatte, kopfüber ins Zimmer. Monsieur Papopoulos zeigte weder Überraschung noch Ärger. Offenbar fand er all dies ganz natürlich.

«Nun, Zia?», fragte er.

«Ich habe ihn nicht weggehen hören», erklärte Zia.

Sie war eine hübsche junge Frau von junonischer Gestalt, mit dunklen blitzenden Augen, und insgesamt sah sie Monsieur Papopoulos so ähnlich, dass man sie mühelos als Vater und Tochter erkannte.

«Es ist lästig», fuhr sie verärgert fort, «dass man durch ein Schlüsselloch nicht gleichzeitig horchen und schauen kann.»

«Das hat mich oft geärgert», sagte Monsieur Papopoulos sehr schlicht.

«Das also ist Monsieur le Marquis», sagte Zia langsam. «Trägt er immer eine Maske, Vater?»

«Immer.»

Nach einer Pause fragte Zia: «Es geht um die Rubine, nicht wahr?»

Ihr Vater nickte.

«Was hältst du von ihm, meine Kleine?», erkundigte er sich mit einem leicht amüsierten Funkeln in seinen schwarzen Augen.

«Von Monsieur le Marquis?»

«Ja.»

«Ich finde», sagte Zia langsam, «dass man sehr selten einen wohlerzogenen Engländer findet, der so gut französisch spricht.»

«Ah!», sagte Monsieur Papopoulos, «das also findest du?»

Wie gewöhnlich legte er sich nicht fest, betrachtete Zia jedoch mit gütiger Anerkennung.

«Außerdem finde ich», sagte Zia, «dass sein Kopf eine seltsame Form hat.»

«Massig», sagte ihr Vater, «ein wenig massig. Aber diese Wirkung hat eine Perücke immer.»

Die beiden sahen einander an und lächelten.

Drittes Kapitel

Das Feuerherz

Rufus Van Aldin trat durch die Drehtür des *Savoy* und ging zur Rezeption. Der Empfangschef begrüßte ihn mit einem respektvollen Lächeln.

«Freut mich, Sie wieder zu sehen, Mr. Van Aldin.»

Der amerikanische Millionär erwiderte den Gruß mit einem beiläufigen Nicken.

«Alles in Ordnung?», fragte er.

«Ja, Sir. Major Knighton ist jetzt oben in der Suite.»

Van Aldin nickte abermals.

«Post gekommen?», erkundigte er sich.

«Es ist alles nach oben geschickt worden, Mr. Van Aldin. Ah! Einen Augenblick bitte.»

Er tauchte in eines der Fächer und nahm einen Brief heraus.

«Soeben gekommen», erklärte er.

Rufus Van Aldin nahm den Brief entgegen, und als er die Handschrift sah, eine schwungvolle Frauenhandschrift, verwandelte sich sein Gesicht. Die herben Züge schienen weicher, der harte Zug um den Mund entspannte sich. Er sah aus wie ein anderer Mensch. Als er mit dem Brief in der Hand zum Lift ging, lag das Lächeln noch um seine Lippen.

Im Salon seiner Suite saß ein junger Mann an einem Schreibtisch und sortierte die Korrespondenz mit jener Fertigkeit, die lange Praxis verleiht. Er sprang auf, als Van Aldin eintrat.

«Hallo, Knighton!»

«Freut mich, dass Sie wieder da sind, Sir. Hatten Sie angenehme Tage?»

«Ging so», sagte der Millionär gleichmütig. «Paris ist ein bisschen provinziell geworden. Immerhin – ich habe erreicht, was ich wollte.»

Er lächelte grimmig vor sich hin.

«Das tun Sie doch wohl meistens», sagte der Sekretär lachend.

«Allerdings», stimmte der andere zu.

Er sagte es nüchtern und geschäftsmäßig wie jemand, der eine allgemein bekannte Tatsache bestätigt. Er streifte seinen schweren Mantel ab und kam zum Schreibtisch.

«Etwas Dringendes?»

«Ich glaube nicht, Sir. Fast nur das übliche Zeug. Ich bin noch nicht ganz mit dem Sortieren fertig.»

Van Aldin nickte kurz. Er war ein Mann, der selten lobte oder tadelte. Seine Methode den Angestellten gegenüber war einfach; er gab ihnen eine faire Chance, und die Ungeeigneten entließ er prompt. In der Auswahl seiner Leute war er unkonventionell. Knighton, zum Beispiel, hatte er vor zwei Monaten in einem Schweizer Kurort kennen gelernt. Der Mann hatte ihm gefallen; als er dessen Kriegsunterlagen durchsah, fand er darin die Erklärung für sein leichtes Hinken. Knighton hatte kein Geheimnis daraus gemacht, dass er eine Stellung suchte; tatsächlich hatte er den Millionär ganz offen gefragt, ob er nicht einen Posten für ihn wüsste. Van Aldin erinnerte sich mit einem Lächeln grimmiger Belustigung an das maßlose Erstaunen des jungen Mannes, als er ihn kurzerhand selbst als Privatsekretär engagierte.

«Ich – ich habe aber keine kaufmännische Praxis», hatte er gestammelt.

«Ist mir völlig schnuppe», hatte Van Aldin geantwortet. «Für so etwas habe ich schon drei Sekretäre. Ich werde aber wohl sechs Monate in England sein und brauche einen Engländer, der – na ja, die Spielregeln kennt und die gesellschaftlichen Dinge für mich erledigen kann.»

Bisher hatte sich Van Aldins Urteil bestätigt. Knighton erwies sich als schnell, intelligent, einfallsreich und war außerdem charmant.

Der Sekretär wies auf drei oder vier Briefe, die er beiseite gelegt hatte.

«Auf die hier sollten Sie vielleicht selbst noch einen Blick werfen, Sir», riet er. «Der oberste betrifft den Colton-Vertrag …»

Aber Rufus Van Aldin hob abwehrend die Hand.

«Heute Abend schaue ich mir den blöden Kram nicht an», sagte er. «Die können alle bis morgen warten. Bis auf das hier», setzte er hinzu. Dabei blickte er auf den Brief, den er in der Hand hielt. Und wieder glitt jenes seltsame verwandelnde Lächeln über sein Gesicht.

Richard Knighton lächelte verständnisvoll.

«Mrs. Kettering?», murmelte er. «Sie hat gestern und heute angerufen. Sie scheint Sie ganz dringend sofort sehen zu wollen, Sir.»

«Ach, will sie das!»

Das Lächeln schwand aus dem Gesicht des Millionärs. Er riss den Umschlag auf, den er in der Hand hielt, und nahm das Blatt heraus. Während er den Brief las, verfinsterte sich sein Gesicht, um den Mund legte sich wieder der grimme Zug, den man an der Wall Street so gut kannte, und seine Brauen zogen sich Unheil verkündend zusammen. Knighton wandte sich taktvoll ab, öffnete wieder Briefe und sortierte sie. Ein gemurmelter Fluch entfuhr dem Millionär, und seine geballte Faust fiel hart auf den Tisch.

«Das lasse ich mir nicht bieten», knurrte er. «Gut, dass die arme Kleine ihren alten Vater hinter sich hat.»

Einige Minuten lang ging er im Raum auf und ab; die zusammengekniffenen Brauen machten eine Grimasse aus seinem Gesicht. Knighton beugte sich noch immer beflissen über den Schreibtisch. Dann blieb Van Aldin jäh stehen. Er nahm seinen Mantel von dem Sessel, auf den er ihn geworfen hatte.

«Gehen Sie noch einmal aus, Sir?»

«Ja, ich gehe zu meiner Tochter.»

«Wenn Coltons Leute anrufen...?»

«Sagen Sie ihm, sie sollen zum Teufel gehen.»

«Sehr wohl», sagte der Sekretär gleichmütig.

Van Aldin hatte inzwischen den Mantel angezogen. Er setzte den Hut auf und ging zur Tür. Mit der Hand an der Klinke blieb er stehen.

«Sie sind ein guter Kerl, Knighton», sagte er. «Sie belästigen mich nicht, wenn ich Sorgen habe.»

Knighton lächelte flüchtig, antwortete aber nicht.

«Ruth ist mein einziges Kind», sagte Van Aldin, «und niemand weiß wirklich, was sie mir bedeutet.»

Ein schwaches Lächeln erhellte seine Züge. Er steckte die Hand in die Tasche.

«Soll ich Ihnen was zeigen, Knighton?»

Er kam zum Sekretär zurück.

Aus der Tasche zog er ein nachlässig in braunes Papier gewickeltes Päckchen. Er ließ die Hülle fallen und hielt ein großes, schäbiges rotes Samtetui hoch. In der Mitte des Deckels waren verschlungene Initialen mit einer Krone darüber zu sehen. Er klappte das Etui auf, und der Sekretär schnappte nach Luft. Auf der schmutzig weißen Unterlage glühten die Steine wie Blut.

«Mein Gott! Sir», sagte Knighton. «Sind sie – sind sie echt?»

Van Aldin stieß ein leises, erheitertes Keckern aus.

«Wundert mich nicht, dass Sie das fragen. Unter diesen Rubinen sind die drei größten der Welt. Katharina von Russland hat sie getragen, Knighton. Der in der Mitte ist als das *Feuerherz* bekannt. Er ist vollkommen – nicht der kleinste Makel.»

«Aber», murmelte der Sekretär, «die müssen ein Vermögen wert sein.»

«Vier- oder fünfhunderttausend Dollar», sagte Van Aldin beiläufig, «abgesehen vom historischen Interesse.»

«Und Sie tragen das herum – einfach so, lose in der Tasche?»

Van Aldin lachte amüsiert.

«Sehen Sie ja. Wissen Sie, das ist mein kleines Geschenk für Ruthie.»

Der Sekretär lächelte diskret.

«Jetzt verstehe ich Mrs. Ketterings Besorgnis am Telefon.»

Aber Van Aldin schüttelte den Kopf. Der harte Gesichtsausdruck kehrte zurück.

«Da irren Sie sich», sagte er. «Sie weiß nichts davon; das ist meine kleine Überraschung für sie.»

Er schloss das Etui und begann es langsam wieder einzuwickeln.

«Es ist traurig, Knighton», sagte er, «wie wenig man für die tun kann, die man liebt. Ich könnte die halbe Welt für Ruth kaufen, wenn sie etwas davon hätte, hat sie aber nicht. Ich kann ihr dieses Zeug hier um den Hals hängen; vielleicht wird sie sich einen Moment oder zwei darüber freuen, aber…»

Er schüttelte den Kopf.

«Wenn eine Frau in ihrem Heim nicht glücklich ist…»

Er ließ den Satz unvollendet. Der Sekretär nickte diskret. Niemand kannte den Ruf des ehrenwerten Derek Kettering besser als er. Van Aldin seufzte. Er steckte das Päckchen wieder in die Manteltasche, nickte Knighton zu und verließ den Raum.

Viertes Kapitel

In der Curzon Street

Mrs. Derek Kettering wohnte in der Curzon Street. Der Butler, der die Tür öffnete, erkannte Rufus Van Aldin sofort und gestattete sich ein diskretes Begrüßungslächeln. Er ging voran, die Treppe hinauf zum großen doppelten Salon in der ersten Etage.

Eine Frau, die dort am Fenster saß, sprang mit einem Schrei auf.

«Also, so was Liebes von dir, Dad, dass du gekommen bist! Den ganzen Tag lang habe ich mit Major Knighton telefoniert, um dich zu erreichen, aber er konnte nicht genau sagen, wann man dich zurückerwartet.»

Ruth Kettering war achtundzwanzig Jahre alt. Ohne schön oder im eigentliche Sinn des Wortes hübsch zu sein, sah sie doch sehr reizvoll aus, und zwar wegen ihrer Farben. Van Aldin war zu seiner Zeit «Möhre» und «Ingwer» gerufen worden, und Ruths Haar war ein beinahe reines Rotbraun. Hinzu kamen dunkle Augen und tiefschwarze Wimpern – Kunstfertigkeit verstärkte die Wirkung ein wenig. Sie war groß und schlank und bewegte sich anmutig. Auf den ersten Blick hatte sie das Gesicht einer Raffael-Madonna. Erst wenn man genauer hinsah, bemerkte man die ausgeprägten Wangenknochen und das markante Kinn wie in Van Aldins Gesicht, was für die gleiche Härte und Entschlossenheit sprach. Dem Mann stand es gut, der Frau jedoch weniger. Seit ihrer Kindheit war Ruth Van Aldin daran gewöhnt, immer ihren Willen durchzusetzen, und wer sich ihr entgegenstellte, erfuhr bald, dass Rufus Van Aldins Tochter nie nachgab.

«Knighton hat mir gesagt, dass du angerufen hast. Ich bin erst vor einer halben Stunde aus Paris zurückgekommen. Was ist denn wieder los mit Derek?»

Ruths Gesicht rötete sich vor Ärger.

«Es ist unsäglich. Es geht auf keine Kuhhaut», rief sie. «Er – er hört auf gar nichts, was ich sage.»

In ihrer Stimme mischten sich Verwunderung und Ärger.

«Auf mich wird er hören müssen», sagte der Millionär grimmig.

Ruth fuhr fort.

«Seit einem Monat habe ich ihn kaum gesehen. Überall taucht er mit dieser Frau auf.»

«Mit welcher Frau?»

«Mirelle. Sie tanzt im *Parthenon*, weißt du.»

Van Aldin nickte.

«Vorige Woche war ich in Leconbury. Ich – ich habe mit Lord Leconbury gesprochen. Er war ganz reizend zu mir, voller Verständnis. Er hat gesagt, er würde Derek gründlich die Leviten lesen.»

«Ah!», sagte Van Aldin.

«Was meinst du mit ‹ah!›, Vater?»

«Das, was du gerade denkst, Ruthie. Der arme alte Leconbury ist doch am Ende. Natürlich spielt er den Verständnisvollen, natürlich versucht er, dich zu beschwichtigen. Da er seinen Sohn und Erben mit der Tochter eines der reichsten Männer aus den Staaten verheiratet hat, will er die Sache jetzt natürlich nicht vermurksen. Aber er steht doch schon mit einem Fuß im Grab, jeder weiß das, und was immer er sagt, wird bei Derek verdammt wenig bewegen.»

«Kannst du nicht etwas tun, Dad?», bedrängte Ruth ihn nach ein paar Momenten des Schweigens.

«Ich könnte», sagte der Millionär. Er dachte eine Sekunde nach und fuhr dann fort: «Es gibt ein paar Dinge, die ich tun könnte, aber nur eins hätte wirklich Sinn. Wie viel Mumm hast du denn, Ruthie?»

Sie starrte ihn an. Er nickte ihr zu.

«Ich meine genau das, was ich sage. Hättest du den Mut, vor aller Welt zuzugeben, dass du einen Fehler gemacht hast? Aus diesem Schlamassel gibt es nur einen Ausweg. Schreib deine Verluste ab und fang neu an.»

«Du meinst…?»

«Scheidung.»

«Scheidung!»

Van Aldin lächelte trocken.

«Du sprichst das Wort aus, Ruth, als ob du es noch nie gehört hättest. Dabei lassen sich doch all deine Freundinnen jeden Tag scheiden.»

«Ach, das weiß ich doch. Aber…»

Sie hielt inne und biss sich auf die Lippen. Ihr Vater nickte verständnisvoll.

«Ich weiß, Ruth. Du bist wie ich, du kannst es nicht ertragen, etwas aufzugeben. Aber ich habe gelernt, und auch du musst es lernen, dass es Zeiten gibt, wo das die einzige Möglichkeit ist. Ich könnte Mittel finden, um Derek zurückzupfeifen, zurück zu dir, aber am Ende käme alles wieder auf dasselbe hinaus. *Er taugt nichts,* Ruth; er ist durch und durch verdorben. Und weißt du, ich mache mir Vorwürfe, dass ich dir je erlaubt habe, ihn zu heiraten. Aber du hattest ihn dir nun mal in den Kopf gesetzt, und damals schien er ernsthaft ein neues Leben anfangen zu wollen – und, tja, ich hatte dir einmal einen Strich durch die Rechnung gemacht, Liebes…»

Er sah sie bei den letzten Worten nicht an. Hätte er es getan, so hätte er die plötzliche Röte bemerken können, die ihr Gesicht überzog.

«Das hast du», sagte sie mit harter Stimme.

«Ich war verdammt zu weich, das ein zweites Mal zu machen. Aber ich kann dir nicht sagen, wie sehr ich wünsche, ich hätte es doch getan. Die letzten Jahre hast du ein Hundeleben gehabt, Ruth.»

«Es war nicht besonders – angenehm», stimmte Mrs. Kettering zu.

«Deshalb sage ich dir, damit muss jetzt Schluss sein!» Er schlug die Hand heftig auf den Tisch. «Vielleicht hängst du immer noch an dem Kerl. Mach Schluss! Stell dich den Tatsachen. Derek Kettering hat dich wegen deines Gelds geheiratet. Mehr ist nicht dran. Gib ihm den Laufpass, Ruth.»

Ruth Kettering schaute ein paar Momente zu Boden; dann sagte sie, ohne den Kopf zu heben:

«Und wenn er nicht einwilligt?»

Van Aldin sah sie erstaunt an.

«Er hat dazu gar nichts zu sagen.»

Sie errötete und biss sich auf die Lippen.

«Nein – nein – natürlich nicht. Ich habe nur gemeint …»

Sie hielt inne. Ihr Vater musterte sie aufmerksam.

«Was hast du gemeint?»

«Ich meine …» Sie machte eine Pause und wählte ihre Worte sorgfältig. «Vielleicht nimmt er es nicht so einfach hin.»

Der Millionär reckte grimmig das Kinn.

«Du meinst, er wird die Scheidung verweigern? Soll er doch! Aber, ganz nebenbei, da irrst du. Jeder Anwalt, den er konsultiert, wird ihm sagen, dass er keinen Boden unter den Füßen hat.»

«Du glaubst also nicht –», sie zögerte – «ich meine – aus reiner Böswilligkeit mir gegenüber könnte er – also, er könnte Schwierigkeiten machen?»

Ihr Vater sah sie einigermaßen erstaunt an.

«Die Scheidung anfechten, meinst du?»

Er schüttelte den Kopf.

«Ziemlich unwahrscheinlich. Weißt du, er müsste nämlich einen Grund haben.»

Mrs. Kettering antwortete nicht. Van Aldin sah sie scharf an.

«Komm, Ruth, raus damit! Dich beunruhigt doch was – was ist es?»

«Nichts, wirklich gar nichts.»

Aber ihre Stimme klang nicht überzeugend.

«Du hast Angst vor der Öffentlichkeit, wie? Ist es das? Überlass das nur mir. Ich drücke die ganze Affäre so glatt durch, dass es überhaupt kein Aufsehen gibt.»

«Na gut, Dad, wenn du meinst, dass es wirklich das Beste ist.»

«Hast du den Burschen etwa noch gern? Ist es das?»

«Nein.»

Sie sagte das mit unmissverständlichem Nachdruck. Van Aldin schien zufrieden. Er klopfte seiner Tochter auf die Schulter.

«Alles wird gut werden, Kleines. Mach dir keine Sorgen. Jetzt denk nicht mehr daran. Ich habe dir ein Geschenk aus Paris mitgebracht.»

«Für mich? Etwas Schönes?»

«Ich hoffe doch, dass du es schön findest», sagte Van Aldin lächelnd.

Er nahm das Päckchen aus der Manteltasche und reichte es ihr. Sie packte es eifrig aus und klappte das Etui auf. Ein lang gezogenes «Oh» kam über ihre Lippen. Ruth Kettering liebte Juwelen – hatte sie immer geliebt.

«O Dad, wie – wie wunderbar!»

«Eine Klasse für sich, oder?», sagte der Millionär befriedigt. «Sie gefallen dir, was?»

«Gefallen? Dad, sie sind einzigartig. Wie bist du an sie gekommen?»

Van Aldin lächelte.

«Ah! Das ist mein Geheimnis. Ich habe sie natürlich privat kaufen müssen. Sie sind ziemlich bekannt. Siehst du den großen Stein in der Mitte? Vielleicht hast du von ihm gehört; das ist das historische *Feuerherz.*»

«*Feuerherz!*», wiederholte Mrs. Kettering.

Sie hatte die Steine aus dem Etui genommen und hielt sie an ihren Busen. Der Millionär beobachtete sie. Er dachte an all die Frauen, die diese Juwelen getragen hatten. Die gebrochenen Herzen, die Verzweiflung, den Neid. Das *Feuerherz* hatte wie alle berühmten Steine eine Spur von Tragödien und Gewalt hinterlassen. In Ruth Ketterings ruhiger Hand schien das Juwel jedoch seine böse Kraft zu verlieren. Mit ihrer kühlen, beherrschten Haltung schien diese Frau aus dem Westen eine Widerlegung aller Tragik, aller wilden Aufwallungen zu sein. Ruth legte die Steine zurück ins Etui; dann sprang sie auf und schlang die Arme um den Hals ihres Vaters.

«Danke, danke, danke, Dad. Sie sind ganz wunderbar! Immer machst du mir die herrlichsten Geschenke.»

«So ist das richtig», sagte Van Aldin; er tätschelte ihre Schulter. «Du bist alles, was ich habe, weißt du, Ruthie.»

«Du bleibst doch zum Dinner, Vater, nicht wahr?»

«Ich glaube nicht. Du wolltest doch ausgehen?»

«Ja, aber das kann ich ohne weiteres absagen. Nichts besonders Aufregendes.»

«Nein», sagte Van Aldin. «Halt deine Verabredung ein. Ich habe noch genug zu erledigen. Wir sehen uns morgen, Liebes. Ich rufe dich noch an, vielleicht könnten wir uns bei Galbraith treffen?»

Galbraith, Cuthbertson & Galbraith waren Van Aldins Londoner Anwälte.

«Gut, Dad.» Sie zögerte. «Ich hoffe, diese – diese Sache wird mich nicht daran hindern, an die Riviera zu fahren?»

«Wann willst du los?»

«Am Vierzehnten.»

«Ach, das geht schon in Ordnung. So etwas dauert immer eine ganze Weile, bis es reif ist. Übrigens, Ruth, an deiner Stelle würde ich diese Rubine nicht mitnehmen. Lass sie in der Bank.»

Mrs. Kettering nickte.

«Wir wollen doch nicht, dass du wegen des *Feuerherzens* beraubt und umgebracht wirst», sagte der Millionär scherzend.

«Und dabei hast du sie in der Tasche herumgetragen», gab seine Tochter lächelnd zurück.

«Ja …»

Etwas, ein Zögern, erregte ihre Aufmerksamkeit.

«Was ist, Dad?»

«Nichts.» Er lächelte. «Ich habe nur an ein kleines Abenteuer gedacht, das ich in Paris hatte.»

«Ein Abenteuer?»

«Ja. In der Nacht, als ich diese Dinger gekauft habe.»

Er wies auf das Juwelen-Etui.

«Ach, erzähl es mir bitte.»

«Nichts Besonderes, Kind. Ein paar Apachen sind ein bisschen frech geworden, da habe ich auf sie geschossen, und sie sind abgehauen. Das ist alles.»

Sie sah ihn bewundernd an.

«Du bist wirklich eine harte Nuss, Dad.»

«Worauf du dich verlassen kannst, Ruthie.»

Er küsste sie zärtlich und ging. Als er ins *Savoy* zurückkam, gab er Knighton eine knappe Anweisung.

«Treiben Sie einen Mann namens Goby auf; Sie finden seine Adresse in meinem privaten Notizbuch. Er soll morgen um halb zehn hier sein.»

«Jawohl, Sir.»

«Und ich möchte Mr. Kettering sprechen. Stöbern Sie ihn für mich auf, wenn's geht. Versuchen Sie's in seinem Club – also, schnappen Sie ihn sich irgendwie und sorgen Sie dafür, dass er mich morgen früh hier aufsucht. Oder lieber später, so gegen zwölf. Früher steht diese Art Leute sowieso nicht auf.»

Der Sekretär nickte zur Bestätigung der Anweisungen. Van Aldin lieferte sich nun seinem Kammerdiener aus. Das Bad war vorbereitet, und als er im warmen Wasser schwelgte, schweiften seine Gedanken zurück zum Gespräch mit seiner Tochter. Insgesamt war er ganz zufrieden. Sein scharfer Verstand hatte schon längst akzeptiert, dass Scheidung der einzige mögliche Ausweg war. Ruth hatte der vorgeschlagenen Lösung bereitwilliger zugestimmt, als er erwartet hatte. Und doch konnte er sich trotz der Einwilligung eines leichten Unbehagens nicht erwehren. Etwas in ihrem Benehmen, fand er, war nicht ganz natürlich gewesen. Er runzelte die Stirn.

«Vielleicht bilde ich mir das nur ein», murmelte er. «Und trotzdem – ich wette, da gibt es etwas, was sie mir nicht erzählt hat.»

Fünftes Kapitel

Ein nützlicher Herr

Rufus Van Aldin hatte soeben sein karges Frühstück aus Kaffee und trockenem Toast beendet, als Knighton eintrat.

«Mr. Goby ist unten, Sir, um Sie zu sprechen.»

Der Millionär warf einen Blick auf die Uhr. Es war gerade halb zehn.

«Na gut», sagte er kurz. «Er soll heraufkommen.»

Eine oder zwei Minuten später trat Mr. Goby ins Zimmer. Er war ein kleiner, älterer Mann, schäbig gekleidet, dessen Augen immer neugierig im Zimmer umherblickten, aber nie den Gesprächspartner ansahen.

«Morgen, Goby», sagte der Millionär. «Setzen Sie sich.»

«Danke, Mr. Van Aldin.»

Goby setzte sich, die Hände auf den Knien, und betrachtete ernst den Heizkörper.

«Ich habe einen Job für Sie.»

«Und zwar, Mr. Van Aldin?»

«Sie wissen vielleicht, dass meine Tochter mit Mr. Derek Kettering verheiratet ist.»

Mr. Goby ließ seinen Blick von der Heizung zur linken Schublade des Schreibtischs wandern und ein geringschätziges Lächeln über sein Gesicht huschen. Mr. Goby wusste viele Dinge, gab das aber nicht gern zu.

«Auf meinen Rat hin wird sie die Scheidung einreichen. Das ist natürlich Sache des Anwalts. Aber aus privaten Gründen wünsche ich vollständige und eingehende Informationen.»

Mr. Goby sah den Wandsims an und murmelte:

«Über Mr. Kettering?»

«Über Mr. Kettering.»

«Sehr gut, Sir.»

Mr. Goby stand auf.

«Wann kann ich damit rechnen?»

«Ist es eilig, Sir?»

«Bei mir ist es immer eilig», sagte der Millionär.

Mr. Goby lächelte verständnisvoll das Kamingitter an.

«Sagen wir heute Nachmittag um zwei, Sir?», fragte er.

«Ausgezeichnet», sagte der andere. «Guten Morgen, Goby.»

«Guten Morgen, Mr. Van Aldin.»

«Ein sehr nützlicher Mann», sagte der Millionär, als Goby hinausging und der Sekretär hereinkam. «In seiner Branche ist er ein Fachmann.»

«Was ist seine Branche?»

«Informationen. Geben Sie ihm vierundzwanzig Stunden Zeit, und er wird das Privatleben des Erzbischofs von Canterbury vor Ihnen bloßlegen.»

«Wirklich ein nützlicher Bursche», sagte Knighton lächelnd.

«Er war mir schon ein- oder zweimal sehr nützlich», sagte Van Aldin. «Also dann, Knighton, ich bin so weit. An die Arbeit.»

In den nächsten paar Stunden wurde ein großes Quantum an Arbeit rasch bewältigt. Es war halb eins, als das Telefon läutete und Van Aldin davon unterrichtet wurde, dass Mr. Kettering da sei. Knighton sah Van Aldin an und deutete dessen knappes Nicken.

«Bitte lassen Sie Mr. Kettering heraufkommen.»

Der Sekretär packte seine Papiere zusammen und ging. Er begegnete dem Besucher in der Tür, und Derek Kettering trat beiseite, um den andern vorbeizulassen. Dann trat er ein und schloss die Tür hinter sich.

«Guten Morgen, Sir. Wie ich höre, willst du mich dringend sprechen.»

Die träge Stimme mit dem leicht ironischen Unterton weckte Erinnerungen in Van Aldin. Charme lag darin – hatte immer darin gelegen. Er sah seinen Schwiegersohn durchdringend an. Derek Kettering war vierunddreißig, schlank, mit dunklem, schmalem Gesicht, das selbst jetzt etwas unbeschreiblich Jungenhaftes hatte.

«Komm rein», sagte Van Aldin knapp. «Setz dich.»

Kettering ließ sich in einen Armsessel fallen. Er betrachtete seinen Schwiegervater mit einer Art nachsichtiger Belustigung.

«Lange nicht gesehen, Sir», bemerkte er freundlich. «An die zwei Jahre, glaube ich. Hast du Ruth schon gesehen?»

«Ich habe sie gestern Abend besucht», sagte Van Aldin.

«Sieht ganz gut aus, wie?», sagte der andere leichthin.

«Ich glaube nicht, dass du viele Gelegenheiten hattest, das zu beurteilen», sagte Van Aldin trocken

Derek Kettering hob die Brauen.

«Ach, wir treffen uns manchmal im selben Nachtclub, weißt du», sagte er unbekümmert.

«Ich will nicht um den heißen Brei herumreden», sagte Van Aldin brüsk. «Ich habe Ruth geraten, die Scheidung einzureichen.»

Derek Kettering schien unbewegt.

«Arg drastisch!», murmelte er. «Stört es dich, wenn ich rauche, Sir?»

Er zündete sich eine Zigarette an und stieß eine Rauchwolke aus, während er gelassen hinzusetzte:

«Und was hat Ruth gesagt?»

«Ruth will meinem Rat folgen», sagte ihr Vater.

«Wirklich?»

«Sonst hast du nichts dazu zu sagen?», fragte Van Aldin scharf.

Kettering schnipste die Asche in den Kamin.

«Weißt du, ich glaube», sagte er, als ob es ihn nicht beträfe, «dass sie da einen großen Fehler macht.»

«Von deinem Standpunkt aus bestimmt», sagte Van Aldin grimmig.

«Ach, komm schon», sagte der andere, «wir wollen doch nicht persönlich werden. Ich habe gerade wirklich nicht an mich gedacht, sondern an Ruth. Du weißt, mein armer alter Herr wird es nicht mehr lange machen, das sagen alle Ärzte. Ruth sollte lieber noch ein paar Jahre durchhalten, dann bin ich Lord Leconbury, und sie kann Schlossherrin von Leconbury spielen. Deswegen hat sie mich doch geheiratet.»

«Ich lasse mir deine verdammte Dreistigkeit nicht bieten», brüllte Van Aldin.

Derek Kettering lächelte ihn unbewegt an.

«Du hast Recht. Es ist eine antiquierte Idee», sagte er. «Ein Titel ist ja heute nichts mehr wert. Trotzdem, Leconbury ist ein schöner alter Ort, und immerhin gehören wir zu den ältesten Familien Englands. Es wird sehr ärgerlich für Ruth, wenn sie sich von mir scheiden lässt und ich wieder heirate und statt ihrer eine andere Frau in Leconbury die Königin spielt.»

«Ich meine es ernst, junger Mann», sagte Van Aldin.

«Ich auch», sagte Kettering. «Finanziell sitze ich ziemlich auf dem Trockenen; ich komme in eine scheußliche Klemme, wenn Ruth sich scheiden lässt, und schließlich hat sie es zehn Jahre ausgehalten, warum nicht noch ein bisschen länger? Ich gebe dir mein Ehrenwort, dass der alte Mann keine achtzehn Monate mehr übersteht, und, wie gesagt, es wäre doch ein Jammer, wenn Ruth nicht das kriegt, wofür sie mich geheiratet hat.»

«Du willst behaupten, meine Tochter hätte dich wegen deines Titels und deiner Stellung geheiratet?»

Derek Kettering lachte, aber es klang nicht amüsiert.

«Du glaubst doch nicht, es wäre eine Liebesheirat gewesen?»

«Ich weiß», sagte Van Aldin langsam, «dass du in Paris vor zehn Jahren ganz anders geredet hast.»

«Habe ich das? Möglich. Ruth war sehr schön, weißt du – fast wie ein Engel oder eine Heilige oder irgendwas, das aus einer Nische in einer Kirche herabgestiegen ist. Ich weiß noch, ich hatte damals gute Vorsätze, wollte ein neues Leben anfangen und sesshaft werden und ein höchst traditionelles englisches Familienleben führen, mit einer schönen Frau, die mich liebt.»

Er lachte wieder, diesmal eher misstönend.

«Aber das glaubst du mir ja doch nicht, wie?», fügte er hinzu.

«Für mich gibt es keinen Zweifel, dass du Ruth wegen ihres Geldes geheiratet hast», sagte Van Aldin ungerührt.

«Und sie mich aus Liebe?», fragte der andere ironisch.

«Gewiss», sagte Van Aldin.

Derek Kettering sah ihn lange an, dann nickte er nachdenklich.

«Wie ich sehe, glaubst du das wirklich», sagte er. «Ich damals auch. Ich kann dir versichern, mein lieber Schwiegervater, dass ich bald aufgeklärt worden bin.»

«Ich weiß nicht, worauf du hinauswillst», sagte Van Aldin, «es ist mir auch egal. Du hast Ruth verdammt schlecht behandelt.»

«Ja, hab ich», gab Kettering leichthin zu, «aber sie ist hart im Nehmen, weißt du. Sie ist deine Tochter. Unter dieser rosa-weißen Weichheit ist sie hart wie Granit. Du hast immer als harter Mann gegolten, wie ich hörte, aber Ruth ist härter als du. Du liebst wenigstens einen Menschen mehr als dich selbst. Ruth hat das nie getan und wird es nie tun.»

«Das reicht», sagte Van Aldin. «Ich habe dich herbestellt, um dir klar und offen zu sagen, was ich tun werde. Mein Kind hat

Anspruch auf ein bisschen Glück, und vergiss nie, ich stehe hinter ihr.»

Derek Kettering erhob sich und ging zum Kamin. Er warf seine Zigarette hinein. Als er sprach, war seine Stimme sehr ruhig.

«Was genau meinst du damit, frage ich mich?», sagte er.

«Ich meine», sagte Van Aldin, «dass du die Scheidung besser nicht anfechten solltest.»

«Ach», sagte Kettering, «ist das eine Drohung?»

«Das kannst du nehmen, wie du willst», erwiderte Van Aldin.

Kettering zog einen Stuhl zum Tisch. Er setzte sich dem Millionär gegenüber.

«Und mal angenommen», sagte er sanft, «nur so theoretisch, ich willige doch nicht ein?»

Van Aldin hob die Schultern.

«Du hast doch überhaupt keine Handhabe, du junger Narr. Frag deine Anwälte, die werden es dir schon sagen. Dein Lebenswandel ist notorisch, ganz London redet darüber.»

«Ruth hat wegen Mirelle herumgezetert, nehme ich an. Sehr dumm von ihr. Ich kümmere mich ja auch nicht um ihre Freunde.»

«Was willst du damit sagen?», fragte Van Aldin scharf.

Derek Kettering lachte.

«Wie ich sehe, weißt du nicht alles, Sir», sagte er. «Vielleicht ist es ganz natürlich, dass du voreingenommen bist.»

Er nahm Hut und Stock und ging zur Tür.

«Ratschläge sind eigentlich nicht meine Sache.» Nun kam sein letzter Hieb. «Aber in diesem Fall rate ich ganz dringend zu vollständiger Offenheit zwischen Vater und Tochter.»

Er ging schnell aus dem Zimmer und hatte die Tür schon hinter sich geschlossen, als der Millionär aufsprang.

«Also, was zum Teufel hat er damit gemeint?», sagte Van Aldin, als er sich wieder auf den Stuhl sinken ließ.

All sein Unbehagen kehrte verstärkt zurück. Da gab es etwas, das er noch nicht ausgelotet hatte. Das Telefon stand gleich neben ihm; er nahm den Hörer und verlangte die Nummer des Hauses seiner Tochter.

«Hallo, hallo, ist dort Mayfair 81-907? Ist Mrs. Kettering zu Hause? Ah, sie ist ausgegangen? Ja, zum Lunch. Wann kommt sie zurück? Das wissen Sie nicht? Na gut; nein, es ist nichts auszurichten.»

Ärgerlich knallte er den Hörer auf die Gabel. Um zwei Uhr ging er in seinem Zimmer auf und ab und wartete auf Goby. Dieser wurde um zehn nach zwei hereingeführt.

«Also?», bellte der Millionär scharf.

Aber der kleine Mr. Goby ließ sich nicht hetzen. Er setzte sich an den Tisch, zog ein sehr schäbiges Notizbuch hervor und begann mit eintöniger Stimme daraus vorzulesen. Der Millionär lauschte aufmerksam, mit wachsender Befriedigung. Goby kam zum Schluss und musterte aufmerksam den Papierkorb.

«Ha!», sagte Van Aldin. «Sieht ziemlich eindeutig aus. Das Verfahren wird glatt durchgehen. Die Beweise für die Hotelgeschichte sind solide, nehme ich an?»

«Wie Gusseisen», sagte Mr. Goby mit einem bösen Blick auf einen vergoldeten Sessel.

«Er sitzt also völlig auf dem Trockenen. Er versucht gerade, ein Darlehen aufzunehmen, sagen Sie? Hat schon praktisch alles zusammengekratzt, was er im Hinblick auf die zu erwartende Erbschaft seines Vaters kriegen kann. Wenn sich die Nachricht von der Scheidung herumspricht, kriegt er keinen Cent mehr, und nicht nur das; die Forderungen an ihn kann man aufkaufen und nutzen, um Druck auf ihn auszuüben. Wir haben ihn, Goby. Wir haben ihn im Schraubstock.»

Er ließ die Faust auf den Tisch krachen. Sein Gesicht war grimmig und triumphierend.

«Die Information», sagte Mr. Goby mit dünner Stimme, «scheint zufrieden stellend zu sein.»

«Ich muss jetzt in die Curzon Street», sagte der Millionär. «Ich bin Ihnen sehr verpflichtet, Goby. Sie sind die richtige Adresse.»

Ein mattes Lächeln der Befriedigung zeigte sich auf dem Gesicht des kleinen Mannes.

«Danke, Mr. Van Aldin», sagte er, «ich tue, was ich kann.»

Van Aldin ging nicht gleich zur Curzon Street. Er begab sich zuerst in die City, wo er zwei Besprechungen hatte, die zu seiner Befriedigung beitrugen. Von dort fuhr er mit der Untergrundbahn zur Down Street. Als er die Curzon Street entlangging, trat aus dem Haus Nr. 160 eine Gestalt und kam ihm die Straße hinauf entgegen, so dass sie einander passierten. Einen Moment lang hatte der Millionär gedacht, es sei Derek Kettering; Figur und Größe waren nicht unähnlich. Aber als er an dem anderen vorbeiging, sah er, dass ihm der Mann unbekannt war. Das heißt – nicht eigentlich unbekannt, sein Gesicht weckte irgendeine Erinnerung, und sie bezog sich ganz entschieden auf etwas Unangenehmes. Er marterte vergeblich sein Gehirn, kam aber nicht darauf. Er ging weiter und schüttelte ärgerlich den Kopf. Er hasste es, verblüfft zu sein.

Ruth Kettering erwartete ihn offensichtlich. Sie lief auf ihn zu und küsste ihn, als er eintrat.

«Nun, Dad, wie stehen die Dinge?»

«Sehr gut», sagte Van Aldin, «aber ich habe dir ein paar Worte zu sagen, Ruth.»

Er spürte die kaum sichtbare Veränderung in ihr; etwas Listiges, Lauerndes verdrängte die Impulsivität ihrer Begrüßung. Sie setzte sich in einen großen Lehnstuhl.

«Ja, Dad?», sagte sie. «Worum geht es?»

«Ich habe heute früh mit deinem Mann gesprochen», sagte Van Aldin.

«Du hast mit Derek gesprochen?»

«Ja. Er hat alles Mögliche gesagt, das meiste war die reine Frechheit. Beim Weggehen hat er etwas gesagt, das ich nicht verstanden habe. Er hat mir geraten, mich zu vergewissern, ob zwischen Vater und Tochter vollkommene Offenheit herrscht. Was meint er damit?»

Mrs. Kettering bewegte sich ein wenig auf dem Stuhl.

«Ich – ich weiß nicht, Dad. Wie sollte ich auch?»

«Natürlich weißt du es», sagte Van Aldin. «Er hat noch etwas gesagt; dass er seine Freunde hat und sich bei deinen Freunden nicht einmischt. Was hat er damit gemeint?»

«Ich weiß es nicht», sagte Ruth Kettering wieder.

Van Aldin setzte sich. Sein Mund wurde zu einem grimmigen Strich.

«Pass mal auf, Ruth. Ich werde da nicht mit geschlossenen Augen reintappen. Ich bin überhaupt nicht sicher, ob dein Mann nicht doch Ärger machen will. Also, eigentlich kann er das nicht. Ich habe die Möglichkeiten, ihn zum Schweigen zu bringen, so dass er endgültig den Mund hält, aber ich muss wissen, ob es nötig ist, diese Möglichkeiten einzusetzen. Was meint er damit, dass du deine eigenen Freunde hast?»

Mrs. Kettering zuckte mit den Schultern.

«Ich habe viele Freunde», sagte sie unsicher. «Ich weiß wirklich nicht, was er meint.»

«Weißt du doch», sagte Van Aldin.

Nun sprach er wie er mit einem geschäftlichen Gegner.

«Ich will die Frage deutlicher stellen. Wer ist der Mann?»

«Welcher Mann?»

«*Der* Mann. Darauf will Derek doch hinaus. Irgendein besonderer Mann, mit dem du befreundet bist. Mach dir keine Sorgen, Liebes, ich weiß, es ist nichts daran, aber wir müssen alles so betrachten, wie es vor Gericht aussehen wird. Die können alles gründlich verdrehen, weißt du. Ich will wissen, wer der Mann ist und wie weit deine Freundschaft mit ihm geht.»

Ruth gab keine Antwort. Ihre Finger verflochten sich in nervöser Anspannung.

«Komm schon, Kleines», sagte Van Aldin sanfter. «Hab keine Angst vor deinem alten Vater. Ich bin doch nie so streng gewesen, oder, nicht mal damals in Paris? – Bei Gott!»

Er hielt inne, wie vom Donner gerührt.

«Der war das also», murmelte er vor sich hin. «Ich wusste doch, ich kenne das Gesicht.»

«Wovon redest du, Dad? Ich verstehe dich nicht.»

Der Millionär ging zu ihr und hielt sie fest am Handgelenk.

«Also, Ruth, hast du diesen Kerl wieder getroffen?»

«Welchen Kerl?»

«Den, dessentwegen wir vor Jahren diesen Krach hatten. Du weißt sehr gut, wen ich meine.»

«Du meinst –», sie zögerte – «du meinst den Comte de la Roche?»

«Comte de la Roche!», schnaubte Van Aldin. «Ich habe dir damals schon gesagt, dass der nichts als ein Schwindler ist. Du hattest dich viel zu weit mit ihm eingelassen, aber ich habe dich aus seinen Klauen herausgeholt.»

«Ja, hast du», sagte Ruth bitter. «Und ich habe Derek Kettering geheiratet.»

«Das hast du gewollt», sagte der Millionär scharf.

Sie zuckte mit den Schultern.

«Und jetzt», sagte Van Aldin langsam, «triffst du dich wieder mit ihm – nach allem, was ich dir gesagt habe. Er ist heute in diesem Haus gewesen. Ich habe ihn draußen gesehen und konnte ihn nicht sofort einsortieren.»

Ruth Kettering hatte ihre Beherrschung wiedergefunden.

«Eins will ich dir sagen, Dad; du liegst falsch, was Armand angeht – den Comte de la Roche, meine ich. Ja, ich weiß, es hat in seiner Jugend ein paar bedauerliche Vorfälle gegeben – er hat mir davon erzählt; aber er hat mich immer geliebt. Es hat ihm das Herz gebrochen, als du uns damals in Paris getrennt hast, und jetzt ...»

Ihr Vater stieß ein entrüstetes Schnauben aus, das sie unterbrach.

«Du bist ihm also wieder auf den Leim gegangen? Du, meine Tochter! Mein Gott!»

Er hob die Hände über den Kopf.

«Dass Frauen so verfluchte Närrinnen sein können!»

Sechstes Kapitel

Mirelle

Derek Kettering hatte Van Aldins Suite so überstürzt verlassen, dass er mit einer Dame zusammenstieß, die über den Korridor ging. Er bat um Entschuldigung; sie gewährte die Bitte mit einer lächelnden Aufmunterung und ging weiter, hinterließ ihm den angenehmen Eindruck einer ausgeglichenen Persönlichkeit und sehr hübscher grauer Augen.

Bei aller Nonchalance hatte ihn die Auseinandersetzung mit seinem Schwiegervater ärger mitgenommen, als er zeigen mochte. Er aß allein zu Mittag und begab sich dann, immer noch mit einem etwas finsteren Gesicht, zu der luxuriösen Wohnung, in der die als Mirelle bekannte Dame wohnte. Eine adrette Französin empfing ihn lächelnd.

«Treten Sie doch ein, Monsieur. Madame ruht nur ein wenig.»

Sie führte ihn in das lange Zimmer mit der orientalischen Einrichtung, das er so gut kannte. Mirelle lag auf dem Diwan, gestützt auf eine unglaubliche Menge von Kissen in verschiedenen Bernsteintönen, die zu ihrem ockerfarbenen Teint ausgezeichnet passten. Die Tänzerin hatte eine wunderbare Figur, und wenn ihr Gesicht unter der gelben Maske tatsächlich ein wenig hager war, hatte es doch einen bizarren und sehr eigenen Charme, und ihre orangeroten Lippen lächelten Derek Kettering einladend an.

Er küsste sie und warf sich in einen Sessel.

«Was hast du getrieben? Eben erst aufgestanden, wie?»

Der orangerote Mund dehnte sich zu einem langen Lächeln.

«Nein», sagte die Tänzerin. «Ich habe gearbeitet.»

Sie wies mit einer schmalen, blassen Hand auf den Flügel, auf dem ein Gewirr von Noten lag.

«Ambrose ist hier gewesen. Er hat mir die neue Oper vorgespielt.»

Kettering nickte, ohne besondere Aufmerksamkeit. Er war zutiefst uninteressiert an Claude Ambrose und seiner Oper nach Ibsens *Peer Gynt*. Übrigens ging es Mirelle ebenso, die das Werk nur als einzigartige Chance für sich in der Rolle der Anitra sah.

«Es ist ein wundervoller Tanz», murmelte sie. «Ich werde die ganze Leidenschaft der Wüste hineinlegen. Ich werde mit Juwelen übersät sein, wenn ich ihn tanze – ah!, und apropos Juwelen, *mon ami*. Ich habe gestern in der Bond Street eine Perle gesehen – eine schwarze Perle.»

Sie hielt inne und sah ihn auffordernd an.

«Mein liebes Mädchen», sagte Kettering, «es ist zwecklos, mit mir über schwarze Perlen zu reden. Was mich betrifft, herrscht im Moment in der Kasse vollkommene Ebbe.»

Sie reagierte schnell auf seinen Tonfall. Sie setzte sich auf, und ihre großen schwarzen Augen öffneten sich weit.

«Was sagst du da, Derek? Was ist denn passiert?»

«Mein verehrter Schwiegervater», sagte Kettering, «geht daran, Nägel mit Köpfen zu machen.»

«Eh?»

«Mit anderen Worten, er will, dass Ruth sich von mir scheiden lässt.»

«Wie dämlich!», sagte Mirelle. «Warum will sie sich denn von dir scheiden lassen?»

Derek Kettering grinste.

«In erster Linie wegen dir, *chérie*.»

Mirelle zuckte mit den Schultern.

«Das ist albern», bemerkte sie mit sachlicher Stimme.

«Ziemlich albern», stimmte Derek zu.

«Und was willst du dagegen unternehmen?», fragte Mirelle.

«Mein liebes Mädchen, was kann ich denn tun? Auf der einen Seite der Mann mit unbegrenzten Geldmitteln; auf der anderen Seite der Mann mit unbegrenzten Schulden. Keine Frage, wer da am Ende der Stärkere ist.»

«Ganz merkwürdig, diese Amerikaner», kommentierte Mirelle. «Dabei hängt deine Frau doch gar nicht an dir.»

«Tja», sagte Derek, «was wollen wir dagegen unternehmen?»

Sie sah ihn fragend an. Er näherte sich ihr und nahm ihre beiden Hände in seine.

«Hältst du zu mir?»

«Was meinst du? Danach ...?»

«Ja», sagte Kettering. «Danach, wenn die Gläubiger sich auf mich stürzen wie Wölfe auf die Lämmerherde. Ich hab dich verdammt gern, Mirelle; wirst du mich im Stich lassen?»

Sie entzog ihm ihre Hände.

«Du weißt, dass ich dich anbete, Derek.»

Er bemerkte das Ausweichen schon am Tonfall.

«So also sieht's aus? Die Ratten verlassen das sinkende Schiff.»

«Ach, Derek!»

«Raus damit», sagte er heftig. «Du wirst mich also über Bord werfen, hab ich Recht?»

Sie zuckte mit den Schultern.

«Ich hab dich gern, *mon ami* – ich hab dich wirklich gern. Du bist ganz reizend – *un beau garçon*, aber *ce n'est pas pratique.*»

«Du bist ein Luxusspielzeug für einen Reichen, wie? Ist es so?»

«Wenn du es unbedingt so ausdrücken willst.»

Sie lehnte sich in die Kissen, den Kopf in den Nacken gelegt.

«Trotzdem habe ich dich gern, Derek.»

Er ging zum Fenster, blieb dort stehen und schaute eine Weile hinaus, den Rücken ihr zugewandt. Irgendwann stützte sich die Tänzerin auf den Ellenbogen und starrte ihn neugierig an.

«Woran denkst du, *mon ami?*»

Er blickte sie über die Schulter an, mit einem seltsamen Grinsen, das bei ihr ein vages Unbehagen hervorrief.

«Zufällig habe ich eben an eine Frau gedacht, meine Liebe.»

«Eine Frau, eh?»

Mirelle stürzte sich auf etwas, das sie verstehen konnte.

«Du denkst an eine andere Frau, ja?»

«Ach, mach dir keine Sorgen; es ist nur ein feines Porträt. *Porträt einer Dame mit grauen Augen.*»

Mirelle sagte scharf: «Wann bist du ihr begegnet?»

Derek Kettering lachte, und das Gelächter hatte einen spöttischen, ironischen Klang.

«Ich bin im Korridor des *Savoy* mit ihr zusammengeprallt.»

«So was! Und was hat sie gesagt?»

«Soweit ich mich erinnere, habe ich gesagt: ‹Ich bitte um Entschuldigung›, und sie ‹Nicht weiter wichtig› oder so etwas.»

«Und dann?» Die Tänzerin ließ nicht locker.

«Und dann – nichts. Das war alles.»

«Ich verstehe überhaupt nicht, was du da redest», erklärte die Tänzerin.

«*Porträt einer Dame mit grauen Augen*», murmelte Derek versonnen. «Ganz gut, dass ich sie vermutlich nie wieder sehen werde.»

«Warum?»

«Sie könnte mir Unglück bringen. Frauen tun das.»

Mirelle glitt ruhig von ihrer Couch, kam zu ihm und legte einen ihrer langen, schlangenartigen Arme um seinen Hals.

«Du bist albern, Derek», murmelte sie. «Du bist sehr albern. Du bist ein *beau garçon*, und ich bete dich an, aber ich bin nicht dazu gemacht, arm zu sein – nein, ich bin wirklich nicht dazu gemacht, arm zu sein. Jetzt hör mir mal zu; alles ist ganz einfach. Du musst dich mit deiner Frau versöhnen.»

«Ich fürchte, das liegt wirklich außerhalb der Sphäre praktischer Politik», sagte Derek trocken.

«Was meinst du? Ich verstehe dich nicht.»

«Van Aldin, meine Liebe, ist nicht zu kaufen. Das ist einer, der sich zu etwas entschließt und dann dabei bleibt.»

«Ich habe von ihm gehört.» Die Tänzerin nickte. «Er ist sehr reich, oder? Beinahe der reichste Mann in Amerika. Vor ein paar Tagen hat er in Paris den schönsten Rubin der Welt gekauft – *Feuerherz*, so heißt er.»

Kettering antwortete nicht. Die Tänzerin fuhr nachdenklich fort:

«Ein wunderschöner Stein – ein Edelstein, der einer Frau, wie ich es bin, gehören sollte. Ich liebe Juwelen, Derek; sie erzählen mir etwas. Ah!, einen Rubin wie *Feuerherz* tragen!»

Sie seufzte, wurde aber gleich wieder sachlich.

«Du verstehst von solchen Sachen nichts, Derek, du bist ja nur ein Mann. Van Aldin wird diese Rubine seiner Tochter schenken, nehme ich an. Ist sie sein einziges Kind?»

«Ja.»

«Wenn er einmal stirbt, wird sie all sein Geld erben. Sie wird eine reiche Frau sein.»

«Sie ist schon eine reiche Frau», sagte Kettering trocken. «Bei der Hochzeit hat er ihr ein paar Millionen ausgesetzt.»

«Ein paar Millionen! Aber das ist ja ungeheuerlich. Und wenn sie eines Tages plötzlich sterben sollte, eh? Es würde alles an dich gehen.»

«Wie die Dinge heute stehen», sagte Kettering langsam, «würde es das. Soviel ich weiß, hat sie kein Testament gemacht.»

«*Mon Dieu!*», seufzte die Tänzerin. «Wenn sie sterben würde, was für eine Lösung das wäre.»

Es entstand eine kurze Pause. Dann lachte Kettering laut auf.

«Ich mag deinen schlichten, praktischen Verstand, Mirelle, aber ich fürchte, dass dein Wunsch nicht in Erfüllung geht. Meine Frau ist sehr gesund.»

«*Eh bien!*», sagte Mirelle. «Es gibt Unfälle.»

Er sah sie scharf an, erwiderte aber nichts.

Sie fuhr fort:

«Aber du hast Recht, *mon ami*, an solche Möglichkeiten sollten wir nicht denken. Jetzt pass auf, mein lieber Derek, von dieser Scheidung darf keine Rede mehr sein. Deine Frau muss sich das aus dem Kopf schlagen.»

«Und wenn sie es nicht tut?»

Die Augen der Tänzerin wurden zu Schlitzen.

«Ich glaube, sie wird, mein Freund. Sie ist eine von denen, die das Gerede nicht mögen würden. Es gibt eine oder zwei hübsche Geschichten, von denen sie nicht möchte, dass ihre Freunde sie in der Zeitung lesen.»

«Was meinst du damit?», fragte Kettering scharf.

Mirelle lachte mit zurückgeworfenem Kopf.

«*Parbleu!* Ich meine den Gentleman, der sich Comte de la Roche nennt. Ich weiß alles über ihn. Vergiss nicht, dass ich Pariserin bin. Er war doch ihr Liebhaber, bevor sie dich geheiratet hat.»

Kettering packte sie grob bei den Schultern.

«Das ist eine verdammte Lüge», sagte er, «und vergiss du bitte nicht, dass du trotz allem von meiner Frau sprichst.»

Mirelle war ein wenig ernüchtert.

«Ihr Engländer seid komisch», klagte sie. «Trotzdem, vielleicht hast du Recht. Die Amerikaner sind so kalt, nicht wahr? Aber mit deiner Erlaubnis darf ich doch sagen, *dass sie ihn geliebt hat,* bevor sie dich heiratete, und dann hat ihr Vater sich eingemischt und den Comte in die Wüste geschickt. Und die kleine Mademoiselle hat viele Tränen geweint! Aber sie hat gehorcht. Allerdings müsstest du so gut wie ich wissen, dass die Geschichte jetzt anders aussieht. Sie trifft ihn fast jeden Tag, und am Vierzehnten fährt sie nach Paris, um mit ihm zusammen zu sein.»

«Woher weißt du das alles?», fragte Kettering.

«Ich? Ich habe Freunde in Paris, mein lieber Derek, die den Comte sehr gut kennen. Alles ist abgemacht. Angeblich fährt sie an die Riviera, aber in Wahrheit trifft der Comte sie in Paris, und – wer weiß! Ja, ja, du kannst es mir glauben, es ist alles arrangiert!»

Derek Kettering stand bewegungslos da.

«Siehst du», gurrte die Tänzerin, «wenn du es klug anstellst, hast du sie in der Hand. Du kannst alles für sie sehr unangenehm machen.»

«Ach, um Himmels willen, sei still», rief Kettering. «Halt deinen verfluchten Mund!»

Lachend warf sich Mirelle auf den Diwan. Kettering nahm Hut und Mantel und verließ die Wohnung; er schlug die Tür heftig hinter sich zu. Und immer noch saß die Tänzerin auf dem Diwan und lachte leise in sich hinein. Sie war mit ihrer Arbeit nicht unzufrieden.

Siebtes Kapitel

Briefe

«Mrs. Samuel Harfield entbietet Miss Katherine Grey die besten Grüße und möchte darauf hinweisen, dass Miss Grey sich unter den obwaltenden Umständen vielleicht nicht klargemacht...»

Bis hierhin hatte Mrs. Harfield flüssig geschrieben; nun kam sie nicht mehr weiter, aufgehalten durch eine Schwierigkeit, die schon vielen anderen als unüberwindlich erschienen ist – nämlich die Schwierigkeit, sich flüssig in der dritten Person auszudrücken.

Nach einer oder zwei Minuten des Zauderns zerriss Mrs. Harfield das Blatt ihres Briefpapiers und begann von vorn.

«Liebe Miss Grey – Obgleich wir die kundige Art zu schätzen wissen, in der Sie Ihre Pflichten gegenüber meiner Kusine Emma erfüllt haben (deren Tod für uns alle ein schwerer Schlag war), kann ich doch nicht umhin...»

Wieder hielt Mrs. Harfield inne. Abermals wurde der Brief dem Papierkorb übergeben. Erst nach dem vierten falschen Anfang gelang es Mrs. Harfield endlich, ein zufrieden stellendes Schreiben zu verfertigen. Es wurde geziemend versiegelt, mit einer Briefmarke versehen und adressiert an Miss Katherine Grey, Little Crampton, St. Mary Mead, Kent, und am folgenden Morgen lag es zum Frühstück neben dem Teller dieser Dame, zusammen mit einer bedeutender aussehenden Mitteilung in einem langen blauen Umschlag.

Katherine Grey öffnete Mrs. Harfields Brief als ersten. Das Endprodukt lautete folgendermaßen:

Liebe Miss Grey
Mein Gatte und ich möchten Ihnen unseren Dank aussprechen für die Dienste, die Sie meiner armen Kusine Emma geleistet haben. Ihr Tod war ein schwerer Schlag für uns, obgleich uns natürlich bekannt war, dass ihr Geist seit einiger Zeit immer weiter nachgelassen hat. Soweit ich weiß, sind ihre letzten testamentarischen Verfügungen ganz merkwürdiger Natur, und natürlich würde kein Gericht der Welt sie anerkennen. Ich zweifle nicht daran, dass Ihre Vernunft Sie diese Tatsache längst hat erkennen lassen. Wenn dergleichen Angelegenheiten privat erledigt werden können, ist es natürlich viel besser, sagt mein Gatte. Es wird uns ein Vergnügen sein, Sie für eine ähnliche Stellung auf das Allerwärmste zu empfehlen, und wir hoffen ferner, dass Sie ein kleines Geschenk nicht ablehnen.

Mit besten Grüßen Ihre ergebene
Mary Anne Harfield

Katherine Grey las den Brief, lächelte ein wenig und las ihn ein zweites Mal. Ihr Gesicht wirkte deutlich amüsiert, als sie den Brief zu Ende gelesen hatte. Dann nahm sie das zweite Schreiben zur Hand. Sie überflog es kurz, legte es beiseite und schaute gerade vor sich hin. Diesmal lächelte sie nicht. Einem Beobachter wäre es wohl schwer gefallen zu erraten, welche Gefühle hinter diesem ruhigen, versonnenen Blick lagen.

Katherine Grey war dreiunddreißig. Sie stammte aus guter Familie, aber ihr Vater hatte sein ganzes Vermögen verloren, und schon in jungen Jahren hatte Katherine sich ihren Lebensunterhalt selbst verdienen müssen. Mit knapp dreiundzwanzig war sie als Gesellschafterin zur alten Mrs. Harfield gekommen.

Es war allgemein bekannt, dass die alte Mrs. Harfield

«schwierig» war. Ihre Gesellschafterinnen kamen und gingen erschreckend schnell. Sie kamen voller Hoffnung und gingen gewöhnlich mit Tränen. Aber seit dem Tag, da Katherine Grey vor zehn Jahren Little Crampton betrat, hatte dort eitel Friede geherrscht. Niemand weiß, wie derlei sich ergibt. Schlangenbändiger, sagt man, werden geboren, nicht erzogen. Katherine Grey war geboren worden mit der Fähigkeit, mit alten Damen, Hunden und kleinen Jungen wunderbar umgehen zu können, und sie tat dies ohne sichtbare Zeichen von Mühe.

Mit dreiundzwanzig war sie ein ruhiges Mädchen mit schönen Augen gewesen. Mit dreiunddreißig war sie eine ruhige Frau mit denselben grauen Augen, die mit einer Art gelassener Heiterkeit, die nichts erschüttern konnte, stetig in die Welt leuchteten. Außerdem war sie mit Sinn für Humor auf die Welt gekommen und den besaß sie noch immer.

Als sie beim Frühstück saß und vor sich hin starrte, klingelte die Türglocke, begleitet von einem energischen Rappeln am Klopfer. Eine Minute später öffnete das kleine Dienstmädchen die Tür und meldete beinahe atemlos:

«Dr. Harrison.»

Der mittelalte, große Arzt stürmte mit Energie und Schwung herein, wie seine Attacke auf den Türklopfer es angekündigt hatte.

«Guten Morgen, Miss Grey.»

«Guten Morgen, Dr. Harrison.»

«Ich komme so früh vorbei», begann der Doktor, «für den Fall, dass Sie von einer dieser Harfield-Kusinen gehört haben. Mrs. Samuel, so nennt sie sich – eine reichlich giftige Person.»

Ohne ein Wort reichte Katherine dem Arzt Mrs. Harfields Brief. Mit einiger Erheiterung beobachtete sie ihn bei der Lektüre: die zusammengekniffenen buschigen Brauen, das Schnauben und Knurren heftiger Missbilligung. Er knallte den Brief auf den Tisch.

«Absolut monströs», fauchte er. «Lassen Sie sich davon nicht ins Bockshorn jagen, meine Liebe. Die reden wild drauflos. Die alte Mrs. Harfield war genauso bei Verstand wie Sie und ich, und es wird sich keiner finden, der das Gegenteil behauptet. Die haben nichts, worauf sie setzen können, und die wissen das. All das Gerede von Gerichtsverfahren ist der reine Bluff. Deshalb dieser Versuch, Sie hintenrum reinzulegen. Hören Sie, meine Liebe, lassen Sie sich von denen nicht einseifen. Und glauben Sie bloß nicht, es wäre Ihre Pflicht, denen das Geld auszuhändigen, oder sonst was, weil Sie Skrupel haben.»

«Ich fürchte, es ist mir gar nicht in den Sinn gekommen, deswegen Skrupel zu haben», sagte Katherine. «All diese Leute sind entfernte Verwandte von Mrs. Harfields Mann, und die sind nie hergekommen und haben sich nicht um sie gekümmert, als sie noch lebte.»

«Sie sind eine vernünftige Frau», sagte der Arzt. «Ich weiß besser als sonst einer, dass Sie es die letzten zehn Jahre nicht leicht gehabt haben. Was immer die alte Dame zurückgelegt hat, steht Ihnen vollkommen zu.»

Katherine lächelte nachdenklich.

«Was immer sie zurückgelegt hat», wiederholte sie. «Sie haben nicht zufällig eine Ahnung, um welche Summe es geht?»

«Na ja – so um die fünfhundert pro Jahr, nehme ich an.»

Katherine nickte.

«Das hatte ich auch gedacht», sagte sie. «Jetzt lesen Sie mal das hier.»

Sie reichte ihm den Brief, den sie dem langen blauen Umschlag entnommen hatte. Der Doktor las ihn und stieß einen Ruf höchsten Erstaunens aus.

«Unmöglich», murmelte er, «unmöglich.»

«Sie war einer der ersten Aktionäre von Mortaulds. Vor vierzig Jahren muss sie ein Einkommen von acht- oder zehntausend Pfund im Jahr gehabt haben. Ich bin ganz sicher, dass sie nie mehr als vierhundert im Jahr ausgegeben hat. Mit Geld ist sie immer sehr vorsichtig umgegangen. Ich habe immer gedacht, sie müsste jeden Penny dreimal umdrehen.»

«Und die Zeit hat das Vermögen durch Zins und Zinseszins vermehrt. Meine Liebe, Sie werden eine sehr reiche Frau.»

Katherine Grey nickte.

«Ja», sagte sie, «das werde ich.»

Sie sprach distanziert, fast unpersönlich, als betrachte sie die Lage von außen.

«Also», sagte der Arzt, der sich anschickte aufzubrechen, «meine herzlichsten Glückwünsche.» Er schnipste mit dem Daumen an Mrs. Samuel Harfields Brief. «Kümmern Sie sich nicht um diese Frau und ihren scheußlichen Brief.»

«Der Brief ist gar nicht so scheußlich», sagte Miss Grey tolerant. «Unter den Umständen finde ich das eigentlich ganz natürlich.»

«Manchmal machen Sie mich ganz misstrauisch», sagte der Arzt.

«Warum?»

«Was Sie alles ganz natürlich finden.»

Katherine Grey lachte.

Beim Mittagessen erzählte Dr. Harrison seiner Frau die große Neuigkeit. Sie war ganz aufgeregt darüber.

«Man stelle sich das vor – Mrs. Harfield mit all dem Geld. Ich freue mich, dass sie es Katherine Grey hinterlassen hat. Das Mädchen ist eine Heilige.»

Der Doktor schnitt eine kleine Grimasse.

«Den Umgang mit Heiligen habe ich mir immer ziemlich schwierig vorgestellt. Katherine Grey ist zu menschlich für eine Heilige.»

«Sie ist eine Heilige mit Sinn für Humor», sagte die Frau des Arztes zwinkernd. «Und ich nehme zwar an, dass du es nie bemerkt hast, aber sie sieht auch sehr gut aus.»

«Katherine Grey?» Der Arzt war ehrlich überrascht. «Sie hat ganz hübsche Augen, ich weiß.»

«O ihr Männer!», rief seine Frau. «Blind wie die Maulwürfe. Katherine hat alles, was zu einer richtigen Schönheit gehört. Alles, was ihr fehlt, sind Kleider.»

«Kleider? Was stimmt denn nicht mit ihren Kleidern? Ich finde, sie sieht immer ganz nett aus.»

Mrs. Harrison stieß einen entrüsteten Seufzer aus, und der Arzt stand auf, um seine Patientenbesuche zu machen.

«Du könntest mal bei ihr reinschauen, Polly», schlug er vor.

«Das werde ich tun», sagte Mrs. Harrison prompt.

Sie machte ihren Besuch um drei Uhr nachmittags.

«Meine Liebe, ich freue mich ja so», sagte sie warm, als sie Katherines Hand drückte. «Und alle anderen im Dorf werden sich auch freuen.»

«Es ist sehr nett von Ihnen, vorbeizuschauen und mir das zu sagen», sagte Katherine. «Ich hatte gehofft, dass Sie vorbeikommen würden, weil ich nach Johnnie fragen wollte.»

«Oh! Johnnie. Tja …»

Johnnie war Mrs. Harrisons jüngster Sohn. Sekunden später stürzte sie sich in eine lange Erzählung, in der es vor allem um Johnnies Lymphdrüsen und Mandeln ging. Katherine hörte verständnisvoll zu. Alte Gewohnheiten wird man nicht so schnell los. Zuhören war zehn Jahre lang ihre Hauptaufgabe gewesen. «Meine Liebe, habe ich Ihnen eigentlich je von dem Flottenball in Portsmouth erzählt? Als Lord Charles mein Kleid bewundert hat?» Und gefasst und freundlich antwortete Katherine dann: «Ich glaube fast, ja, Mrs. Harfield, aber ich habe das ganz vergessen. Möchten Sie es mir nicht noch einmal erzählen?» Und dann hatte die alte Dame immer losgelegt, mit zahlreichen Ausschmückungen und Pausen und Einzelheiten, an die sie sich erinnerte. Und Katherine lauschte mit halbem Ohr und sagte mechanisch die richtigen Dinge, wenn die alte Dame innehielt.

Mit ebendiesem merkwürdigen Gefühl, zweigeteilt zu sein, an das sie gewöhnt war, lauschte sie nun Mrs. Harrison.

Nach einer halben Stunde rief Letztere sich plötzlich zur Ordnung.

«Jetzt rede ich die ganze Zeit von mir», rief sie. «Dabei bin ich hergekommen, um über Sie und Ihre Pläne zu sprechen.»

«Ich glaube, eigentlich habe ich noch gar keine.»

«Meine Liebe – Sie wollen doch wohl nicht *hier* bleiben?»

Katherine lächelte über das Entsetzen im Tonfall der anderen.

«Nein, ich glaube, ich möchte gern reisen. Ich habe nie viel von der Welt gesehen, wissen Sie.»

«Das kann ich mir denken. Es war bestimmt ein schlimmes Dasein für Sie, all die Jahre hier eingesperrt gewesen zu sein.»

«Ich weiß nicht», sagte Katherine. «Es hat mir viel Freiheit gegeben.»

Sie hörte die anderen ächzen und wurde ein wenig rot.

«Das klingt wohl ziemlich verrückt – so etwas zu sagen. Natürlich hatte ich nicht viel Freiheit im engen physischen Sinn …»

«Das will ich wohl meinen», sagte Mrs. Harrison. Sie dachte daran, dass Katherine selten einen freien Tag zur Verfügung gehabt hatte.

«Aber irgendwie gibt physische Erschöpfung einem viel geistigen Raum. Man kann immer denken. Ich hatte immer so ein herrliches Gefühl von geistiger Freiheit.»

Mrs. Harrison schüttelte den Kopf.

«Das kann ich nicht verstehen.»

«Ach, das könnten Sie aber, wenn Sie an meiner Stelle wären. Aber trotz alledem habe ich das Gefühl, ich hätte gern eine Veränderung. Ich möchte – tja, ich möchte, dass etwas geschieht. O nein, nicht mit mir – das meine ich nicht. Aber ich möchte irgendwo sein, wo etwas geschieht – aufregende Dinge –, auch wenn ich nur Zuschauer bin. Sie wissen doch, hier in St. Mary Mead passiert nie etwas.»

«Da haben Sie Recht», sagte Mrs. Harrison mit Nachdruck.

«Zuerst fahre ich nach London», sagte Katherine. «Ich muss ohnehin mit den Anwälten sprechen. Danach geht es wahrscheinlich ins Ausland.»

«Sehr schön.»

«Aber vorher, natürlich …»

«Ja?»

«… brauche ich etwas zum Anziehen.»

«Genau das habe ich Arthur heute Morgen gesagt», rief die Frau des Arztes. «Wissen Sie, Katherine, dass Sie richtig schön sein könnten, wenn Sie sich etwas Mühe geben würden?»

Miss Grey lachte ungekünstelt.

«Ach, eine Schönheit wird man wohl nicht aus mir machen können», sagte sie offen. «Aber natürlich freue ich mich darauf, ein paar wirklich gute Sachen zu haben. Ich fürchte, ich rede furchtbar viel über mich.»

Mrs. Harrison sah sie durchdringend an.

«Das muss allerdings eine ganz neue Erfahrung für Sie sein», sagte sie trocken.

Ehe sie das Dorf verließ, machte Katherine einen Abschiedsbesuch bei der alten Miss Viner. Sie war zwei Jahre älter als Mrs. Harfield, und vor allem mit dem Erfolg befasst, ihre Freundin überlebt zu haben.

«Hätten Sie nicht gedacht, dass ich länger durchhalte als Jane Harfield, oder?», sagte sie triumphierend. «Wir waren zusammen in der Schule, sie und ich. Und jetzt ist sie weg und ich bin übrig. Wer hätte das gedacht?»

«Sie haben immer braunes Brot zu Abend gegessen, nicht wahr?», murmelte Katherine mechanisch.

«Also, dass Sie das noch wissen, meine Liebe. Ja, wenn Jane Harfield jeden Abend eine Scheibe braunes Brot gegessen und zu den Mahlzeiten etwas Stimulierendes getrunken hätte, könnte sie noch hier sein.»

Die alte Dame hielt inne und nickte triumphierend; dann erinnerte sie sich plötzlich an etwas und setzte hinzu:

«Also, Sie haben einen Batzen Geld geerbt, wie ich gehört habe? Gut, gut. Passen Sie gut darauf auf. Und Sie wollen nach London, um sich ein paar schöne Tage zu machen? Bilden Sie sich aber nicht ein, dass Sie geheiratet werden, meine Liebe, das werden Sie nämlich nicht. Sie sind nicht von der Sorte, die Männer anzieht. Und außerdem kommen Sie in die Jahre. Wie alt sind Sie inzwischen?»

«Dreiunddreißig», sagte Katherine.

«Tja», bemerkte Miss Viner zweifelnd, «das ist nicht einmal so alt. Aber auch nicht mehr ganz taufrisch.»

«Das ist wohl wahr», sagte Katherine erheitert.

«Aber sind Sie ein sehr nettes Mädchen», sagte Miss Viner freundlich. «Und ich bin sicher, für den einen oder anderen Mann wäre es gar nicht schlecht, Sie zur Frau zu nehmen statt eines dieser flatterhaften Dinger, die heute herumlaufen und mehr Bein zeigen, als ihr Schöpfer je vorgesehen hatte. Auf Wiedersehen, meine Liebe, und ich hoffe, Sie haben viel Freude, aber in diesem Leben sind die Dinge selten das, was sie zu sein scheinen.»

Von diesen Prophezeiungen ermutigt nahm Katherine Abschied. Auf dem Bahnhof war das halbe Dorf versammelt, um auf Wiedersehen zu sagen, so auch Alice, das kleine Dienstmädchen. Sie brachte ihr ein starres Bouquet mit Drahtkorsett und weinte bittere Tränen.

«Solche wie die gibt's nicht viele», schluchzte Alice, als der Zug endlich abgefahren war. «Damals, als Charlie mich verlassen wollte, wegen der aus der Meierei, so lieb, wie Miss Grey da zu mir gewesen ist, hätte sonst keiner sein können, da bin ich ganz sicher, und mit dem Messing und dem Staub ist sie ja immer ziemlich eigen gewesen, sie hat's aber immer gemerkt, wenn man sich besonders angestrengt hat. Ich würde mich für sie in Stücke hacken lassen, würd ich wirklich, und zwar jederzeit. Eine richtige Lady ist sie, jawohl, das ist sie.»

Das war Katherines Abschied von St. Mary Mead.

Achtes Kapitel

Lady Tamplin schreibt einen Brief

«Tja», sagte Lady Tamplin, «tja.»

Sie ließ die Kontinental-Ausgabe der *Daily Mail* sinken und schaute hinaus auf die blauen Fluten des Mittelmeeres. Der goldfarbene Mimosenzweig, der über ihrem Kopf hing, gab einen wirkungsvollen Rahmen für ein sehr reizendes Bild ab. Eine goldhaarige, blauäugige Dame in einem sehr kleidsamen Negligé. Es ließ sich nicht leugnen, dass das goldene Haar der Kunst einiges verdankte, ebenso wie der weißrosa Teint, aber das Blau der Augen war ein Geschenk der Natur, und mit vierundvierzig konnte Lady Tamplin noch immer als Schönheit gelten.

So reizend sie auch gerade dreinblickte – Lady Tamplin dachte ausnahmsweise einmal nicht an sich. Das heißt nicht an ihr Aussehen. Sie befasste sich mit ernsteren Dingen.

Lady Tamplin war eine bekannte Erscheinung an der Riviera, und ihre Partys in der Villa Marguerite waren mit Recht berühmt. Sie war eine Frau von beträchtlicher Lebenserfahrung und hatte vier Männer gehabt. Der erste war lediglich ein Irrtum gewesen, daher sprach die Lady nur selten von ihm. Er war so vernünftig gewesen, lobenswert prompt zu sterben, und seine Witwe heiratete daraufhin einen reichen Knopffabrikanten. Auch dieser war nach drei Jahren Eheleben in eine andere Sphäre entschwunden – angeblich nach einem fröhlichen Abend mit seinen Zechkumpanen. Danach kam Viscount

Tamplin, der Rosalie sicher auf jene gesellschaftlichen Höhen gehoben hatte, wo sie zu wandeln wünschte. Sie behielt ihren Titel, als sie zum vierten Mal heiratete. Dieses vierte Unterfangen hatte sie aus reinem Vergnügen getätigt. Mr. Charles Evans, ein außerordentlich gut aussehender junger Mann, siebenundzwanzig, mit bezaubernden Umgangsformen, großer Liebe zum Sport und ein leidenschaftlicher Liebhaber aller kostspieligen Dinge dieser Welt, hatte überhaupt kein eigenes Geld.

Lady Tamplin war mit dem Leben allgemein glücklich und zufrieden, hatte aber bisweilen leichte Besorgnisse wegen des Geldes. Der Knopffabrikant hatte seiner Witwe ein beträchtliches Vermögen hinterlassen, aber, wie Lady Tamplin häufig sagte, «was so dies und das angeht ...» *(dies* war der Wertverlust der Aktien durch den Krieg, *das* waren die Extravaganzen des seligen Lord Tamplin). Es ging ihr noch immer recht gut, aber recht gut war kaum zufrieden stellend für eine mit Rosalie Tamplins Temperament.

An diesem besonderen Januarmorgen öffnete sie daher ihre blauen Augen außerordentlich weit, als sie eine gewisse Notiz in der Zeitung gelesen hatte, und äußerte dieses unverfängliche einsilbige Wort «tja». Die einzige andere Person auf dem Balkon war ihre Tochter, Lenox Tamplin. Eine Tochter wie Lenox war ein trüber Dorn in Lady Tamplins Auge, ein Mädchen ohne jedes Taktgefühl. Sie sah älter aus, als sie tatsächlich war, und ihr spezieller sardonischer Humor war, um es gelinde auszudrücken, ungemütlich.

«Liebling», sagte Lady Tamplin, «stell dir bloß mal vor.»

«Was gibt's denn?»

Lady Tamplin nahm die *Daily Mail* auf, gab sie ihrer Tochter und wies mit aufgeregtem Zeigefinger auf die interessante Meldung.

Lenox las sie ohne ein Anzeichen jener Erregung, die ihre Mutter gezeigt hatte.

«Na und?», fragte sie. «So was passiert doch dauernd. In allen Dörfern sterben doch dauernd geizige alte Frauen, die dann ihren treuen Gesellschafterinnen ein Millionenvermögen hinterlassen.»

«Ja, Liebes, weiß ich», sagte ihre Mutter, «und ich nehme an, das Vermögen ist gar nicht so groß, wie man behauptet; Zeitungen sind so unzuverlässig. Aber selbst wenn man die Hälfte abzieht...»

«Tja», sagte Lenox, «sie hat es nicht uns hinterlassen.»

«Nicht direkt, Liebes», sagte Lady Tamplin, «aber dieses Mädchen, diese Katherine Grey, ist eigentlich eine Kusine von mir. Eine der Greys aus Worcestershire. Meine eigene Kusine! Stell dir das vor!»

«Aha», sagte Lenox.

«Und ich frage mich...», sagte ihre Mutter.

«Was da für uns drin ist», beendete Lenox, mit dem schrägen Lächeln, das ihre Mutter immer so schwierig zu verstehen fand.

«Ach, Liebling», sagte Lady Tamplin, mit einem Hauch von Vorwurf in der Stimme.

Es war wirklich nur ein Hauch, denn Rosalie Tamplin war an die Offenherzigkeit ihrer Tochter und ihre ungemütliche Art, die Dinge beim Namen zu nennen, gewöhnt.

«Ich frage mich», sagte Lady Tamplin, wobei sie wieder ihre kunstvoll nachgezeichneten Augenbrauen zusammenzog, «ob – ah, guten Morgen, Chubby, mein Lieber; gehst du Tennis spielen? Wie nett.»

Auf diese Anrede hin lächelte Chubby ihr freundlich zu, bemerkte leichthin: «Wie blendend du in diesem pfirsichfarbenen Etwas aussiehst», und schlenderte an ihnen vorüber, die Stufen hinab.

«Der liebe Junge», sagte Lady Tamplin; sie blickte ihrem Gatten zärtlich nach. «Aber was wollte ich eben sagen? Ah!» Sie richtete ihre Gedanken wieder auf das Geschäftliche. «Ich frage mich...»

«Nun komm doch um Himmels willen zur Sache. Das sagst du jetzt zum dritten Mal.»

«Tja, Liebes», sagte Lady Tamplin, «ich frage mich, ob es nicht sehr nett von mir wäre, der lieben Katherine zu schreiben und ihr vorzuschlagen, uns hier zu besuchen. Sie hat natürlich keinerlei Kontakt zur Gesellschaft. Es wäre doch viel netter für sie, von einer ihrer Verwandten eingeführt zu werden. Ein Vorteil für sie und ein Vorteil für uns.»

«Was meinst du denn, wie viel du ihr dafür abschwatzen kannst?», fragte Lenox.

Ihre Mutter sah sie tadelnd an und murmelte:

«Natürlich müsste man irgendein finanzielles Arrangement treffen. Was so dies und das angeht – der Krieg – dein armer Vater...»

«Und jetzt Chubby», sagte Lenox. «Er ist ein teurer Luxusgegenstand, wenn man so will.»

«Soweit ich mich erinnere, war sie ein nettes Mädchen», murmelte Lady Tamplin, die ihren eigenen Gedanken nachging, «ruhig, hat sich nie vorgedrängt, keine Schönheit, und sie ist nie den Männern nachgelaufen.»

«Sie wird also die Finger von Chubby lassen?», sagte Lenox.

Lady Tamplin sah sie vorwurfsvoll an. «Chubby würde nie...», begann sie.

«Nein», sagte Lenox, «das glaube ich auch nicht; er weiß doch viel zu gut, woher die Butter auf seinem Brot kommt.»

«Liebling», sagte Lady Tamplin, «du hast so eine direkte Art, die Dinge auszudrücken.»

«Entschuldige», sagte Lenox.

Lady Tamplin raffte die *Daily Mail*, ihr Negligé, ihre Handtasche und etliche Briefe zusammen.

«Ich werde der lieben Katherine sofort schreiben», sagte sie, «und sie an die schönen alten Zeiten in Edgeworth erinnern.»

Sie lief ins Haus, leuchtende Entschlossenheit im Blick.

Anders als bei Mrs. Samuel Harfield floss ihr die Korrespondenz leicht aus der Feder. Ohne Pause oder Mühe füllte sie vier Seiten, und als sie alles noch einmal las, hatte sie nicht das Bedürfnis, auch nur ein Wort zu ändern.

Katherine erhielt den vier Seiten langen Brief am Morgen ihres Eintreffens in London. Ob sie etwas zwischen den Zeilen herauslas oder nicht, ist eine andere Frage. Sie steckte ihn in die Handtasche und machte sich auf, um den Termin mit Mrs. Harfields Anwälten wahrzunehmen.

Es handelte sich um eine alteingesessene Sozietät in Lincoln's Inn Fields, und nach wenigen Minuten des Wartens wurde Katherine zum Seniorpartner geführt, einem freundlichen älteren Herrn mit klugen blauen Augen und väterlicher Art.

Zwanzig Minuten lang besprachen sie Mrs. Harfields Testament und verschiedene juristische Fragen. Danach reichte Katherine ihm Mrs. Samuels Brief.

«Das sollte ich Ihnen wohl zeigen, nehme ich an», sagte sie, «wenn es auch ziemlich albern ist.»

Er las es mit einem leisen Lächeln.

«Ein ziemlich plumper Versuch, Miss Grey. Ich brauche Ihnen wohl kaum zu sagen, dass diese Leute nicht den geringsten Anspruch auf das Erbe haben, und wenn sie versuchen, das Testament anzufechten, wird ihnen kein Gericht Recht geben.»

«Ich hatte es mir schon gedacht.»

«Die menschliche Natur ist nicht immer sehr klug. An Mrs. Samuels Stelle hätte ich viel eher an Ihre Großmut appelliert.»

«Unter anderem darüber wollte ich mit Ihnen sprechen. Ich möchte diesen Leuten eine gewisse Summe zukommen lassen.»

«Sie sind dazu in keiner Weise verpflichtet.»

«Das weiß ich.»

«Und sie werden es nicht so annehmen, wie es gemeint ist. Vermutlich werden sie es als Versuch auffassen, sie billig auszuzahlen. Was sie aber nicht daran hindern wird, es anzunehmen.»

«Das sehe ich auch so, aber da kann man nichts machen.»

«Ich würde Ihnen raten, Miss Grey, diese Idee fallen zu lassen.»

Katherine schüttelte den Kopf. «Ich weiß, Sie haben vollkommen Recht, aber ich möchte es trotzdem so machen.»

«Sie werden das Geld nehmen und nachher erst recht über Sie herziehen.»

«Tja», sagte Katherine, «sollen sie doch, wenn es ihnen Spaß macht. Jeder von uns amüsiert sich auf seine Weise. Immerhin waren sie Mrs. Harfields einzige Verwandte, und wenn sie sie auch als arme Verwandte verachtet und sich nie um sie gekümmert haben, als sie noch lebte, kommt es mir nicht richtig vor, dass sie ganz leer ausgehen sollen.»

Sie setzte sich durch, sosehr ihr der Anwalt auch abriet, und bald darauf ging sie durch die Straßen Londons mit der angenehmen Sicherheit, nach Herzenslust Geld ausgeben und für die Zukunft die Pläne machen zu können, die ihr gefielen. Ihre erste Maßnahme war der Besuch im Geschäft einer berühmten Modistin.

Eine schlanke, ältliche Französin, die aussah wie eine verträumte Herzogin, empfing sie, und Katherine sagte mit einer gewissen Naivität:

«Ich möchte mich, wenn ich darf, ganz in Ihre Hände geben. Mein Leben lang bin ich sehr arm gewesen und verstehe nichts von Kleidern, aber jetzt bin ich zu etwas Geld gekommen und möchte wirklich gut gekleidet aussehen.»

Die Französin war entzückt. Sie hatte das Temperament einer Künstlerin, und dieses war früher am Vormittag arg misshandelt worden durch den Besuch einer argentinischen Fleischbaronin, die darauf bestanden hatte, die für ihren extravaganten Schönheitstyp am wenigstens geeigneten Modelle zu kaufen. Sie prüfte Katherine mit kühlen, klugen Augen. «Ja –

ja, es wird mir ein Vergnügen sein. Mademoiselle hat eine ausgezeichnete Figur; schlichte Linien werden ihr am besten stehen. Außerdem ist sie *très anglaise.* Manche Leute wären beleidigt, wenn ich das sagte, aber Mademoiselle nicht. *Une belle anglaise*, es gibt keinen entzückenderen Stil.»

Die Manier einer verträumten Herzogin war plötzlich verschwunden. Sie sprudelte Anweisungen für ihre Mannequins heraus. «Clothilde, Virginie, schnell, meine Kleinen, das kleine *tailleur gris clair* und die *robe de soirée soupir d'automne.* Marcelle, mein Kind, das kleine *complet* aus *crêpe de Chine*, mimosenfarben.»

Es war ein herrlicher Vormittag. Marcelle, Clothilde, Virginie, gelangweilt und hochmütig, paradierten langsam im Kreis, wobei sie sich nach altehrwürdiger Mannequin-Art drehten und wanden. Die Herzogin stand neben Katherine und machte Notizen in ein kleines Buch.

«Eine ausgezeichnete Wahl, Mademoiselle. Mademoiselle hat sehr feinen *goût.* Ja, wahrhaftig. Mademoiselle kann nichts Besseres auswählen als diese kleinen *complets*, wenn sie, wie ich vermute, diesen Winter an die Riviera fährt.»

«Lassen Sie mich doch dieses Abendkleid noch einmal sehen», sagte Katherine – «das in Rosé und Malve.»

Virginie erschien und kreiselte langsam vorüber.

«Das ist das hübscheste von allen», sagte Katherine, als sie das erlesene Ensemble aus Malve und Grau und Blau betrachtete. «Wie haben Sie es genannt?»

«*Soupir d'automne;* ja, ja, das ist wirklich das Kleid für Mademoiselle.»

Warum kamen diese Worte Katherine mit einem leisen Gefühl von Traurigkeit wieder ins Gedächtnis, als sie den Salon verlassen hatte?

«‹*Soupir d'automne*, das ist wirklich das Kleid für Mademoiselle›.» Herbst, ja, es war Herbst für sie. Frühling oder Sommer hatte sie nie gekannt, und sie würde sie auch niemals kennen lernen. Sie hatte etwas verloren, das ihr nie zurückgegeben werden konnte. All die Jahre des Dienens in St. Mary Mead – und die ganze Zeit war das Leben an ihr vorübergegangen.

«Ich bin eine Närrin», sagte Katherine. «Ich bin eine Närrin. Was will ich denn eigentlich? Also, vor einem Monat war ich zufriedener als jetzt.»

Aus ihrer Handtasche nahm sie den Brief, den sie am Morgen von Lady Tamplin erhalten hatte. Katherine war nicht dumm. Sie verstand sehr wohl die Nuancen dieses Briefs, und die Gründe für Lady Tamplins plötzlich bekundete Zuneigung zu einer so lange vergessenen Kusine waren ihr durchaus klar. Nutzen, nicht Vergnügen ließ Lady Tamplin die Gesellschaft ihrer lieben Kusine so sehr ersehnen. Nun ja, warum nicht? Beide Seiten würden profitieren.

«Ich fahre hin», sagte Katherine.

Da ging sie gerade Piccadilly hinunter und begab sich zu Cook's, um gleich Nägel mit Köpfen zu machen. Einige Minuten musste sie warten. Der Mann, mit dem sich der Angestellte gerade beschäftigte, würde auch an die Riviera reisen. Alles fährt jetzt dahin, dachte sie. Nun denn, zum ersten Mal in ihrem Leben würde sie nun auch tun, was «alle» taten.

Der Mann vor ihr drehte sich plötzlich um und ging, und sie nahm seinen Platz ein. Sie trug dem Angestellten ihr Anliegen vor, aber gleichzeitig beschäftigte sich ein Teil ihrer Gedanken mit etwas anderem. Das Gesicht dieses Mannes – irgendwie kam es ihr bekannt vor. Wo hatte sie ihn nur gesehen? Plötzlich erinnerte sie sich. Es war vor ihrem Zimmer im *Savoy* gewesen, an diesem Morgen. Sie war mit ihm auf dem Korridor zusammengestoßen. Merkwürdiger Zufall, ihm zweimal an einem Tag zu begegnen. Sie warf einen Blick über die Schulter, mit einem Gefühl des Unbehagens, dessen Grund sie nicht kannte. Der Mann stand im Eingang und schaute zu ihr zurück. Ein kalter Schauer überlief Katherine; sie hatte eine Vorahnung von Tragödie, von drohendem Unheil…

Dann schüttelte sie mit ihrer gesunden Vernunft den Eindruck ab und richtete ihre ganze Aufmerksamkeit auf das, was der Angestellte sagte.

Neuntes Kapitel

Ein abgelehntes Angebot

Derek Kettering ließ sich nur selten von Stimmungen unterkriegen. Lässige Sorglosigkeit war sein wichtigster Wesenszug und hatte ihm schon aus mancher Klemme geholfen. Auch nun, da er Mirelles Wohnung verlassen hatte, war er bald wieder gefasst. Kühle Überlegung tat Not. Die Klemme, in der er jetzt steckte, war die schlimmste, in der er sich je befunden hatte, und es waren unvorhergesehene Faktoren aufgetaucht, mit denen er im Moment noch nicht umzugehen wusste.

Tief in Gedanken schlenderte er dahin. Seine Stirn war zerfurcht, und die muntere, lässige Art, die ihm so gut anstand, war verschwunden. Mehrere Möglichkeiten gingen ihm durch den Kopf. Man hätte durchaus sagen können, dass Derek Kettering nicht so närrisch war, wie er wirkte. Er sah verschiedene gangbare Wege – einer davon schien ihm besonders geeignet. Wenn er davor zurückschreckte, so nur für den Moment. In einer verzweifelten Lage greift man zu verzweifelten Mitteln. Er hatte seinen Schwiegervater ganz richtig eingeschätzt. Ein Krieg zwischen Derek Kettering und Rufus Van Aldin konnte nur auf eine Weise enden. Im Geiste fluchte Derek heftig auf das Geld und die Macht des Geldes. Er ging die St. James's Street hinauf, überquerte Piccadilly und schlenderte weiter in Richtung Piccadilly Circus. Als er am Büro von Thomas Cook & Sons vorüberging, wurden seine Schritte langsamer. Er ging jedoch weiter, wobei er die Angelegenheit im Kopf hin und her wälzte. Schließlich nickte er kurz und machte kehrt – so jäh, dass er mit ein paar hinter ihm gehenden Passanten zusammenstieß. Diesmal ging er nicht an Cook's vorbei, sondern hinein. Das Büro war relativ leer, und man kümmerte sich sofort um ihn.

«Ich möchte nächste Woche nach Nizza fahren. Könnten Sie mir alles zusammenstellen?»

«An welchem Tag, Sir?»

«Am Vierzehnten. Welchen Zug können Sie mir empfehlen?»

«Also, der beste Zug ist natürlich der so genannte *Blaue Express*. Dabei vermeidet man den lästigen Zoll in Calais.»

Derek nickte. Er wusste das alles besser als die meisten.

«Am Vierzehnten», murmelte der Angestellte, «das ist schon bald. Der *Blaue Express* ist fast immer ausgebucht.»

«Sehen Sie bitte nach, ob ein Schlafcoupé frei ist», sagte Derek. «Falls nicht …» Er ließ den Satz unbeendet, mit einem sonderbaren Lächeln.

Der Angestellte verschwand für einige Minuten, kam aber bald zurück. «Das geht in Ordnung, Sir, es sind noch drei Coupés frei. Ich kann Ihnen eines reservieren. Auf welchen Namen bitte?»

«Pavett», sagte Derek. Er nannte seine Adresse in der Jermyn Street.

Der Angestellte nickte, schrieb alles auf, wünschte Derek höflich einen guten Morgen und wandte sich dem nächsten Kunden zu.

«Ich möchte nach Nizza fahren – am Vierzehnten. Gibt es da nicht einen Zug namens *Blauer Express?*»

Derek schaute sich jäh um.

Ein Zufall – ein seltsamer Zufall. Er erinnerte sich an seine leicht verschrobenen Worte zu Mirelle. *«Porträt einer Dame mit grauen Augen. Vermutlich werde ich sie nie wieder sehen»*. Und jetzt *hatte* er sie wieder gesehen; mehr als das, sie wollte am gleichen Tag wie er an die Riviera fahren.

Einen Moment lang überlief ihn ein Schauer; in gewisser Weise war er abergläubisch. Er hatte mit einem halbherzigen Lachen gesagt, dass diese Frau ihm vielleicht Unglück bringen würde. Angenommen – angenommen, das wäre wahr? Vom Eingang schaute er zu ihr zurück, wie sie da stand und mit dem Angestellten sprach. Diesmal hatte ihm sein Gedächtnis keinen Streich gespielt. Eine Lady – eine Dame in jedem Sinn dieses Worts. Nicht sehr jung, nicht besonders hübsch. Aber sie hatte etwas – graue Augen, die vielleicht zu viel sahen. Als er hinausging, wurde ihm klar, dass er sich irgendwie vor dieser Frau fürchtete.

Er ging zurück zu seinen Räumen in der Jermyn Street und läutete seinem Diener.

«Nehmen Sie diesen Scheck, Pavett, und gehen Sie zu Cook's, Piccadilly. Da liegen ein paar Fahrkarten auf Ihren Namen; bezahlen Sie sie und bringen Sie sie her.»

«Sehr wohl, Sir.»

Pavett verschwand.

Derek schlenderte zu einer Anrichte und nahm eine Hand voll Briefe auf. Es war eine allzu vertraute Form von Post. Rechnungen, kleine und große Rechnungen, alle dringend zu begleichen. Noch war der Ton der Mahnungen höflich. Derek wusste, wie rasch sich dieser höfliche Ton ändern würde, wenn – wenn gewisse Neuigkeiten bekannt würden.

Missmutig warf er sich in einen großen, mit Leder bezogenen Sessel. Er steckte in einer verdammten Klemme. Ja, eine verdammte Klemme! Und die Wege aus dieser Klemme waren sämtlich nicht verheißungsvoll.

Pavett erschien mit einem diskreten Hüsteln.

«Ein Herr wünscht Sie zu sprechen, Sir – Major Knighton.»

«Knighton, wie?»

Derek setzte sich aufrecht hin, schnitt eine Grimasse, war plötzlich ganz wach. Leiser, fast als Selbstgespräch, sagte er: «Knighton – was mag da nun wieder im Busch sein?»

«Soll ich – äh – ihn hereinführen, Sir?»

Derek nickte. Als Knighton eintrat, fand er sich von einem charmanten und liebenswürdigen Hausherrn erwartet.

«Nett von Ihnen, dass Sie mich besuchen», sagte Derek.

Knighton war nervös.

Die scharfen Augen des anderen bemerkten es sofort. Der Auftrag, den der Sekretär auszuführen hatte, war ihm zweifellos unangenehm. Fast mechanisch antwortete er auf Dereks leicht dahinfließendes Geplauder. Einen Drink lehnte er ab, und sein Benehmen wurde bestenfalls noch steifer. Derek schien das endlich zu bemerken.

«Also», sagte er munter. «Was hat mein verehrter Schwiegervater mit mir vor? Sie kommen ja wohl in seinem Auftrag?»

Knighton erwiderte das Lächeln nicht.

«So ist es, ja», sagte er vorsichtig. «Ich – ich wollte, Mr. Van Aldin hätte jemand anderen damit betraut.»

Mit spöttischer Betroffenheit hob Derek die Brauen.

«So schlimm ist es? Ich kann Ihnen versichern, Knighton, dass ich nicht besonders dünnhäutig bin.»

«Gut», sagte Knighton, «aber das ...»

Er machte eine Pause.

Derek musterte ihn aufmerksam.

«Kommen Sie, raus damit», sagte er freundlich. «Ich kann mir vorstellen, dass die Aufträge meines lieben Schwiegervaters nicht immer angenehm sind.»

Knighton räusperte sich. Dann sagte er in einem Tonfall, aus dem er alle Verlegenheit herauszuhalten suchte:

«Ich bin von Mr. Van Aldin beauftragt, Ihnen ein unwiderrufliches Angebot zu machen.»

«Ein Angebot?» Einen Moment lang zeigte Derek seine Überraschung. Knightons Eröffnung war sichtlich nicht das, was er erwartet hatte. Er bot Knighton eine Zigarette an, nahm selbst eine, ließ sich wieder in den Sessel sinken und murmelte in leicht sardonischem Ton:

«Ein Angebot? Das klingt recht interessant.»

«Soll ich fortfahren?»

«Bitte. Sie müssen meine Überraschung verzeihen, aber mir scheint, dass mein lieber Schwiegervater seit unserer Plauderei von heute Morgen ein bisschen vom hohen Ross gestiegen ist. Und das ist nicht unbedingt, was man von einem starken Mann, einem Napoleon der Finanzwelt erwartet. Es zeigt – ich glaube, es zeigt, dass er seine Position doch nicht für ganz so stark hält.»

Knighton lauschte höflich der lässigen, spöttischen Stimme, aber auf seiner beherrschten Miene ließ sich nichts ablesen. Er wartete, bis Derek fertig war, und sagte dann ruhig:

«Ich will die Sachlage mit so wenig Worten darlegen wie möglich.»

«Fahren Sie fort.»

Knighton sah den anderen nicht an. Seine Stimme war kühl und sachlich.

«Die Sache ist ganz einfach. Wie Sie wissen, ist Mrs. Kettering im Begriff, die Scheidung einzureichen. Sollten Sie keinen Widerspruch erheben, erhalten Sie hunderttausend an dem Tag, da die Scheidung rechtsgültig wird.»

Derek hatte eben seine Zigarette anzünden wollen und hielt jäh inne. «Hunderttausend!», sagte er scharf. «Dollar?»

«Pfund.»

Mindestens zwei Minuten lang herrschte Totenstille. Kettering hatte die Brauen zusammengekniffen und dachte nach. Hunderttausend Pfund. Das bedeutete Mirelle und die Fortdauer seines ersprießlichen, sorglosen Lebens. Es bedeutete, dass Van Aldin etwas wusste. Van Aldin zahlte nicht umsonst. Derek stand auf und lehnte sich an den Kamin.

«Und wenn ich dieses nette Angebot nicht annehme?», fragte er mit kalter, ironischer Höflichkeit.

Knighton machte eine wegwerfende Handbewegung.

«Ich kann Ihnen versichern, Mr. Kettering», sagte er ernst,

«dass ich äußerst widerstrebend mit dieser Botschaft hergekommen bin.»

«Das ist schon recht», sagte Kettering. «Grämen Sie sich nicht, es ist nicht Ihr Fehler. Also dann – ich habe Sie etwas gefragt, würden Sie wohl antworten?»

Knighton stand ebenfalls auf. Mit noch mehr Widerstreben als zuvor sagte er:

«Für den Fall, dass Sie diesen Vorschlag ablehnen, hat Mr. Van Aldin mich beauftragt, Ihnen ganz schlicht zu sagen, dass er Sie vernichten wird. Das ist alles.»

Kettering hob die Brauen, wahrte aber seine lockere, amüsierte Art.

«Tja, also!», sagte er. «Ich nehme an, er könnte es. Ich wäre sicher nicht fähig, dem Meister der Millionen aus Amerika lange Widerstand zu leisten. Hunderttausend! Wenn man denn jemanden bestechen will, sollte man es gleich gründlich erledigen. Angenommen, ich sagte Ihnen, für zweihunderttausend würde ich tun, was er will, was dann?»

«Ich würde Mr. Van Aldin Ihre Botschaft ausrichten», sagte Knighton unbewegt. «Ist das Ihre Antwort?»

«Nein», sagte Derek, «komischerweise ist sie das nicht. Sie können zurück zu meinem Schwiegervater gehen und ihm sagen, er soll sich samt seinem Bestechungsgeld zum Teufel scheren. Ist das klar?»

«Vollkommen», sagte Knighton. Er zögerte einen Augenblick und errötete. «Ich – wenn Sie mir die Bemerkung gestatten, Mr. Kettering, ich freue mich, dass Ihre Antwort so ausgefallen ist.»

Derek schwieg. Nachdem der andere das Zimmer verlassen hatte, blieb er noch eine Zeit lang nachdenklich beim Kamin stehen. Ein seltsames Lächeln spielte um seine Lippen.

«Das wäre es dann», sagte er leise.

Zehntes Kapitel

Im Blauen Express

«Dad!»

Mrs. Kettering schrak heftig auf. Ihre Nerven waren an diesem Morgen nicht ganz unter Kontrolle. Perfekt gekleidet mit einem kostbaren Nerzmantel und einem roten chinesischen Lackhütchen, war sie tief in Gedanken versunken durch das Gedränge auf dem Bahnsteig von Victoria Station gegangen, und das plötzliche Auftauchen ihres Vaters und seine herzhafte Begrüßung hatten eine unerwartete Wirkung auf sie.

«Also, Ruth, warum zuckst du denn so zusammen?»

«Ich hatte nur nicht erwartet, dich hier zu sehen, Dad. Du hast dich ja gestern von mir verabschiedet und gesagt, du hättest heute Morgen eine Konferenz.»

«Habe ich auch», sagte Van Aldin, «aber du bist mir wichtiger als alle blöden Konferenzen zusammen. Ich wollte dich nur unbedingt noch einmal treffen, weil ich dich ja eine ganze Weile nicht mehr sehen werde.»

«Das ist sehr lieb von dir, Dad. Ich wünschte, du könntest mitkommen.»

«Was würdest du dazu sagen, wenn ich mitkäme?»

Die Bemerkung war nur scherzhaft gemeint. Er war überrascht, eine jähe Röte auf Ruths Wangen zu sehen. Einen Moment lang glaubte er fast, ein Erschrecken in ihren Augen zu bemerken. Sie lachte unsicher und nervös.

«Einen Moment habe ich wirklich gedacht, du meinst das ernst», sagte sie.

«Hättest du dich darüber gefreut?»

«Selbstverständlich.» Sie sprach mit übertriebenem Nachdruck.

«Na», sagte Van Aldin, «dann ist es ja gut.»

«Es ist aber doch gar nicht so lang, Dad», fuhr Ruth fort, «nächsten Monat kommst du ja nach.»

«Ah!», sagte Van Aldin unbewegt, «manchmal denke ich mir, ich sollte einfach zu einem der großen Männer in der Harley Street gehen und mir von ihm erzählen lassen, dass ich sofort einen Klimawechsel und Sonne brauche.»

«Sei nicht so faul», rief Ruth, «nächsten Monat ist es da drüben viel schöner als diesen Monat. Du hast doch alle möglichen Dinge am Hals, die du jetzt nicht einfach liegen lassen kannst.»

«Tja, so ist es wohl», sagte Van Aldin mit einem Seufzer. «Aber du solltest jetzt in deinen Zug steigen, Ruth. Wo ist dein Sitzplatz?»

Ruth Kettering sah sich um. In der Tür eines der Pullman-Wagen stand eine große, dünne Frau in Schwarz – Ruth Ketterings Zofe. Sie trat beiseite, als ihre Herrin zu ihr kam.

«Ich habe die kleine Reisetasche unter Ihren Sitz gestellt, Madam, falls Sie sie brauchen. Soll ich die Decken nehmen, oder möchten Sie eine haben?»

«Nein, nein, ich brauche jetzt keine. Suchen Sie jetzt lieber Ihren eigenen Platz, Mason.»

«Ja, Madam.»

Die Zofe verschwand.

Van Aldin begleitete Ruth in den Pullman-Wagen. Sie fand ihren Platz, und Van Aldin legte einige Zeitungen und Magazine auf das Tischchen vor ihr. Der Platz gegenüber war bereits besetzt, und der Amerikaner streifte die dort sitzende Dame mit einem Blick. Er behielt einen flüchtigen Eindruck von attraktiven grauen Augen und einem hübschen Reisekostüm. Er gönnte sich noch ein kleines Gespräch mit Ruth – das Geplauder von Leuten, die andere zum Zug bringen.

Sehr bald, als die Pfeifen schrillten, sah er auf seine Uhr.

«Ich sollte wohl besser aussteigen. Auf Wiedersehen, meine Liebe. Mach dir keine Sorgen. Ich kümmere mich um alles.»

«Ach, Vater!»

Er wandte sich rasch um. Etwas lag in Ruths Stimme, das so wenig zu ihrer gewohnten Art passte, dass er erschrak. Es klang beinahe wie ein Ruf der Verzweiflung. Sie hatte eine impulsive Bewegung zu ihm hin gemacht, aber gleich darauf hatte sie sich wieder in der Gewalt.

«Bis nächsten Monat», sagte er behutsam.

Zwei Minuten später fuhr der Zug ab.

Ruth saß ganz still da, biss auf die Unterlippe und versuchte mit aller Kraft, die ungewohnten Tränen zu unterdrücken. Plötzlich empfand sie eine schreckliche Trostlosigkeit. Ein wildes Verlangen packte sie, aus dem Zug zu springen und heimzukehren, ehe es zu spät war. Sie, sonst so ruhig und selbstsicher, kam sich zum ersten Mal im Leben wie ein vom Wind verwehtes Blatt vor. Wenn ihr Vater das wüsste – was würde er wohl sagen?

Wahnsinn! Ja, genau das, Wahnsinn! Zum ersten Mal in ihrem Leben war sie von Gefühlen fortgespült, so weit fortgetragen, dass sie etwas tun wollte, wovon sie selbst wusste, dass es unglaublich töricht und gefährlich war. Als Van Aldins Tochter war sie sich ihrer Torheit vollkommen bewusst und nüchtern genug, das eigene Tun zu verurteilen. Aber auch in einem anderen Sinne war sie seine Tochter. Sie hatte die gleiche eiserne Entschiedenheit, das zu erreichen, was sie haben wollte, und, einmal entschlossen, ließ sie sich nicht vom Ziel abbringen. Von der Wiege an war sie dickköpfig gewesen; und ihre Lebensumstände hatten diese Willenskraft weiterentwickelt. Sie trieb sie nun unweigerlich voran. Die Würfel waren gefallen. Jetzt musste sie sich durchbeißen.

Sie schaute auf, und ihr Blick begegnete dem der Frau gegenüber. Plötzlich kam es ihr vor, als ob die andere irgendwie ihre Gedanken hätte lesen können. In diesen grauen Augen sah sie Verständnis und – ja – Mitgefühl.

Es war nur ein ganz kurzer Eindruck. Die Gesichter der beiden Frauen erstarrten zum anerzogenen Gleichmut. Mrs. Kettering nahm ein Magazin zur Hand, Katherine Grey blickte aus dem Fenster und betrachtete die scheinbar endlose Abfolge von deprimierenden Straßen und Vororthäusern.

Ruth fand es zunehmend schwierig, ihre Gedanken auf die bedruckte Seite vor ihr zu konzentrieren. Gegen ihren Willen plagten sie tausend Bedenken. Was für eine Närrin sie doch gewesen war! Was für eine Närrin sie immer noch war! Wie alle kühlen, selbstgenügsamen Leute verlor sie die Kontrolle entweder gar nicht oder völlig. Es war zu spät... War es zu spät? Wenn sie doch jetzt jemanden zum Reden hätte, jemanden, der ihr raten könnte. So einen Wunsch hatte sie noch nie gehabt; die Vorstellung, sich auf ein anderes als das eigene Urteil zu verlassen, hätte sie mit Hohn von sich gewiesen, aber jetzt – was war mit ihr los? Panik. Ja, das beschrieb es am besten – Panik. Sie, Ruth Kettering, war ganz und gar von Panik befallen.

Verstohlen blickte sie die Dame gegenüber an. Wenn sie doch so jemanden kennen würde, eine nette, kühle, ruhige, verständnisvolle Person. Die Art Mensch, mit der man reden konnte. Aber natürlich kann man sich nicht einer Fremden anvertrauen. Und Ruth lächelte ein wenig über sich bei diesem Gedanken. Sie nahm die Zeitschrift wieder auf. Wirklich, sie musste sich endlich beherrschen. Schließlich hatte sie all das ausgeheckt. Sie hatte sich aus eigenem Antrieb dazu entschieden. Hatte sie denn in ihrem bisherigen Leben so etwas wie Glück gekannt? Ruhelos sagte sie sich: ‹Warum soll ich denn nicht glücklich sein? Niemand wird es je erfahren.›

Die Fahrt nach Dover verging wie im Fluge. Ruth war seefest, mochte aber die Kälte nicht und war froh, die Zuflucht der telegraphisch reservierten privaten Kabine zu erreichen. Sie hätte es nie zugegeben, aber Ruth war in gewisser Weise abergläubisch. Sie gehörte zu denen, die sich von Zufälligkeiten beeindrucken lassen. Nachdem Calais erreicht war und sie sich mit ihrer Zofe im Doppelabteil des *Blauen Express* eingerichtet hatte, begab sie sich in den Speisewagen. Es löste bei ihr einen leichten Schock der Überraschung aus, als man ihr einen Platz an einem Tischchen anwies, der gleichen Frau gegenüber, die ihr vis-à-vis im Pullman-Wagen gesessen hatte. Beide Damen setzten ein flüchtiges Lächeln auf.

«Das ist ja ein Zufall», sagte Mrs. Kettering.

«Ja, wirklich», sagte Katherine, «seltsam, wie es manchmal so geht.»

Mit der wundersamen Schnelligkeit, die die Angestellten der *Compagnie Internationale des Wagons-Lits* immer an den Tag legten, eilte ein Kellner herbei und servierte zwei Tassen mit Suppe. Als das Omelett der Suppe folgte, plauderten die beiden bereits ganz freundlich miteinander.

«Es wird herrlich sein, in die Sonne zu kommen», seufzte Ruth.

«Ich bin sicher, dass es ein wunderbares Gefühl ist.»

«Kennen Sie die Riviera gut?»

«Nein, ich fahre zum ersten Mal hin.»

«Nicht möglich!»

«Ich nehme an, Sie reisen jedes Jahr dorthin?»

«Beinahe. Januar und Februar in London sind scheußlich.»

«Ich habe immer auf dem Land gelebt. Auch dort sind das keine erhebenden Monate. Größtenteils Schlamm.»

«Und was hat Sie auf einmal bewogen zu reisen?»

«Geld», sagte Katherine. «Zehn Jahre lang war ich bezahlte Gesellschafterin mit gerade genug eigenem Geld, um mir feste Landschuhe kaufen zu können; jetzt hat man mir etwas hinterlassen, was mir wie ein Vermögen vorkommt, wenn ich auch annehme, Ihnen würde es nicht als so viel erscheinen.»

«Jetzt wüsste ich aber doch gern, warum Sie das gesagt haben – dass es mir nicht so vorkäme.»

Katherine lachte. «Ich weiß nicht. Ich glaube, man macht sich einen Eindruck, ohne darüber nachzudenken. Im Geiste habe ich Sie zu den besonders Reichen auf Erden gezählt. Einfach so ein Eindruck. Wahrscheinlich irre ich mich.»

«Nein», sagte Ruth. «Sie irren sich nicht.» Plötzlich war sie ganz ernst geworden. «Ich wünschte, Sie würden mir erzählen, welche anderen Eindrücke Sie von mir gewonnen haben.»

«Ich …»

Ruth redete weiter, ohne auf die Verlegenheit der anderen zu achten. «Ach, bitte, seien Sie nicht so konventionell. Ich würde es gern wissen. Als wir aus Victoria herausgefahren sind, habe ich zu Ihnen hinübergeschaut, und da hatte ich das Gefühl, dass Sie – na ja, dass Sie wussten, was in mir vorging.»

«Ich versichere Ihnen, ich kann keine Gedanken lesen», sagte Katherine lächelnd.

«Nein, aber sagen Sie mir doch bitte einfach, was Sie gedacht haben.» Ruths Eifer war so nachdrücklich und ehrlich, dass Katherine nachgab.

«Ich will es Ihnen sagen, wenn Sie wollen, aber halten Sie mich bitte nicht für unverschämt. Ich habe gedacht, dass Sie aus irgendwelchen Gründen in großer seelischer Bedrängnis seien, und Sie haben mir Leid getan.»

«Sie haben Recht. Sie haben ganz Recht. Ich bin in einer schrecklichen Lage. Ich – ich würde Ihnen gern davon erzählen, wenn ich darf.»

Du liebe Güte, dachte Katherine, wie außerordentlich ähnlich sich alle zu sein scheinen! In St. Mary Mead haben die Leute mir immer alles Mögliche erzählt. Hier ist es wieder das Gleiche, und eigentlich will ich mir die Probleme der anderen gar nicht anhören!

Höflich antwortete sie:

«Erzählen Sie ruhig.»

Sie waren eben mit dem Essen fertig. Ruth stürzte ihren Kaffee hinunter, stand auf, ohne zu bemerken, dass Katherine ihren Kaffee noch nicht angerührt hatte, und sagte:

«Kommen Sie doch mit in mein Abteil.»

Es handelte sich um zwei Einzelabteile mit einer Verbindungstür. Im zweiten saß eine dünne Zofe, die Katherine in Victoria Station bemerkt hatte, kerzengerade auf dem Sitz und umklammerte eine große, dunkelrote Lederkassette mit den Initialen R.V.K. Mrs. Kettering schloss die Verbindungstür und sank in die Polster. Katherine setzte sich neben sie.

«Ich bin verzweifelt und weiß nicht, was ich tun soll. Es gibt da einen Mann, an dem mir liegt – an dem mir sehr viel liegt. Wir haben uns sehr gemocht, als wir jung waren, und man hat uns ganz brutal und ungerecht getrennt. Jetzt haben wir uns wieder gefunden.»

«Ja?»

«Ich – ich werde ihn jetzt treffen. Sie finden wahrscheinlich, dass das ganz schlecht ist, aber Sie kennen ja die Umstände nicht. Mein Gatte ist unmöglich. Er hat mich schändlich behandelt.»

«Ja», sagte Katherine wieder.

«Aber der Grund, weshalb ich mich so schlecht fühle… Ich habe meinen Vater hintergangen – das ist der, der mich nach Victoria begleitet hat. Er will, dass ich mich von meinem Mann scheiden lasse, und hat natürlich keine Ahnung davon, dass – dass ich zu diesem anderen fahre. Er würde es für eine schlimme Torheit halten.»

«Ist es das denn nicht auch?»

«Ich – ich glaube schon.»

Ruth Kettering sah auf ihre Hände hinunter; sie zuckten nervös.

«Aber ich kann jetzt nicht mehr zurück.»

«Warum nicht?»

«Ich – alles ist abgemacht, und ihm würde es das Herz brechen.»

«Glauben Sie das bloß nicht», sagte Katherine robust, «Herzen sind ziemlich zäh.»

«Er wird meinen, ich hätte keine Courage, keine Entschlossenheit.»

«Was Sie da vorhaben, kommt mir wirklich ziemlich dumm vor», sagte Katherine. «Ich glaube, Sie wissen das selbst.»

Ruth Kettering vergrub ihr Gesicht in den Händen. «Ich weiß es nicht – ich weiß es nicht. Schon die ganze Reise habe ich ein schlimmes Gefühl – eine Ahnung, dass mir bald etwas zustößt – dass ich nicht entkommen kann.»

Sie umklammerte Katherines Hand.

«Sie müssen mich für verrückt halten, dass ich so mit Ihnen rede. Aber ich sage Ihnen, ich weiß, dass etwas Furchtbares geschehen wird.»

«So etwas sollten Sie nicht denken», sagte Katherine, «versuchen Sie, sich zusammenzureißen. Sie können Ihrem Vater von Paris aus telegrafieren, wenn Sie das möchten, und er kommt sicher sofort zu Ihnen.»

Ruths Gesicht hellte sich auf.

«Ja, das könnte ich tun. Der liebe, alte Dad. Es ist merkwürdig – bis heute habe ich nie so richtig gewusst, wie schrecklich gern ich ihn habe.» Sie richtete sich auf und trocknete die Augen mit einem Taschentuch. «Ich bin sehr dumm gewesen. Vielen Dank dafür, dass ich mit Ihnen reden durfte. Ich weiß gar nicht, wie ich in einen solchen Zustand von Hysterie geraten bin.»

Sie stand auf. «Es geht mir schon viel besser. Ich glaube, ich habe einfach nur jemanden zum Reden gebraucht. Jetzt verstehe ich selbst nicht mehr, warum ich mich derartig zum Narren gemacht habe.»

Katherine stand ebenfalls auf.

«Ich freue mich, dass es Ihnen besser geht», sagte sie in möglichst konventionellem Ton. Sie wusste nur zu gut, dass auf Vertraulichkeiten Verlegenheit folgt. Taktvoll setzte sie hinzu:

«Ich muss zurück in mein Abteil.»

Sie trat im gleichen Moment auf den Gang, als Mrs. Ketterings Zofe ihr Abteil verließ. Über die Schulter blickte sie in Katherines Richtung, und auf ihr Gesicht trat ein Ausdruck höchster Überraschung. Auch Katherine wandte sich um, aber wer auch immer das Interesse der Zofe erregt haben mochte, war inzwischen in seinem oder ihrem Abteil verschwunden, und der Korridor war leer. Katherine ging weiter, um zu ihrem Platz zu gelangen, der sich im nächsten Wagen befand. Als sie das letzte Abteil passierte, öffnete sich dessen Tür; einen Augenblick lang schaute das Gesicht einer Frau heraus, gleich darauf wurde die Tür mit einem Ruck geschlossen. Es war ein Gesicht, das man nicht so leicht vergaß, wie Katherine feststellen sollte, als sie es später wieder sah. Ein schönes Gesicht, oval und dunkel, stark und beinahe bizarr geschminkt. Katherine hatte das Gefühl, es schon einmal irgendwo gesehen zu haben.

Ohne weitere Zwischenfälle erreichte sie ihr Abteil und saß dort eine Weile in Gedanken an die vertraulichen Eröffnungen, die ihr eben gemacht worden waren. Müßig fragte sie sich, wer diese Frau mit dem Nerzmantel sein mochte; außerdem überlegte sie, wie ihre Geschichte wohl enden würde.

Wenn ich jemanden davon abgehalten hätte, sich zum Narren zu machen, hätte ich wohl ein gutes Werk getan, sagte sie sich. Aber wer weiß! Diese Sorte Frau ist ihr Leben lang stur und egoistisch, und vielleicht wäre es gut für sie, zur Abwechslung mal etwas anderes zu tun. Na ja – ich nehme an, ich sehe sie nie wieder. Sie wird jedenfalls mich nie wieder sehen wollen. Das wollen die Leute nie, und das ist das Ärgste daran, wenn man sie über sich selbst reden lässt.

Sie hoffte, beim Abendessen nicht auf den gleichen Platz gesetzt zu werden. Nicht ohne Humor bedachte sie, dass das für beide peinlich sein könnte. Als sie den Kopf an ein Kissen lehnte, fühlte sie sich müde und leicht deprimiert. Sie hatten Paris erreicht, und die langsame Fahrt rund um die *ceinture*, wo sie zahllose Male anhalten und warten mussten, war ermüdend. Als sie im Gare de Lyon eingelaufen waren, freute sie sich, aussteigen und auf dem Bahnsteig hin und her gehen zu können. Die scharfe, kalte Luft war nach dem dampfgeheizten Zug erfrischend. Mit einem Lächeln sah sie, dass ihre Freundin mit dem Nerzmantel der möglichen Peinlichkeit eines gemeinsamen Abendessens aus dem Wege ging. Ein Dinnerkorb wurde zum Abteilfenster hochgehoben und dort von der Zofe entgegengenommen.

Als der Zug sich wieder in Bewegung setzte und schrilles Glockenläuten das Abendessen ankündigte, begab Katherine sich ganz erleichtert in den Speisewagen. Ihr gegenüber saß diesmal ein kleiner Mann, von eindeutig unbritischem Aussehen, mit starr gewichstem Schnurrbart und einem eiförmigen Schädel, den er ein wenig schief hielt. Katherine hatte ein Buch zum Abendessen mitgebracht. Sie bemerkte, wie die Augen des kleinen Mannes sich mit einem amüsierten Zwinkern darauf richteten.

«Wie ich sehe, Madame, haben Sie da einen *roman policier.* Mögen Sie so etwas?»

«Sie amüsieren mich», gab Katherine zu.

Der kleine Mann nickte, als ob er diese Meinung vollkommen verstünde.

«Sie verkaufen sich gut, sagt man. Woran liegt das wohl, eh, Mademoiselle? Ich frage Sie als einer, der das Wesen des Menschen studiert – woran mag es wohl liegen?»

Katherine war belustigt.

«Vielleicht geben sie einem die Illusion, ein aufregendes Leben zu führen», schlug sie vor.

Er nickte feierlich.

«Ja, da ist etwas dran.»

«Natürlich weiß man, dass solche Sachen in Wirklichkeit nicht geschehen», fuhr Katherine fort, aber er unterbrach sie schroff.

«Manchmal doch, Mademoiselle! Manchmal! Mir – der ich mit Ihnen rede – mir *sind* sie geschehen.»

Sie warf ihm einen raschen, interessierten Blick zu.

«Eines Tages, wer weiß, geraten Sie vielleicht auch einmal mitten hinein», fuhr er fort. «Alles ist Zufall.»

«Das halte ich für unwahrscheinlich», sagte Katherine. «So etwas geschieht mir nie.»

Er beugte sich vor.

«Hätten Sie das denn gern?»

Die Frage erschreckte sie, und sie atmete scharf ein.

«Es ist vielleicht Einbildung», sagte der kleine Mann, dabei polierte er geschickt eine der Gabeln, «aber ich glaube, Sie sehnen sich nach interessanten Ereignissen. *Eh bien*, Mademoiselle, mein ganzes Leben lang habe ich eines beobachtet. – ‹Was man will, das kriegt man!› Wer weiß?» Er schnitt eine komische Grimasse. «Vielleicht kriegen Sie mehr, als Ihnen lieb ist.»

«Ist das eine Prophezeiung?», fragte Katherine, wobei sie sich lächelnd erhob.

Der kleine Mann schüttelte den Kopf.

«Ich prophezeie nie», erklärte er pompös. «Zwar gestehe ich, dass ich immer Recht behalte – aber ich prahle nicht damit. Gute Nacht, Mademoiselle, und schlafen Sie gut.»

Von ihrem kleinen Nachbarn amüsiert und angeregt ging Katherine durch den Zug zurück. Sie kam an der offenen Tür des Abteils ihrer neuen Bekannten vorbei und sah, wie der Schaffner das Bett zurechtmachte. Die Dame im Nerzmantel stand am Fenster und schaute hinaus. Durch die Verbindungstür sah Katherine, dass das zweite Abteil leer war. Decken und Taschen türmten sich auf dem Sitz. Die Zofe war nicht da.

Katherine fand ihr Bett schon bereit, und da sie müde war, legte sie sich hin und schaltete gegen halb zehn das Licht aus.

Plötzlich schrak sie aus dem Schlaf; sie wusste nicht, wie viel Zeit vergangen war. Sie schaute auf die Uhr und stellte fest, dass diese stehen geblieben war. Ein Gefühl starken Unbehagens erfasste sie und wuchs von Minute zu Minute. Schließlich stand sie auf, zog ihren Morgenrock an und trat auf den Gang. Der ganze Zug schien zu schlummern. Katherine ließ das Fenster herunter und saß einige Minuten dort, sog die kühle Nachtluft ein und versuchte vergeblich, ihre unbehaglichen Ängste zu unterdrücken. Dann beschloss sie, zum Ende des Wagens zu gehen und den Schaffner nach der Zeit zu fragen, damit sie ihre Uhr stellen konnte. Dessen kleinen Sitz fand sie jedoch leer. Sie zögerte einen Moment und ging dann weiter in den nächsten Wagen. Sie blickte den langen, matt beleuchteten Gang entlang und sah zu ihrem Erstaunen, dass vor dem Abteil der Dame mit dem Nerzmantel ein Mann stand, eine Hand an der Tür. Das heißt, sie meinte, es sei das betreffende Abteil. Aber wahrscheinlich irrte sie sich. Er stand einige Momente dort mit dem Rücken zu ihr, seine Haltung wirkte unsicher und zaudernd. Dann drehte er sich langsam um, und mit einem seltsamen Gefühl des Schicksalhaften erkannte Katherine in ihm den Mann, den sie bereits zweimal bemerkt hatte – einmal auf dem Korridor des *Savoy*, das zweite Mal bei Cook's. Dann öffnete er die Abteiltür und ging hinein, wobei er die Tür hinter sich schloss.

Ein Gedanke durchzuckte Katherine. Konnte dies der Mann sein, von dem die andere Frau gesprochen hatte – der Mann, zu dem sie fuhr?

Dann sagte Katherine sich, dass dies romantische Spinnerei sei. Höchstwahrscheinlich irrte sie sich in dem Abteil.

Sie kehrte in ihren Wagen zurück. Fünf Minuten später verlangsamte der Zug sein Tempo. Man hörte das lange, klagende Zischen der Westinghouse-Bremse, und bald darauf hielt der Zug in Lyon.

Elftes Kapitel

Mord

Am nächsten Morgen erwachte Katherine bei strahlendem Sonnenschein. Sie begab sich zeitig zum Frühstück, traf aber keine ihrer Bekanntschaften vom Vortag. Als sie in ihr Abteil zurückkehrte, hatte der Schaffner, ein Mann mit herabhängendem Schnurrbart und melancholischem Gesicht, es gerade für den Tag hergerichtet.

«Madame hat Glück», sagte er, «die Sonne scheint. Es ist immer eine große Enttäuschung für die Passagiere, wenn sie an einem grauen Morgen ankommen.»

«Ich wäre sicherlich enttäuscht gewesen», sagte Katherine.

Der Mann wandte sich zum Gehen.

«Wir haben einige Verspätung, Madame», fuhr der Mann fort. «Kurz bevor wir in Nizza sind, sage ich Ihnen Bescheid.»

Katherine nickte. Sie saß am Fenster, bezaubert vom sonnigen Panorama. Die Palmen, das tiefe Blau des Meeres, die goldgelben Mimosen wirkten mit dem vollen Reiz der Neuheit auf die Frau, die vierzehn Jahre lang nur Englands trübselige Winter gekannt hatte.

Als sie Cannes erreichten, stieg Katherine aus und ging den Bahnsteig auf und ab. Sie war neugierig hinsichtlich der Dame im Nerzmantel und sah zu den Fenstern ihres Abteils hoch. Die Blenden waren noch heruntergelassen – die einzigen im ganzen Zug. Katherine wunderte sich ein wenig, und als sie wieder in den Zug stieg, ging sie den Korridor entlang und bemerkte, dass die beiden Abteile auch zum Gang hin noch verhängt und geschlossen waren. Die Dame mit dem Nerzmantel war offensichtlich keine Frühaufsteherin.

Bald kam der Schaffner zu ihr und sagte, der Zug werde in wenigen Minuten Nizza erreichen. Katherine gab ihm ein Trinkgeld; der Mann dankte ihr, ging aber nicht weiter. Sein Benehmen kam ihr seltsam vor. Katherine glaubte zuerst, ihm sei das Trinkgeld nicht hoch genug gewesen, merkte dann aber, dass es sich um etwas viel Ernsteres handeln musste. Sein Gesicht war fahl, er zitterte am ganzen Leib und schien zu Tode erschrocken. Er sah sie ganz merkwürdig an. Plötzlich sagte er abrupt: «Madame werden entschuldigen, aber erwartet sie, von Freunden in Nizza abgeholt zu werden?»

«Wahrscheinlich», sagte Katherine. «Warum?»

Aber der Mann schüttelte nur den Kopf, murmelte etwas, was Katherine nicht verstand, und entfernte sich, um erst wieder zu erscheinen, als der Zug im Bahnhof stand; er begann, ihr Handgepäck durch das Fenster hinauszureichen.

Katherine stand einen oder zwei Momente etwas ratlos auf dem Bahnsteig, aber dann näherte sich ein junger blonder Mann mit offenem Gesicht und sagte zögernd:

«Miss Grey, nicht wahr?»

Katherine nickte; der junge Mann strahlte sie engelhaft an und murmelte: «Ich bin Chubby, wissen Sie – Lady Tamplins Mann. Ich nehme an, sie hat mich erwähnt, vielleicht hat sie es aber vergessen. Haben Sie Ihr *billet de bagages*? Als ich dieses Jahr hier angekommen bin, hatte ich meines nämlich verloren, und Sie glauben gar nicht, was die deshalb für einen Zirkus gemacht haben. Französische Bürokratie!»

Katherine gab ihm den Schein und wollte eben mit ihm aufbrechen, als eine sehr höfliche und eindringliche Stimme ihr ins Ohr murmelte:

«Einen Augenblick bitte, Madame.»

Katherine drehte sich um und sah ein Individuum, das die

Unscheinbarkeit seiner Gestalt durch eine Uniform und reichlich goldene Litzen wettmachte. Das Individuum erklärte: «Es handelt sich um gewisse Formalitäten. Madame wird vielleicht so liebenswürdig sein, mich zu begleiten. Die Polizeivorschriften ...» Er hob die Arme. «Absurd, ohne Zweifel, aber so ist es nun einmal.»

Mr. Chubby Evans lauschte, ohne viel zu verstehen, da sein Französisch recht beschränkt war.

«Sieht den Franzosen ähnlich», murmelte Mr. Evans. Er gehörte zu jenen stramm patriotischen Briten, die, sobald sie sich einen Teil eines fremden Landes zu Eigen gemacht haben, die ursprünglichen Bewohner zu schmähen belieben. «Immer neue dusselige Schikanen. Aber im Bahnhof haben sie sich bisher nie über Leute hergemacht. Das ist was ganz Neues. Ich schätze mal, Sie werden mitgehen müssen.»

Katherine entfernte sich mit ihrem Führer. Sie war ein wenig verblüfft, als er sie zu einem Nebengleis brachte, auf das ein Wagen des bereits abgefahrenen Zuges geschoben worden war. Er bat sie einzusteigen, ging durch den Korridor voraus und öffnete die Tür eines Abteils. Darin saß ein pompös dreinblickender Beamter und neben ihm ein unscheinbares Geschöpf, das ein Schreiber zu sein schien. Der Pompöse erhob sich höflich, verbeugte sich vor Katherine und sagte:

«Sie werden entschuldigen, Madame; aber es gibt gewisse Formalitäten, die einzuhalten sind. Madame spricht Französisch, nicht wahr?»

«Einigermaßen, glaube ich, Monsieur», antwortete Katherine auf Französisch.

«Das ist gut. Bitte setzen Sie sich, Madame. Mein Name ist Caux, Kommissar der hiesigen Polizei.» Er wölbte bedeutsam die Brust, und Katherine versuchte, angemessen beeindruckt dreinzuschauen.

«Möchten Sie meinen Pass sehen?», fragte sie. «Hier ist er.»

Der Kommissar musterte sie aufmerksam und knurrte leise.

«Danke, Madame», sagte er und nahm den Pass entgegen. Er räusperte sich. «Aber was ich wirklich möchte, sind ein paar Auskünfte.»

«Auskünfte?»

Der Kommissar nickte langsam.

«Über eine Dame, eine Mitreisende. Sie haben gestern mit ihr gegessen.»

«Ich fürchte, ich kann Ihnen nichts über sie sagen. Wir haben uns beim Essen unterhalten, aber im Übrigen kenne ich sie gar nicht. Ich habe sie vorher nie gesehen.»

«Und trotzdem», sagte der Kommissar scharf, «haben Sie sie nach dem Essen in ihr Abteil begleitet und mit ihr dort eine Weile gesessen und geredet?»

«Ja», sagte Katherine, «das stimmt.»

Der Kommissar schien mehr zu erwarten. Er sah sie aufmunternd an.

«Ja, Madame?»

«Nun, Monsieur?», sagte Katherine.

«Sie könnten mir vielleicht etwas über dieses Gespräch erzählen?»

«Das könnte ich», sagte Katherine, «aber im Augenblick sehe ich keinen Grund dazu.»

Auf eine eher britische Weise fühlte sie sich behelligt. Dieser ausländische Beamte kam ihr unverschämt vor.

«Keinen Grund?», rief der Kommissar. «O doch, Madame, ich kann Ihnen versichern, dass es durchaus einen Grund gibt.»

«Dann könnten Sie ihn mir vielleicht nennen.»

Der Kommissar rieb sich nachdenklich einige Momente das Kinn.

«Madame», sagte er schließlich, «der Grund ist sehr einfach. Die fragliche Dame wurde heute Morgen in ihrem Abteil tot aufgefunden.»

«Tot!», stieß Katherine hervor. «Was war es – Herzversagen?»

«Nein», sagte der Kommissar mit versonnener, verträumter Stimme. «Nein – sie ist ermordet worden.»

«Ermordet?», rief Katherine.

«Sie sehen also, Madame, warum wir versuchen, uns jede verfügbare Information zu verschaffen.»

«Aber ihre Zofe wird doch sicher...»

«Die Zofe ist verschwunden.»

«Oh!» Katherine hielt inne, um ihre Gedanken zu sammeln.

«Da der Schaffner Sie mit der Dame in ihrem Abteil hat reden sehen, hat er diese Tatsache natürlich der Polizei mitgeteilt, und deshalb, Madame, haben wir Sie aufgehalten, in der Hoffnung, einige Auskünfte zu erhalten.»

«Es tut mir sehr Leid», sagte Katherine, «ich weiß nicht einmal ihren Namen.»

«Ihr Name ist Kettering. Das wissen wir durch ihren Pass und die Gepäckaufkleber. Wenn wir...»

Es klopfte an die Tür des Abteils. Monsieur Caux runzelte die Stirn. Er öffnete die Tür eine Handbreit.

«Was ist los?», sagte er im Befehlston. «Ich will jetzt nicht gestört werden.»

Der eiförmige Schädel von Katherines Dinnerbekanntschaft tauchte in der Öffnung auf. Ein wohlwollendes Lächeln lag auf seinem Gesicht.

«Mein Name», sagte er, «ist Hercule Poirot.»

«Doch nicht...», stammelte der Kommissar, «nicht *der* Hercule Poirot?»

«Ebendieser», sagte Monsieur Poirot. «Ich erinnere mich, Ihnen einmal begegnet zu sein, Monsieur Caux, und zwar bei der Sureté in Paris, obwohl Sie mich zweifellos vergessen haben?»

«Keineswegs, Monsieur, keineswegs», erklärte der Kommissar herzlich. «Aber kommen Sie doch bitte herein. Sie wissen von dieser...?»

«Ja, ich weiß», sagte Hercule Poirot. «Ich wollte sehen, ob ich irgendwie behilflich sein kann?»

«Wir würden uns geschmeichelt fühlen», antwortete der Kommissar sofort. «Monsieur Poirot, ich möchte Sie bekannt machen mit» – er konsultierte den Pass, den er immer noch in der Hand hielt – «Madame – eh – Mademoiselle Grey.»

Poirot lächelte Katherine an.

«Es ist seltsam, nicht wahr», murmelte er, «wie schnell meine Worte in Erfüllung gegangen sind?»

«Mademoiselle kann uns, *hélas!,* sehr wenig erzählen», sagte der Kommissar.

«Ich habe eben erklärt», sagte Katherine, «dass mir diese arme Dame vollkommen fremd war.»

Poirot nickte.

«Aber sie hat mit Ihnen gesprochen, nicht wahr?», sagte er sanft. «Sie haben einen Eindruck gewonnen – oder nicht?»

«Ja», sagte Katherine nachdenklich. «Das kann man sagen.»

«Und dieser Eindruck war…?»

«Ja, Mademoiselle» – der Kommissar beugte sich abrupt vor – «lassen Sie uns unbedingt Ihre Eindrücke wissen.»

Katherine saß da und überlegte hin und her. In gewisser Weise hatte sie das Gefühl, einen Vertrauensbruch zu begehen, aber da ihr das hässliche Wort «Mord» noch in den Ohren klang, wagte sie nicht, etwas zu verheimlichen. Zu viel konnte davon abhängen. Sie wiederholte deshalb so wörtlich wie möglich das Gespräch, das sie mit der Toten geführt hatte.

«Das ist interessant», sagte der Kommissar; er blickte den anderen an. «Eh, Monsieur Poirot, das ist interessant? Ob es etwas mit dem Verbrechen zu tun hat…» Er ließ den Satz unbeendet.

«Es kann wohl kein Selbstmord sein?», sagte Katherine zweifelnd.

«Nein», sagte der Kommissar, «Selbstmord kann es nicht sein. Sie wurde mit einem Stück schwarzer Schnur erdrosselt.»

«Oh!» Katherine schauderte.

Monsieur Caux spreizte entschuldigend die Arme. «Es ist

nicht nett – nein. Ich glaube, unsere Eisenbahnräuber sind brutaler als die in Ihrem Land.»

«Es ist schrecklich.»

«Ja, ja» – er klang beschwichtigend und so, als wolle er um Entschuldigung bitten – «aber Sie haben viel Mut, Mademoiselle. Als ich Sie gesehen habe, da habe ich mir sofort gesagt: ‹Mademoiselle hat viel Mut.› Deshalb will ich Sie um noch etwas bitten – etwas Betrübliches, aber es ist sehr notwendig, versichere ich Ihnen.»

Katherine schaute ihn beklommen an.

Wieder breitete er bedauernd die Arme aus.

«Ich möchte Sie bitten, Mademoiselle, mich freundlicherweise ins Nachbarabteil zu begleiten.»

«Muss das sein?», fragte Katherine leise.

«Jemand muss sie identifizieren», sagte der Kommissar, «und da die Zofe verschwunden ist» – er hustete bedeutungsvoll – «scheinen Sie diejenige zu sein, die während der Fahrt am meisten mit ihr beisammen war.»

«Nun gut», sagte Katherine ruhig, «wenn es notwendig ist …»

Sie stand auf. Poirot nickte ihr beifällig zu.

«Mademoiselle ist vernünftig», sagte er. «Darf ich Sie begleiten, Monsieur Caux?»

«Es ist mir ein Vergnügen, mein lieber Poirot.»

Sie traten auf den Gang hinaus, und Monsieur Caux schloss die Tür des Abteils der Toten auf. Die Blenden am Fenster waren halb aufgezogen worden, um Licht hereinzulassen. Die Tote lag auf dem linken Bett, in einer so natürlichen Stellung, dass man hätte meinen können, sie schliefe. Das Bettzeug war über sie gebreitet und der Kopf zur Wand gedreht, so dass man nur die rotbraunen Locken sah. Sehr sanft legte Monsieur Caux ihr die Hand auf die Schulter und drehte die Leiche um, bis das Gesicht zu sehen war. Katherine zuckte ein wenig zurück und bohrte ihre Fingernägel in die Handflächen. Ein schwerer Hieb hatte die Züge fast bis zur Unkenntlichkeit entstellt. Poirot stieß einen scharfen Laut aus.

«Wann ist das geschehen, wüsste ich gern», sagte er. «Vor oder nach dem Tod?»

«Der Doktor sagt, nachher», sagte Monsieur Caux.

«Seltsam», sagte Poirot; er kniff die Brauen zusammen und wandte sich an Katherine. «Seien Sie tapfer, Mademoiselle. Schauen Sie sie gut an. Sind Sie sicher, dass das die Frau ist, mit der Sie gestern im Zug gesprochen haben?»

Katherine hatte gute Nerven. Sie wappnete sich, um die liegende Gestalt lang und genau zu betrachten. Dann beugte sie sich vor und nahm die Hand der Toten.

«Ich bin ziemlich sicher», antwortete sie schließlich. «Das Gesicht ist zu sehr entstellt, um es zu erkennen, aber Gestalt und Größe und Haar stimmen, und außerdem habe ich *das* bemerkt» – sie zeigte auf ein kleines Muttermal am Handgelenk der Toten – «als ich mich mit ihr unterhalten habe.»

«*Bon*», sagte Poirot anerkennend. «Sie sind eine ausgezeichnete Zeugin, Mademoiselle. Es besteht also kein Zweifel bezüglich der Identität, aber trotzdem ist das Ganze seltsam.» Ratlos starrte er auf die Tote.

Caux zuckte mit den Schultern.

«Offenbar hat sich der Mörder von Wut hinreißen lassen», schlug er vor.

«Wenn sie niedergeschlagen worden wäre, könnte man es verstehen», murmelte Poirot, «aber der Mann, der sie erwürgt hat, ist von hinten herangeschlichen und hat sie überrascht. Ein kurzes Würgen – ein leises Gurgeln – mehr hätte man nicht gehört, und danach dann dieser schlimme Hieb ins Gesicht. Nur: warum? Hat er gehofft, wenn das Gesicht nicht zu erkennen ist, würde sie nicht identifiziert? Oder hat er sie so sehr gehasst, dass er es nicht unterlassen konnte, diesen Hieb auszuführen, obwohl sie schon tot war?»

Katherine schauderte, und sogleich wandte er sich ihr freundlich zu.

«Lassen Sie sich von mir nicht deprimieren, Mademoiselle», sagte er. «Für Sie ist das alles sehr neu und schrecklich. Für mich, *hélas!*, ist es eine alte Geschichte. Ich darf Sie beide um einen Moment Geduld bitten.»

Sie standen an der Tür und sahen zu, wie er schnell das Abteil untersuchte. Er registrierte die Kleider der Toten, säuberlich am Fußende des Betts gefaltet, den langen Pelzmantel, der an einem Haken hing, und das rote Lackhütchen auf einem Bord. Dann ging er in das Nebenabteil, in dem Katherine die Zofe hatte sitzen sehen. Dort war das Bett nicht hergerichtet. Drei oder vier Decken lagen locker auf dem Sitz; man sah eine Hutschachtel und einige Reisetaschen. Plötzlich wandte er sich zu Katherine um.

«Sie waren gestern hier drin», sagte er. «Fällt Ihnen eine Veränderung auf? Fehlt etwas?»

Katherine sah sich in beiden Abteilen sorgfältig um.

«Ja», sagte sie, «etwas fehlt – ein kleiner dunkelroter Lederkoffer mit den Initialen R.V.K. darauf. Es könnte eine kleine Toilettentasche oder eine große Schmuckschatulle gewesen sein. Als ich sie gesehen habe, hatte die Zofe sie in der Hand.»

«Ah!», sagte Poirot.

«Aber das ist doch», sagte Katherine, «ich – ich verstehe natürlich nichts von so etwas, aber das ist doch ziemlich eindeutig, wenn die Zofe und die Schmuckschatulle fehlen?»

«Sie meinen, die Zofe war die Diebin? Nein, Mademoiselle, dagegen spricht ein sehr gewichtiger Grund», sagte Caux.

«Und zwar?»

«Die Zofe ist in Paris zurückgeblieben.»

Er wandte sich an Poirot. «Sie sollten sich am besten selbst die Geschichte des Schaffners anhören», murmelte er vertraulich. «Sie ist sehr aufschlussreich.»

«Mademoiselle würde sie sicher auch gern hören», sagte Poirot. «Sie haben doch nichts dagegen, Monsieur le Commissaire?»

«Nein», sagte der Kommissar, der offensichtlich sehr viel dagegen hatte. «Nein, natürlich nicht, Monsieur Poirot, wenn Sie es sagen. Sind Sie hier fertig?»

«Ich glaube schon. Einen Augenblick noch.»

Er hatte sich über die Decken gebeugt; nun trug er eine davon zum Fenster und las etwas mit spitzen Fingern auf.

«Was ist das?», fragte Caux scharf.

«Vier rotbraune Haare.» Er beugte sich über die Tote. «Ja, sie stammen von Madames Kopf.»

«Na und? Messen Sie dem irgendeine Bedeutung bei?»

Poirot ließ die Decke wieder auf den Sitz fallen.

«Was ist wichtig? Was ist unwichtig? In diesem Stadium lässt sich das nicht sagen. Aber wir müssen jedes kleine Faktum sorgfältig registrieren.»

Sie kehrten in das erste Abteil zurück und nach ein paar Minuten erschien der Schaffner zur Befragung.

«Sie heißen Pierre Michel?», sagte der Kommissar.

«Ja, Monsieur le Commissaire.»

«Ich möchte, dass Sie diesem Herrn», er wies auf Poirot, «die Geschichte wiederholen, die Sie mir über die Vorgänge in Paris erzählt haben.»

«Sehr wohl, Monsieur le Commissaire. Nachdem wir den Gare de Lyon verlassen hatten, bin ich hergekommen, um die Betten zu machen; ich hatte nämlich angenommen, Madame wäre im Speisewagen, aber sie hatte einen Dinnerkorb im Abteil. Sie sagte mir, sie hätte ihre Zofe in Paris zurücklassen müssen, deshalb brauchte ich nur ein Bett zu machen. Sie ist mit dem Korb ins Nebenabteil gegangen und hat da gesessen, während ich das Bett hergerichtet habe. Danach hat sie mir gesagt, sie will nicht früh geweckt werden, da sie ausschlafen möchte. Ich habe geantwortet, dass ich verstanden hätte, und sie hat mir eine gute Nacht gewünscht.»

«Sie sind selbst nicht ins Nebenabteil gegangen?»

«Nein, Monsieur.»

«Dann haben Sie auch nicht zufällig gesehen, ob dort beim Gepäck eine rote Ledertasche war?»

«Nein, Monsieur, habe ich nicht.»

«Könnte möglicherweise im Nebenabteil ein Mann verborgen gewesen sein?»

Der Schaffner überlegte.

«Die Tür war halb offen», sagte er. «Wenn ein Mann hinter der Tür gestanden hätte, dann hätte ich ihn nicht sehen können, er wäre aber für Madame natürlich deutlich sichtbar gewesen, als sie da hineingegangen ist.»

«Ganz richtig», sagte Poirot. «Können Sie uns sonst noch etwas erzählen?»

«Ich glaube, das ist alles, Monsieur. An mehr kann ich mich nicht erinnern.»

«Und was war heute Morgen?», bohrte Poirot.

«Wie Madame angeordnet hatte, habe ich sie nicht gestört. Erst kurz vor der Ankunft habe ich an die Tür geklopft. Als sie keine Antwort gab, habe ich die Tür aufgemacht. Die Dame lag im Bett und schien noch zu schlafen. Ich habe ihre Schulter berührt, um sie zu wecken, und dann …»

«Und dann haben Sie gesehen, was geschehen war», ergänzte Poirot. *«Très bien.* Ich glaube, ich weiß nun alles, was ich wissen wollte.»

«Ich hoffe, Monsieur le Commissaire, ich habe mich keiner Nachlässigkeit schuldig gemacht», sagte der Mann kläglich. «Dass so etwas im *Blauen Express* geschieht! Es ist schrecklich.»

«Trösten Sie sich», sagte der Kommissar. «Man wird alles tun, um die Sache so diskret wie möglich zu behandeln, und sei es auch nur im Interesse der Justiz. Ich glaube nicht, dass Sie in irgendeiner Weise nachlässig waren.»

«Und wird Monsieur le Commissaire das auch der Gesellschaft berichten?»

«Aber sicher, aber sicher», sagte Monsieur Caux unwirsch. «Das genügt für den Moment.»

Der Schaffner verzog sich.

«Der Arzt ist der Ansicht», sagte der Kommissar, «dass die Dame wahrscheinlich tot war, bevor der Zug Lyon erreicht hatte. Wer also war der Mörder? Aus Mademoiselles Erzählung scheint klar hervorzugehen, dass sie während der Fahrt irgendwo diesen Mann treffen wollte, von dem sie gesprochen hat. Dass sie ihre Zofe loswerden wollte, ist doch bezeichnend. Ist der Mann in Paris zugestiegen, und hat sie ihn im Nebenabteil versteckt? Und wenn ja, dann haben sie sich vielleicht gestritten, und er könnte sie in einem Wutanfall getötet haben. Das ist eine Möglichkeit. Die andere, für mich die wahrscheinlichere, ist die, dass der Mörder ein Bahnräuber war, der mit dem Zug gereist ist. Er könnte, vom Schaffner nicht bemerkt, durch den Gang geschlichen sein, sie getötet und sich mit dem roten Lederkoffer, der zweifellos ziemlich wertvolle Juwelen enthielt, davongemacht haben. Höchstwahrscheinlich hat er den Zug in Lyon verlassen. Wir haben schon an den Bahnhof dort telegrafiert, wegen der genauen Beschreibung aller, die beim Verlassen des Zugs gesehen wurden.»

«Er könnte auch bis Nizza mitgefahren sein», warf Poirot ein.

«Könnte er», stimmte der Kommissar zu, «aber das wäre sehr riskant gewesen.»

Poirot ließ eine oder zwei Minuten verstreichen, ehe er sagte:

«Im zweiten Fall meinen Sie, der Mann sei ein gewöhnlicher Bahnräuber gewesen?»

Der Kommissar zuckte mit den Schultern.

«Das kommt darauf an. Wir müssen die Zofe finden. Möglicherweise hat sie den roten Lederkoffer bei sich. In diesem Fall könnte der Mann, über den Madame mit Mademoiselle gesprochen hat, in die Sache verwickelt sein, und dann wäre es wohl ein Verbrechen aus Leidenschaft. Ich persönlich halte die

Lösung mit dem Bahnräuber für plausibler. Diese Banditen werden in letzter Zeit immer dreister.»

Poirot blickte plötzlich Katherine an.

«Und Sie, Mademoiselle», sagte er, «haben Sie in der Nacht nichts gehört und gesehen?»

«Nichts», sagte Katherine.

Poirot wandte sich an den Kommissar.

«Ich glaube, wir brauchen Mademoiselle nicht länger aufzuhalten», sagte er.

Der Kommissar nickte.

«Sie hinterlassen uns bitte Ihre Adresse?», sagte er.

Katherine nannte ihm Lady Tamplins Villa. Poirot machte eine leichte Verbeugung.

«Gestatten Sie, dass ich Sie wieder sehe, Mademoiselle?», sagte er. «Oder haben Sie so viele Freunde, dass all Ihre Zeit schon vergeben ist?»

«Im Gegenteil», sagte Katherine, «Ich werde genug Muße haben und mich sehr freuen, Sie wieder zu sehen.»

«Ausgezeichnet», sagte Poirot und nickte ihr freundlich zu. «Dies wird ein *roman policier à nous*. Wir werden in dieser Affäre gemeinsam ermitteln.»

Zwölftes Kapitel

In der Villa Marguerite

«Du bist also richtig mitten darin gewesen!», sagte Lady Tamplin neidisch. «Wie aufregend, meine Liebe!» Sie öffnete ihre veilchenblauen Augen weit und stieß einen leichten Seufzer aus.

«Ein echter Mord», sagte Mr. Evans triumphierend.

«An so etwas hat Chubby natürlich nicht gedacht», fuhr Lady Tamplin fort, «er konnte einfach nicht verstehen, weshalb die Polizei dich mit Beschlag belegt hat. Liebe Güte, was für eine Gelegenheit! Weißt du, ich glaube – ja, ich glaube wirklich, man müsste irgendwas daraus machen können.»

Ein berechnender Blick störte die scheinbare Naivität der blauen Augen.

Katherine fühlte sich ein wenig unbehaglich. Sie waren eben mit dem Essen fertig, und sie betrachtete der Reihe nach die drei Leute, die um den Tisch saßen. Lady Tamplin, voll neuer Pläne, Mr. Evans in strahlend naiver Begeisterung, und Lenox mit einem seltsam schiefen Lächeln auf dem dunklen Gesicht.

«So ein Glück», murmelte Chubby, «wenn ich doch nur mit dir gehen – und alles – eh, alles hätte sehen können.» Er klang sehnsüchtig und kindlich.

Katherine sagte nichts. Die Polizei hatte ihr keinerlei Geheimhaltung auferlegt, und es war natürlich unmöglich, die nackten Tatsachen zu unterdrücken oder vor ihrer Gastgeberin zu verschweigen. Das tun zu können wäre ihr aber lieber gewesen.

«Ja», sagte Lady Tamplin, die plötzlich aus ihrer Träumerei auffuhr, «ich finde wirklich, dass man etwas daraus machen könnte. Ein kleiner Artikel, wisst ihr, geschickt geschrieben. Bericht einer Augenzeugin, mit weiblichem *touch:* ‹Mein Geplauder mit der Toten, wie hätte ich denn auch ahnen können …›, etwas in der Art, versteht ihr?»

«Quatsch!», sagte Lenox.

«Ihr habt ja keine Ahnung», sagte Lady Tamplin mit sanfter, versonnener Stimme, «was Zeitungen für so eine Kleinigkeit zahlen! Natürlich müsste es von jemandem in wirklich unangreifbarer gesellschaftlicher Stellung geschrieben werden. Du wirst es wohl nicht selbst schreiben wollen, nehme ich an, Katherine, aber gib mir doch einfach die schieren Fakten, dann erledige *ich* das Ganze für dich. Mr. de Haviland ist einer meiner besonderen Freunde. Wir kommen sehr gut miteinander aus. Ein ganz bezaubernder Mann – überhaupt nicht wie ein Reporter. Was hältst du denn von dieser Idee, Katherine?»

«Ich würde lieber nichts Derartiges tun», sagte Katherine direkt.

Lady Tamplin war durch diese vorbehaltlose Absage ein wenig aus dem Konzept geraten. Sie seufzte und machte sich daran, weitere Einzelheiten zu erhellen.

«Also sehr interessant sah die Frau aus, sagst du? Ich frage mich, wer sie nur gewesen sein könnte. Ihren Namen hast du nicht gehört?»

«Er wurde erwähnt», gab Katherine zu, «aber ich kann mich nicht daran erinnern. Ich war ziemlich aufgeregt, weißt du.»

Man darf bezweifeln, dass Katherine den Namen preisgegeben hätte, selbst wenn sie sich an ihn erinnert hätte. Lady Tamplins erbarmungsloses Kreuzverhör zerrte an ihren Nerven. Lenox, die auf ihre Art Taktgefühl besaß, bemerkte das und bot Katherine an, sie nach oben auf ihr Zimmer zu begleiten. Sie ließ sie dort allein, und bevor sie ging, bemerkte sie noch freundlich: «Nimm es Mutter nicht übel; wenn sie könnte, würde sie noch aus ihrer sterbenden Großmutter ein paar Groschen Profit schlagen.»

Lenox ging wieder nach unten und fand Mutter und Stiefvater damit beschäftigt, den neu angekommenen Gast zu taxieren.

«Präsentabel», sagte Lady Tamplin, «durchaus präsentabel. Ihre Kleider sind ganz ordentlich. Der graue Fummel ist genau das Modell, das Gladys Cooper in *Unter Ägyptens Palmen* getragen hat.»

«Hast du ihre Augen bemerkt – was?», warf Mr. Evans ein.

«Lass nur ihre Augen beiseite, Chubby», sagte Lady Tamplin streng, «wir reden gerade über Dinge, die wirklich zählen.»

«Ganz recht», sagte Mr. Evans und verkroch sich in seiner Schale.

«Sie scheint mir nicht besonders – formbar zu sein», sagte Lady Tamplin; sie zögerte länger, bis sie das treffende Wort gefunden hatte.

«Sie hat alle Instinkte einer Lady, wie es so schön in Büchern heißt», sagte Lenox mit einem Grinsen.

«Engstirnig», murmelte Lady Tamplin. «Unvermeidlich unter solchen Umständen, nehme ich an.»

«Du wirst zweifellos alles tun, um das zu beheben.» Lenox grinste noch immer. «Aber es wird ein schönes Stück Arbeit für dich werden. Gerade eben hat sie ja die Vorderhufe in den Boden gerammt und die Ohren angelegt und sich geweigert, auch nur einen Schritt zu machen.»

«Jedenfalls», sagte Lady Tamplin hoffnungsvoll, «kommt sie mir überhaupt nicht geizig vor. Manche Leute, die zu Geld kommen, messen dem dann ja eine viel zu große Bedeutung bei.»

«Ach, es wird dir schon gelingen, sie zu melken», sagte Lenox, «und das ist doch schließlich alles, worauf es dir ankommt, oder? Deshalb ist sie doch hier.»

«Sie ist meine Kusine», sagte Lady Tamplin mit Würde.

«Kusine, was?», sagte Mr. Evans, der wieder erwachte. «Dann kann ich sie ja Katherine nennen, oder?»

«Wie du sie nennst, ist völlig gleichgültig, Chubby», sagte Lady Tamplin.

«Gut», sagte Mr. Evans, «dann nenne ich sie Katherine. Meinst du, sie spielt Tennis?», setzte er hoffnungsvoll hinzu.

«Natürlich nicht», sagte Lady Tamplin. «Sie war doch Gesellschafterin, vergiss das nicht. Gesellschafterinnen spielen weder Tennis noch Golf. Vielleicht spielen sie Krocket, ich habe aber immer angenommen, den größten Teil des Tages wickeln sie Wolle auf und waschen Hunde.»

«Ach du liebe Zeit!», sagte Mr. Evans, «ist das wirklich wahr?»

Lenox schlenderte wieder zu Katherines Zimmer hinauf. «Kann ich dir irgendwie helfen?», fragte sie beiläufig.

Als Katherine verneinte, setzte Lenox sich auf die Bettkante und sah den Gast nachdenklich an.

«Warum bist du hergekommen?», fragte sie schließlich. «Zu uns, meine ich. Wir sind doch gar nicht deine Kragenweite.»

«Ach, ich würde gern in die Gesellschaft eingeführt.»

«Sei doch kein Trottel», sagte Lenox prompt, worauf sie die Spur eines Lächelns in Katherines Gesicht entdeckte. «Du weißt sehr gut, was ich meine. Du bist überhaupt nicht, wofür ich dich gehalten habe. Nebenbei, du hast wirklich anständige Kleider.» Sie seufzte. «Mir bringen Kleider nichts. Ich bin ungelenk geboren. Ein Jammer, ich mag Kleider nämlich.»

«Ich auch», sagte Katherine, «aber bisher hat mir das Mögen nicht viel genützt. Findest du das hier hübsch?»

Mit Kenntnis und Hingabe diskutierten sic und Lenox mehrere Modelle.

«Du gefällst mir», sagte Lenox plötzlich. «Ich bin eigentlich raufgekommen, um dich vor Mutter zu warnen, aber jetzt glaube ich, das ist gar nicht nötig. Du bist furchtbar ehrlich und aufrichtig und all dies komische Zeug, aber dumm bist du nicht. Ach, zum Teufel, was ist denn schon wieder?»

Lady Tamplins Stimme rief klagend aus der Diele:

«Lenox, Derek hat gerade angerufen. Er will heute Abend zum Essen kommen. Geht das? Ich meine, wir haben nichts irgendwie Komisches vorgesehen, Wachteln oder so etwas?»

Lenox beruhigte sie und kam wieder in Katherines Zimmer. Ihr Gesicht wirkte heller und weniger verdrossen.

«Ich freue mich, dass der alte Derek kommt», sagte sie, «der wird dir gefallen.»

«Wer ist Derek?»

«Der Sohn von Lord Leconbury, hat eine reiche Amerikanerin geheiratet. Die Frauen fliegen nur so auf ihn.»

«Warum?»

«Ach, das Übliche – sieht sehr gut aus und taugt überhaupt nichts. Der verdreht allen den Kopf.»

«Dir auch?»

«Manchmal ja», sagte Lenox, «und manchmal glaube ich, ich würde am liebsten einen braven Pastor heiraten und auf dem Land wohnen und Gemüse in Frühbeeten ziehen.» Sie machte eine kurze Pause und setzte dann hinzu: «Ein irischer Landpfarrer wäre am besten, und dann könnte ich jagen.»

Nach einer oder zwei Minuten kam sie auf ihr voriges Thema zurück. «Irgendwas ist komisch an Derek. Die ganze Familie ist ein bisschen übergeschnappt – besessene Spieler, verstehst du? In den alten Zeiten haben sie ihre Frauen und ihre Latifundien verspielt und einfach zum Spaß die tollsten Sachen gemacht. Derek hätte einen prima Straßenräuber abgegeben – artig und munter, einfach die richtige Haltung.» Sie ging zur Tür. «Na ja, komm einfach runter, wenn dir danach ist.»

Als sie allein war, hing Katherine ihren Gedanken nach. Im Moment fühlte sie sich durch und durch unwohl und in dieser Umgebung völlig deplaciert. Der Schock der Entdeckung im Zug und die Art, wie ihre neuen Freunde den Bericht aufgenommen hatten, verstörten sie in ihrer Empfindsamkeit. Sie dachte lange und ernst über die Ermordete nach. Ruth hatte ihr Leid getan, aber sie konnte wirklich nicht behaupten, dass sie sie gemocht hätte. Nur zu gut hatte sie den rücksichtslosen Egoismus erahnt, der ihren Charakter prägte, und er stieß sie ab.

Sie war erheitert und ein bisschen verletzt gewesen, als die andere sie kühl verabschiedete, nachdem sie ihren Zweck erfüllt hatte. Katherine war ganz sicher, dass die Frau zu irgendeinem Entschluss gelangt war, aber nun fragte sie sich, was das für ein Entschluss gewesen sein mochte. Was auch immer – der Tod hatte eingegriffen und alle Beschlüsse zunichte gemacht. Seltsam, dass es so gekommen war, dass ein brutales Verbrechen die unheilvolle Reise beendet hatte. Aber plötzlich fiel Katherine eine kleine Tatsache ein, die sie vielleicht der Polizei hätte mitteilen sollen – eine Tatsache, an die sie im Moment der Befragung nicht gedacht hatte. Ob es denn wirklich wichtig war? Sie war ziemlich sicher gewesen, dass sie einen Mann in dieses Abteil hatte hineingehen sehen, aber ihr war nun klar, dass sie sich leicht geirrt haben könnte. Es konnte das benachbarte Abteil gewesen sein, und ganz bestimmt war der fragliche kein Bahnräuber. Sie erinnerte sich ganz deutlich an ihn, da sie ihn ja vorher schon zweimal gesehen hatte – einmal im *Savoy* und einmal bei Cook's. Nein, zweifellos hatte sie sich geirrt. Er war nicht in das Abteil der Toten gegangen, und vielleicht war es besser, dass sie der Polizei nichts gesagt hatte. Sie hätte damit unabsehbaren Schaden anrichten können.

Sie ging hinunter und gesellte sich zu den anderen auf der Terrasse. Durch die Mimosenzweige blickte sie auf das Blau des Mittelmeers hinaus, und während sie mit halbem Ohr Lady Tamplins Geplapper lauschte, war sie doch froh, hergekommen zu sein. Dies hier war besser als St. Mary Mead.

Am Abend zog sie das Kleid in Rosé und Mauve namens *soupir d'automne* an, lächelte ihrem Spiegelbild zu und ging dann nach unten, zum ersten Mal in ihrem Leben empfand sie ein leichtes Gefühl von Schüchternheit.

Die meisten Gäste waren bereits eingetroffen, und da Lärm für Lady Tamplins Partys essenziell war, herrschte bereits ein ohrenbetäubendes Stimmengewirr. Chubby eilte auf Katherine zu, nötigte sie zu einem Cocktail und nahm sie unter seine Fittiche.

«Da bist du ja endlich, Derek», rief Lady Tamplin, als die Tür sich öffnete, um den letzten Gast einzulassen. «Endlich bekommen wir etwas zu essen. Ich sterbe schon vor Hunger.»

Katherine sah zur anderen Seite des Raums. Sie schrak zusammen. Das also war Derek, und sie war sich bewusst, dass sie nicht überrascht war. Sie hatte die ganze Zeit gewusst, dass sie dem Mann, den sie infolge einer seltsamen Verkettung von Zufällen dreimal gesehen hatte, irgendwann begegnen würde. Auch er schien sie wieder zu erkennen. Er hielt plötzlich im Sprechen inne, und es schien ihn Mühe zu kosten, sein Gespräch mit Lady Tamplin wieder aufzunehmen. Als sie zum Dinner hineingingen, stellte Katherine fest, dass man ihn neben sie gesetzt hatte. Sofort wandte er sich ihr mit einem lebhaften Lächeln zu.

«Ich wusste, dass ich Sie bald kennen lernen würde», bemerkte er, «aber ich habe nicht im Traum daran gedacht, dass es hier sein könnte. Es musste einfach so kommen. Einmal im *Savoy* und einmal bei Cook's – und aller guten Dinge sind drei. Sagen Sie jetzt nur nicht, Sie könnten sich nicht erinnern oder hätten mich nie bemerkt. Tun Sie bitte wenigstens so, als ob ich Ihnen aufgefallen wäre.»

«Ich habe Sie wirklich bemerkt», sagte Katherine, «aber es ist jetzt nicht das dritte, sondern schon das vierte Mal. Ich habe Sie im *Blauen Express* gesehen.»

«Im *Blauen Express!*» Eine undefinierbare Änderung ging mit ihm vor; sie hätte nicht sagen können, was es genau war. Es schien, als habe er eine Art Rückschlag erlitten. Dann sagte er leichthin:

«Was war das heute Morgen eigentlich für eine Aufregung? Stimmt es, dass da jemand gestorben ist?»

«Ja», sagte Katherine langsam, «jemand ist gestorben.»

«Man sollte in einem Zug nicht sterben», bemerkte Derek schnippisch. «Ich glaube, das verursacht alle möglichen juristischen und internationalen Verwicklungen und liefert der Zuggesellschaft eine Ausrede dafür, noch mehr Verspätung zu haben als ohnehin.»

«Mr. Kettering?» Eine stämmige amerikanische Dame, die den beiden gegenübersaß, beugte sich vor und sagte mit der nachdrücklichen Intonation ihres Landes zu Derek: «Mr. Kettering, mir scheint, Sie haben mich vergessen, und dabei habe ich Sie immer für so einen wunderbaren Mann gehalten.»

Derek beugte sich ebenfalls vor und antwortete ihr, und Katherine saß da wie betäubt.

Kettering! Natürlich, das war der Name! Jetzt erinnerte sie sich wieder daran – aber was für eine seltsame, bizarre Situation! Hier saß der Mann, den sie in der vorigen Nacht ins Abteil seiner Frau hatte gehen sehen, der sie lebendig und wohlauf zurückgelassen hatte, und der nun hier bei Tisch saß, ohne eine Ahnung von dem Unglück zu haben, das seine Gattin ereilt hatte. Daran konnte es keinen Zweifel geben. Er wusste von nichts.

Ein Diener neigte sich zu Derek, überreichte ihm ein Schreiben und flüsterte ihm etwas ins Ohr. Mit einem Wort der Entschuldigung zu Lady Tamplin riss er den Umschlag auf, und ein Ausdruck äußerster Verblüffung trat auf sein Gesicht, als er las; dann sah er die Gastgeberin an.

«Das ist sehr merkwürdig. Es tut mir Leid, Rosalie, aber ich fürchte, ich muss Sie verlassen. Der Polizeipräfekt will mich sofort sehen. Ich habe keine Ahnung, worum es sich handelt.»

«Deine Verbrechen haben dich eingeholt», sagte Lenox.

«Das muss es wohl sein», sagte Derek, «wahrscheinlich irgendein kompletter Blödsinn, aber ich muss mich wohl auf die Präfektur schleppen. Wie kann der alte Knabe es verantworten, mich vom Dinnertisch hochzuscheuchen? Es muss schon etwas Todernstes sein, um das zu rechtfertigen», und er lachte, als er seinen Stuhl zurückschob und aufstand, um den Raum zu verlassen.

Dreizehntes Kapitel

Van Aldin erhält ein Telegramm

Am Nachmittag des 15. Februar lag dicker gelber Nebel über London. Rufus Van Aldin hielt sich in seiner Suite im *Savoy* auf, machte das Beste aus den atmosphärischen Verhältnissen, indem er noch länger arbeitete als gewöhnlich. Knighton war überglücklich. In der letzten Zeit war es ihm schwer gefallen, seinen Arbeitgeber dazu zu bewegen, sich auf anstehende Geschäfte zu konzentrieren. Wenn er versucht hatte, bestimmte Dinge anzuregen, hatte Van Aldin ihn mit einem schroffen Wort abgefertigt. Heute aber schien Van Aldin sich mit doppelter Energie in die Arbeit zu stürzen, und der Sekretär nutzte diese Gelegenheit aus. Taktvoll setzte er die Sporen so ein, dass Van Aldin es nie bemerkte.

Aber sosehr ihn auch die geschäftlichen Angelegenheiten gefangen nahmen, ging Van Aldin doch eine winzige Tatsache nicht aus dem Kopf. Dafür hatte eine zufällige Bemerkung von Knighton gesorgt, die dieser gemacht hatte, ohne sich bewusst zu sein, was sie für Van Aldin bedeutete. Dessen Gedanken kreisten beharrlich um diese Bemerkung, bis er ihnen schließlich widerwillig nachgab.

Er schien Knightons Darlegungen mit seiner üblichen konzentrierten Aufmerksamkeit zu folgen, aber in Wirklichkeit drang kein einziges Wort zu ihm durch. Er nickte jedoch automatisch, und der Sekretär wandte sich dem nächsten Schriftstück zu. Während er sie sortierte, sagte sein Dienstherr:

«Könnten Sie mir das noch einmal erzählen, Knighton?»

Einen Moment lang war Knighton ratlos.

«Meinen Sie das hier, Sir?» Er hob den eng geschriebenen Geschäftsbericht einer Firma hoch.

«Nein, nein», sagte Van Aldin, «was Sie mir vorhin erzählt haben, dass Sie Ruths Zofe gestern Abend in Paris gesehen hätten. Ich werde nicht schlau daraus. Sie müssen sich geirrt haben.»

«Ich kann mich nicht geirrt haben, Sir; ich habe nämlich mit ihr gesprochen.»

«Na, erzählen Sie mir das Ganze noch einmal.»

Knighton gehorchte.

«Ich hatte die Vereinbarung mit Bartheimer abgeschlossen», erklärte er, «und war zurück zum *Ritz* gegangen, um meine Sachen abzuholen; ich wollte noch zu Abend essen und am Gare du Nord den Neunuhrzug erwischen. An der Rezeption sah ich eine Frau und war ganz sicher, dass es Mrs. Ketterings Zofe war. Ich bin zu ihr gegangen und habe sie gefragt, ob Mrs. Kettering hier abgestiegen sei.»

«Ja, ja», sagte Van Aldin. «Natürlich. Ganz klar. Und sie hat Ihnen gesagt, dass Ruth weiter an die Riviera gefahren ist und sie ins *Ritz* geschickt hat, um dort weitere Weisungen zu erwarten.»

«Ganz genau, Sir.»

«Sehr seltsam», sagte Van Aldin. «Wirklich sehr seltsam, es sei denn, diese Frau wäre frech geworden oder etwas in der Art.»

«In diesem Fall», wandte Knighton ein, «hätte Mrs. Kettering sie wohl ausgezahlt und gesagt, sie soll nach England zurückfahren. Ins *Ritz* hätte sie sie wohl kaum geschickt.»

«Nein», murmelte der Millionär, «das stimmt.»

Er wollte noch etwas sagen, unterließ es aber. Er schätzte Knighton, mochte ihn gern und vertraute ihm, aber er konnte nicht gut mit seinem Sekretär die Privatangelegenheiten seiner Tochter besprechen. Ruths Mangel an Offenheit hatte ihn schon früher verletzt, und diese zufällige Mitteilung war nicht dazu angetan, seinen Ärger zu zerstreuen.

Warum hatte Ruth ihre Zofe in Paris gelassen? Welches Ziel oder Motiv konnte sie dabei gehabt haben?

Ein paar Momente bedachte er, wie merkwürdig der Zufall manchmal spielt. Wie hätte Ruth annehmen können, dass der Erste, dem ihre Zofe in Paris über den Weg lief, der Sekretär ihres Vaters wäre? Aber so etwas kam vor. So kamen Dinge an den Tag.

Bei diesem Gedanken verzog er das Gesicht; der Satz war ihm völlig natürlich in den Sinn gekommen. Welche «Dinge» gab es denn, die «an den Tag kommen» konnten? Er stellte sich diese Frage sehr ungern und er zweifelte nicht an der Antwort. Die Antwort lautete – dessen war er sich ganz sicher – Armand de la Roche.

Es war bitter für Van Aldin, dass seine eigene Tochter sich von einem solchen Menschen einwickeln ließ, und dabei musste er zugeben, dass sie sich in guter Gesellschaft befand – dass andere gebildete und intelligente Frauen der Faszination des Comte ebenso leicht erlegen waren. Männer durchschauten ihn, Frauen nicht.

Er suchte nach Worten, die den möglicherweise erwachten Verdacht seines Sekretärs zerstreuen sollten.

«Ruth ändert ihre Pläne immer von einem Augenblick auf den andern», bemerkte er und setzte dann in einem gewollt sorglosen Ton hinzu: «Die Zofe hat wohl keinen – äh – Grund für diese Änderung der Pläne genannt?»

Knighton gab sich Mühe, seine Stimme so natürlich wie möglich klingen zu lassen, als er antwortete:

«Sie sagte, Sir, Mrs. Kettering habe plötzlich einen Bekannten getroffen.»

«Ah ja?»

Das trainierte Ohr des Sekretärs registrierte die Besorgnis unter dem scheinbar beiläufigen Ton.

«Aha, einen Bekannten also. Oder sagte sie vielleicht, eine Bekannte?»

«Ich glaube, sie hat von einem Mann gesprochen, Sir.»

Van Aldin nickte. Seine schlimmsten Befürchtungen erfüllten sich. Er stand auf und ging mit großen Schritten im Zimmer auf und ab, was er immer tat, wenn er erregt war. Außerstande, seine Gefühle länger zurückzuhalten, brach er los:

«Eine Sache schafft kein Mann, und das ist, eine Frau dazu zu bringen, dass sie sich vernünftige Gründe anhört. Irgendwie scheinen die keinerlei *Vernunft* zu haben. Das Gerede vom weiblichen Instinkt – dabei weiß die ganze Welt, dass für jeden schurkischen Schwindler Frauen das beste Ziel sind. Nicht mal eine von zehn erkennt einen Schwindler, wenn sie ihn sieht; jeder gut aussehende Bursche, der ein bisschen Süßholz raspelt, kann sie mühelos ausnutzen. Wenn es nach mir ginge …»

Er wurde unterbrochen. Ein Page mit einem Telegramm trat ein. Van Aldin riss es auf und sein Gesicht wurde plötzlich kreidebleich. Er hielt sich an einer Stuhllehne fest, um nicht zu taumeln, und winkte den Jungen hinaus.

«Was gibt es, Sir?»

Knighton hatte sich besorgt erhoben.

«Ruth!», sagte Van Aldin heiser.

«Mrs. Kettering?»

«Tot!»

«Ein Zugunglück?»

Van Aldin schüttelte den Kopf.

«Nein. Dem hier zufolge ist sie auch noch beraubt worden. Die benutzen das Wort nicht, Knighton, aber mein armes Mädchen ist ermordet worden.»

«Um Gottes willen, Sir!»

Van Aldin klopfte mit dem Zeigefinger auf das Telegramm.

«Es ist von der Polizei in Nizza. Ich muss mit dem ersten erreichbaren Zug hin.»

Knighton war effizient wie immer. Er sah auf die Uhr.

«Um fünf Uhr ab Victoria Station, Sir.»

«Gut. Sie kommen mit, Knighton. Instruieren Sie meinen Diener, Archer, und packen auch Sie. Kümmern Sie sich hier um alles. Ich will in die Curzon Street.»

Das Telefon schrillte, und der Sekretär hob den Hörer ab.

«Ja, bitte?»

Dann zu Van Aldin:

«Mr. Goby, Sir.»

«Goby? Den kann ich jetzt nicht empfangen. Nein – warten Sie, wir haben noch genug Zeit. Die sollen ihn raufschicken.»

Van Aldin war ein starker Mann. Inzwischen hatte er seine eiserne Ruhe wiedergewonnen. Als er Mr. Goby begrüßte, hätten nur wenige etwas in seiner Stimme bemerkt.

«Ich bin in Eile, Goby. Haben Sie mir etwas Wichtiges zu erzählen?»

Mr. Goby hustete.

«Mr. Ketterings Unternehmungen, Sir. Sie wollten über alles unterrichtet sein.»

«Ja – und?»

«Mr. Kettering, Sir, ist gestern Vormittag an die Riviera abgereist.»

«Was?»

Etwas in seiner Stimme musste Mr. Goby erschreckt haben. Der ehrbare Gentleman brach mit seiner Gewohnheit, niemals den Gesprächspartner anzusehen, und warf einen flüchtigen Seitenblick auf den Millionär.

«Welchen Zug hat er genommen?», fragte Van Aldin.

«Den *Blauen Express*, Sir.»

Mr. Goby hustete erneut und sagte zur Uhr auf dem Kaminsims:

«Mademoiselle Mirelle, die Tänzerin vom *Parthenon*, hat den gleichen Zug genommen.»

Vierzehntes Kapitel

Ada Masons Geschichte

«Ich kann Ihnen gar nicht oft genug unser Entsetzen, unsere Betroffenheit und unser tiefes Mitgefühl wiederholen, Monsieur.»

So wandte sich Monsieur Carrège, der Untersuchungsrichter, an Van Aldin. Monsieur Caux, der Kommissar, grunzte mitfühlend. Van Aldin wischte Entsetzen, Betroffenheit und Mitgefühl mit einer brüsken Geste beiseite. Sie befanden sich im Büro des Untersuchungsrichters in Nizza. Außer Monsieur Carrège, dem Kommissar und Van Aldin war noch eine Person anwesend, die nun das Wort ergriff.

«Monsieur Van Aldin», sagte der Mann, «wünscht, dass gehandelt wird – dass sofort gehandelt wird.»

«Ah!», rief der Kommissar. «Ich habe Sie noch gar nicht vorgestellt. Monsieur Van Aldin, das ist Monsieur Hercule Poirot; Sie haben zweifellos von ihm gehört. Zwar hat er sich vor einigen Jahren aus seinem Beruf zurückgezogen, aber noch immer kennt jeder seinen Namen als den eines der größten lebenden Detektive.»

«Freut mich, Sie kennen zu lernen, Monsieur Poirot», sagte Van Aldin; mechanisch griff er auf diese Formel zurück, die er sich vor etlichen Jahren abgewöhnt hatte. «Sie haben sich aus Ihrem Beruf zurückgezogen?»

«So ist es, Monsieur. Ich genieße jetzt die Welt.»

Der kleine Mann machte eine großsprecherische Geste.

«Monsieur Poirot fuhr zufällig mit dem *Blauen Express»*, erklärte der Kommissar, «und er war so freundlich, uns mit seiner großen Erfahrung zu helfen.»

Der Millionär musterte Poirot aufmerksam. Dann sagte er zur Überraschung der anderen:

«Ich bin ein sehr reicher Mann, Monsieur Poirot. Gewöhnlich sagt man, reiche Leute leben in dem Glauben, alles und alle kaufen zu können. Das stimmt nicht. Ich bin auf meinem Gebiet ein großer Mann, und ein großer Mann darf einen anderen großen Mann um einen Gefallen bitten.»

Poirot nickte schnell, billigend.

«Sehr gut gesagt, Monsieur Van Aldin. Ich stehe ganz zu Ihrer Verfügung.»

«Danke», sagte Van Aldin. «Ich kann nur sagen, wenden Sie sich zu jeder beliebigen Zeit an mich, und Sie werden mich nicht undankbar finden. Und jetzt, meine Herren, an die Arbeit.»

«Ich schlage vor», sagte Monsieur Carrège, «die Zofe zu verhören, Ada Mason. Sie haben sie mitgebracht, hörte ich.»

«Ja», sagte Van Aldin. «Wir haben sie unterwegs in Paris aufgegabelt. Der Tod meiner armen Tochter hat sie sehr erschüttert, aber sie erzählt ihre Geschichte durchaus zusammenhängend.»

«Dann wollen wir sie hereinholen», sagte Monsieur Carrège.

Er läutete die Glocke auf seinem Schreibtisch, und bald darauf trat Ada Mason ein.

Sie war sehr zierlich und in Schwarz gekleidet, und ihre Nasenspitze war rot. Die grauen Reisehandschuhe hatte sie gegen schwarze aus Wildleder eingetauscht. Nicht ohne Scheu sah sie sich in dem Amtsraum um und schien erleichtert, als sie die Anwesenheit des Vaters ihrer Herrin bemerkte. Der Untersuchungsrichter, stolz auf seine Jovialität, gab sich alle Mühe, ihr Unbehagen zu mildern. Dabei half ihm Poirot, der den Dolmetscher spielte; seine freundliche Art munterte die Engländerin auf.

«Sie heißen Ada Mason, nicht wahr?»

«Ich wurde Ada Beatrice getauft, Sir», sagte Mason geziert.

«Sehr gut. Und wir verstehen vollkommen, Mason, dass all das sehr betrüblich für Sie war.»

«Das kann man wohl sagen, Sir. Ich bin bei vielen Ladys gewesen und hoffe, dass alle mit mir zufrieden waren. Ich hätte nicht im Traum daran gedacht, dass so etwas mit irgendwem passieren könnte, bei dem ich angestellt bin.»

«Nein, natürlich nicht», sagte Carrège.

«Natürlich habe ich von so was gelesen, in den Sonntagszeitungen. Und dann hatte ich immer den Eindruck, dass diese ausländischen Züge ...» Sie unterbrach ihren Redefluss jäh, als ihr einfiel, dass die Herren, mit denen sie da redete, der gleichen Nation angehörten wie die Züge.

«Nun lassen Sie uns einmal diese Angelegenheit besprechen», sagte Carrège. «Stimmt es, dass bei der Abreise aus London noch keine Rede davon war, dass Sie in Paris bleiben sollten?»

«Nein, Sir. Wir wollten durchfahren bis Nizza.»

«Sind Sie früher schon einmal mit Ihrer Herrin im Ausland gewesen?»

«Nein, Sir. Wissen Sie, ich war ja erst seit zwei Monaten bei ihr.»

«Kam Sie Ihnen wie gewöhnlich vor, als Sie aufgebrochen sind?»

«Sie war irgendwie besorgt und ein bisschen aufgeregt, und sie war gereizt, und ich konnte ihr nichts recht machen.»

Monsieur Carrège nickte.

«Nun denn, Mason, wann war zum ersten Mal die Rede davon, dass Sie in Paris bleiben sollten?»

«In diesem Bahnhof, der Gare de Lyon heißt, Sir. Meine Herrin wollte aussteigen und ein bisschen auf dem Bahnsteig herumlaufen. Sie war gerade auf dem Gang, da hat sie plötzlich was gerufen, und dann ist sie mit einem Gentleman wieder in ihr Abteil gegangen. Die Tür zwischen ihrem und meinem Abteil hat sie zugemacht, deshalb habe ich nichts gesehen oder gehört, bis sie sie dann plötzlich wieder aufgemacht und mir gesagt hat, sie hätte ihre Pläne geändert. Sie hat mir Geld gegeben und gesagt, ich soll aussteigen und ins *Ritz* gehen. Sie sagte, die kennen sie da gut und geben mir bestimmt ein Zimmer. Da soll ich warten, bis ich etwas von ihr höre; sie würde mir ein Telegramm schicken mit Anweisungen, was ich tun soll. Ich hatte gerade noch Zeit, meine Sachen zu packen und aus dem Zug zu springen, ehe der wieder losgefahren ist. Das war eine Hetzerei.»

«Wo war der Herr, als Mrs. Kettering Ihnen diese Anweisungen gab?»

«Der war in dem anderen Abteil, Sir, und hat aus dem Fenster gesehen.»

«Können Sie ihn uns beschreiben?»

«Also, wissen Sie, Sir, ich habe ihn kaum gesehen. Die meiste Zeit hat er mir den Rücken zugedreht. Er war groß und dunkelhaarig; mehr kann ich nicht sagen. Einfach wie jeder andere Gentleman mit dunkelblauem Mantel und grauem Hut.»

«War er einer der Fahrgäste des *Blauen Express?*»

«Das glaube ich nicht, Sir. Ich hatte den Eindruck, er ist zum Bahnhof gekommen, um Mrs. Kettering auf der Durchreise zu sehen. Er kann aber auch einer der Fahrgäste gewesen sein, daran habe ich vorher nicht gedacht.»

Mason schien ein wenig verwirrt von diesem Gedanken.

«Ah!» Monsieur Carrège ging elegant zu einem anderen Thema über. «Ihre Herrin hat später den Schaffner gebeten, sie am Morgen nicht früh zu wecken. Halten Sie das bei ihr für ungewöhnlich?»

«Überhaupt nicht, Sir. Die gnädige Frau hat nie gefrühstückt und nachts meistens schlecht geschlafen, deshalb ist sie morgens gern länger liegen geblieben.»

Wieder wechselte Carrège das Thema.

«Beim Handgepäck war eine rote Lederschatulle, nicht wahr?», fragte er. «Das Schmuckköfferchen Ihrer Herrin?»

«Ja, Sir.»

«Haben Sie diese Schatulle mit ins *Ritz* genommen?»

«*Ich* soll die Schmuckkassette der gnädigen Frau ins *Ritz* mitgenommen haben? Also, nein, wirklich nicht, Sir.» Mason klang ganz entsetzt.

«Sie haben sie im Abteil gelassen?»

«Ja, Sir.»

«Wissen Sie, ob Ihre Herrin viel Schmuck dabeihatte?»

«Ziemlich viel, Sir. Mir war deshalb manchmal ein bisschen mulmig, kann ich Ihnen sagen, wo man so schlimme Geschichten hört, dass man im Ausland beklaut wird. Ich weiß ja, die waren versichert, aber trotzdem ist mir das ziemlich riskant vorgekommen. Allein die Rubine, hat die gnädige Frau gesagt, wären einige hunderttausend Pfund wert.»

«Die Rubine! Was für Rubine?», bellte Van Aldin plötzlich.

Mason wandte sich an ihn. «Ich glaube, Sie waren das doch, Sir, von dem sie sie erst neulich gekriegt hat.»

«Um Gottes willen!», rief Van Aldin. «Sie wollen doch nicht etwa sagen, sie hätte die Rubine bei sich gehabt? Ich habe ihr gesagt, sie soll sie in der Bank lassen.»

Mason hüstelte diskret, was für sie offenbar zu ihren Pflichten als Zofe einer Lady gehörte. Diesmal drückte das Hüsteln eine ganze Menge aus. Viel deutlicher, als Worte dies gekonnt hätten, sagte es, dass Masons Herrin eine Dame gewesen sei, die ihren eigenen Kopf durchsetzte.

«Ruth muss verrückt gewesen sein», murmelte Van Aldin. «Was kann sie da bloß geritten haben?»

Nun hustete zur Abwechslung Monsieur Carrège, und wieder war es ein bedeutungsvolles Husten. Es lenkte Van Aldins Aufmerksamkeit auf ihn.

«Im Moment», sagte Carrège, an Mason gewandt, «war das wohl alles. Wenn Sie sich bitte ins Nebenzimmer begeben,

Mademoiselle, wird man Ihnen die Fragen und Antworten vorlesen, und Sie werden es bitte unterschreiben.»

Mason ging hinaus, begleitet vom Schreiber, und Van Aldin wandte sich sofort an den Untersuchungsrichter:

«Also?»

Monsieur Carrège öffnete eine Schublade seines Schreibtischs, nahm einen Brief heraus und reichte ihn Van Aldin.

«Dies hier fand sich in der Handtasche von Madame.»

> Chère Amie (begann der Brief) – ich will dir gehorchen. Ich werde umsichtig sein, diskret – alles, was ein Liebender am meisten hasst. Paris wäre vielleicht unklug gewesen, aber die Isles d'Or liegen fernab von der Welt, und du darfst sicher sein, dass nichts durchsickern wird. Es passt zu dir und deinem göttlichen Einfühlungsvermögen, dass du dich so für das Werk über berühmte Edelsteine interessierst, an dem ich schreibe. Es wäre wahrlich ein außerordentliches Privileg, diese historischen Rubine tatsächlich zu sehen und in der Hand zu halten. Dem *Feuerherzen* widme ich einen besonderen Abschnitt. Meine wunderbare Geliebte! Bald werde ich dich entschädigen für all diese traurigen Jahre der Trennung und der Leere. – Immer in Liebe und Anbetung
>
> dein Armand

Fünfzehntes Kapitel

Der Comte de la Roche

Van Aldin las den Brief schweigend durch. Seine Gesichtsfarbe wechselte in ein mattes Zornrot. Die Männer, die ihn beobachteten, sahen, wie die Adern auf seiner Stirn hervortraten und seine großen Hände sich unbewusst zu Fäusten ballten. Wortlos gab er den Brief zurück. Monsieur Carrège musterte aufmerksam seinen Schreibtisch, Caux hatte die Augen an die Decke geheftet, und Hercule Poirot bürstete zärtlich ein Stäubchen von seinem Rockärmel. Mit größtmöglichem Takt vermieden sie es alle, Van Aldin anzuschauen.

Eingedenk seines Amtes und seiner Pflichten griff dann Monsieur Carrège das unerfreuliche Thema auf.

«Vielleicht haben Sie eine Ahnung, Monsieur», murmelte er, «wer – hm – diesen Brief geschrieben hat?»

«Ja, das weiß ich», sagte Van Aldin dumpf.

«Ah?», sagte der Richter fragend.

«Ein Schurke, der sich Comte de la Roche nennt.»

Es trat eine Pause ein, dann beugte Poirot sich vor, richtete ein Lineal auf dem Tisch des Untersuchungsrichters aus und redete den Millionär direkt an.

«Wir alle, Monsieur Van Aldin, verstehen sehr gut, wie schmerzlich es für Sie sein muss, über diese Dinge zu reden, aber es ist nicht die Zeit für Diskretion. Wenn Gerechtigkeit walten soll, müssen wir alles wissen. Wenn Sie einen Moment nachdenken, werden Sie das sicher begreifen.»

Van Aldin schwieg einen Augenblick, dann nickte er beinahe widerstrebend.

«Sie haben ganz Recht, Monsieur Poirot», sagte er. «So schmerzlich es auch ist, ich habe nicht das Recht, etwas zurückzuhalten.»

Der Kommissar stieß einen Seufzer der Erleichterung aus; der Untersuchungsrichter lehnte sich in seinem Sessel zurück und schob den Kneifer auf seiner langen dünnen Nase zurecht.

«Vielleicht möchten Sie uns mit Ihren eigenen Worten alles erzählen, Monsieur Van Aldin», sagte er, «was Sie über diesen Herrn wissen.»

«Es fing vor elf oder zwölf Jahren an – in Paris. Meine Tochter war damals ein junges Mädchen voll törichter, romantischer Ideen wie alle jungen Mädchen. Ohne dass ich es wusste, machte sie die Bekanntschaft dieses Comte de la Roche. Sie haben vielleicht von ihm gehört?»

Der Kommissar und Poirot nickten.

«Er nennt sich Comte de la Roche», fuhr Van Aldin fort, «aber ich bezweifle, dass er ein Recht auf diesen Titel hat.»

«Im *Gotha* hätten Sie seinen Namen jedenfalls nicht gefunden», stimmte der Kommissar zu.

«Das habe ich auch festgestellt», sagte Van Aldin. «Der Mann war ein gut aussehender, überzeugender Schuft und übte auf die Frauen eine fatale Faszination aus. Ruth war in ihn verliebt, aber ich habe der Geschichte bald ein Ende gemacht. Der Kerl war nichts anderes als ein gewöhnlicher Schwindler.»

«Sie haben ganz Recht», bestätigte der Kommissar. «Der Comte de la Roche ist uns wohl bekannt. Wenn es möglich wäre, hätten wir ihm schon längst das Handwerk gelegt, aber, *ma foi!*, es ist nicht einfach; der Bursche ist gerissen, und seine Affären hat er immer mit Damen aus höchsten Gesellschaftsschichten. Wenn er ihnen unter falschem Vorwand oder durch Erpressung Geld abluchst, *eh bien!*, zeigen sie ihn natürlich nicht an. Vor der Welt als Närrin dazustehen, o nein, das geht auf keinen Fall, und er hat eine außerordentliche Macht über Frauen.»

«So ist es», sagte der Millionär finster. «Nun ja, wie gesagt habe ich die Affäre sehr energisch beendet. Ich habe Ruth genau gesagt, wer er ist, und sie musste mir zwangsläufig glauben. Ungefähr ein Jahr später hat sie ihren heutigen Gatten getroffen und ihn geheiratet. Soweit ich wusste, war das das Ende der Geschichte. Aber erst vor einer Woche habe ich zu meiner Verblüffung herausgefunden, dass meine Tochter die Verbindung mit dem Comte de la Roche wieder aufgenommen hatte. Sie hat ihn häufig getroffen, in London und in Paris. Ich habe ihr Vorwürfe deswegen gemacht; ich kann Ihnen nämlich sagen, Gentlemen, dass sie auf mein Betreiben hin dabei war, die Scheidung gegen ihren Mann einzureichen.»

«Das ist interessant», murmelte Poirot leise, die Augen zur Decke gerichtet.

Van Aldin warf ihm einen scharfen Blick zu und fuhr dann fort.

«Ich habe ihr klargemacht, was für eine Dummheit es ist, unter diesen Umständen weiterhin den Comte zu treffen. Ich dachte, sie hätte es eingesehen.»

Der Untersuchungsrichter hüstelte.

«Aber diesem Brief zufolge …», begann er; dann hielt er inne.

Van Aldin reckte das Kinn.

«Ich weiß. Es hat keinen Sinn, darum herumzureden. Wie unangenehm es auch ist, wir müssen uns den Tatsachen stellen. Es scheint so zu sein, dass Ruth alles arrangiert hatte, um nach Paris zu fahren und de la Roche dort zu treffen. Nach meinen Vorhaltungen scheint sie dem Grafen aber geschrieben zu haben, um ein anderes Rendezvous vorzuschlagen.»

«Die Isles d'Or», sagte der Kommissar nachdenklich, «liegen gegenüber Hyères, ein entlegener und idyllischer Fleck.»

Van Aldin nickte.

«Lieber Gott! Wie konnte Ruth sich so zum Narren machen?», rief er bitter. «All dies Geschwätz darüber, dass er ein Buch über Edelsteine schreiben will! Er muss von Anfang an hinter den Rubinen her gewesen sein.»

«Es gibt einige bedeutende Rubine», sagte Poirot, «ursprünglich Teil der russischen Kronjuwelen; sie sind ganz einzigartig, und ihr Wert ist nahezu fabelhaft. Es gab das Gerücht, sie seien vor kurzem in den Besitz eines Amerikaners übergegangen. Gehen wir recht in der Annahme, Monsieur, dass Sie der Käufer waren?»

«Ja», sagte Van Aldin. «Vor ungefähr zehn Tagen, in Paris, bin ich in ihren Besitz gelangt.»

«Verzeihen Sie, Monsieur, aber haben Sie vorher längere Zeit wegen des Ankaufs verhandelt?»

«Etwas über zwei Monate. Warum?»

«Das hat sich herumgesprochen», sagte Poirot. «Hinter solchen Steinen ist immer eine ziemliche Menge von Leuten her.»

Im Gesicht des anderen zuckte es.

«Ich erinnere mich», sagte er mit brüchiger Stimme, «an einen Scherz, den ich Ruth gegenüber gemacht habe, als ich ihr die Steine schenkte. Ich habe ihr gesagt, sie soll sie nicht mit an die Riviera nehmen, weil ich es mir nicht leisten kann, sie wegen der Steine beraubt und ermordet zu sehen. Liebe Zeit, was für Dinge man so sagt – ohne zu ahnen, dass sie wahr werden.»

Mitfühlendes Schweigen senkte sich über den Raum; dann redete Poirot sachlich weiter.

«Lassen Sie uns die Fakten ordentlich und präzise sortieren. Nach unserer augenblicklichen Theorie sehen sie so aus. Der Comte de la Roche weiß, dass Sie diese Steine gekauft haben. Durch eine simple Kriegslist bringt er Madame Kettering dazu, die Steine mitzunehmen. Er muss also der Mann sein, den Mason in Paris im Zug gesehen hat.»

Die anderen drei nickten einvernehmlich.

«Madame ist erstaunt, ihn zu sehen, aber er klärt die Lage sofort. Mason wird aus dem Weg geschafft; es wird ein Speisekorb bestellt. Wir wissen vom Schaffner, dass er im ersten Abteil das Bett gemacht, das zweite aber nicht betreten hat, und dass sich dort für ihn unsichtbar ein Mann hätte aufhalten können. Bis hierhin kann der Comte allerbestens versteckt gewesen sein. Niemand außer Madame weiß von seiner Anwesenheit im Zug. Er hat dafür gesorgt, dass die Zofe sein Gesicht nicht sieht. Sie konnte ja lediglich sagen, dass er groß und dunkelhaarig war. Alles sehr vage. Sie sind allein – und der Zug rast durch die Nacht. Es dürfte keinen Aufschrei, keinen Kampf gegeben haben; der Mann ist ja, meint sie, ihr Liebhaber.»

Er wandte sich freundlich an Van Aldin.

«Der Tod, Monsieur, muss fast augenblicklich eingetreten sein. Lassen wir dies rasch beiseite. Der Comte nimmt den griffbereit daliegenden Juwelenkoffer. Kurz darauf läuft der Zug in Lyon ein.»

Monsieur Carrège nickte beifällig.

«Genau. Der Schaffner am Wagenende steigt aus. Es wäre einfach für unseren Mann, den Zug ungesehen zu verlassen; es wäre leicht, einen Zug zurück nach Paris oder nach einem beliebigen Ort zu nehmen. Und das Verbrechen wäre als gewöhnlicher Bahnraub eingestuft worden. Wenn man nicht den Brief in Madames Handtasche gefunden hätte, wäre der Comte nie erwähnt worden.»

«Es war leichtfertig von ihm, die Tasche nicht zu durchsuchen», erklärte der Kommissar.

«Zweifellos hat er angenommen, sie hätte diesen Brief vernichtet. Es war – verzeihen Sie, Monsieur –, es war eine Indiskretion erster Güte von ihr.»

«Und trotzdem», murmelte Poirot, «war es eine Indiskretion, die der Comte hätte vorhersehen können.»

«Wie meinen Sie?»

«Ich meine, wir haben uns doch alle über einen Punkt geeinigt, und zwar, dass der Comte de la Roche etwas *à fond* versteht: Frauen. Wie kommt es, dass er, der Frauen so gut kennt, nicht damit rechnet, dass Madame diesen Brief aufhebt?»

«Ja – ja», sagte der Untersuchungsrichter zweifelnd, «es ist etwas an dem, was Sie sagen. Aber in solchen Momenten, wissen Sie, ist man nicht Herr seiner selbst. Man denkt nicht ruhig alles durch. *Mon Dieu!*», setzte er mit Nachdruck hinzu, «wenn unsere Verbrecher immer kühlen Kopf bewahrten, wie sollten wir sie dann fangen?»

Poirot lächelte vor sich hin.

«Der Fall scheint mir klar», sagte der andere, «aber schwer zu beweisen. Der Comte ist aalglatt, und falls ihn nicht die Zofe identifizieren kann ...»

«Was sehr unwahrscheinlich ist», sagte Poirot.

«Das stimmt, das stimmt.» Der Untersuchungsrichter rieb sich das Kinn. «Es wird sehr schwierig.»

«Wenn er das Verbrechen wirklich begangen hat ...», begann Poirot. Monsieur Caux unterbrach ihn.

«Wenn – Sie sagen *wenn?*»

«Ja, Monsieur le Commissaire, ich sage *wenn*.»

Der andere sah ihn scharf an. «Sie haben Recht», sagte er schließlich. «Es ist möglich, dass der Comte ein Alibi hat. Dann sähen wir schlecht aus.»

«Ah, *ça par exemple*», erwiderte Poirot, «das hat überhaupt keine Bedeutung. Wenn er das Verbrechen begangen hat, wird er natürlich ein Alibi haben. Ein Mann mit der Erfahrung des Comte vergisst nicht, Vorkehrungen zu treffen. Nein, ich habe aus einem ganz bestimmten Grund *wenn* gesagt.»

«Und zwar?»

Poirot wackelte emphatisch mit dem Zeigefinger. «Die Psychologie.»

«Eh?», sagte der Kommissar.

«Die Psychologie stimmt nicht. Der Comte ist ein Schuft – ja. Der Comte ist ein Schwindler – ja. Der Comte nutzt Frauen aus – ja. Er hat die Absicht, Madames Juwelen zu stehlen –

abermals ja. Ist er die Sorte Mann, die einen Mord begeht? Ich sage *nein!* Ein Mann vom Typ des Comte ist immer ein Feigling; er geht kein Risiko ein. Er spielt auf sicher, mit kleinem Einsatz, was die Engländer *the lowdown game* nennen; aber Mord, hundertmal nein!» Er schüttelte unzufrieden den Kopf.

Der Untersuchungsrichter schien jedoch nicht bereit, ihm zuzustimmen.

«Eines Tages verlieren solche Leute immer den Kopf und gehen zu weit», bemerkte er weise. «Zweifellos ist das hier der Fall. Ich will Ihnen ja nicht widersprechen, Monsieur Poirot...»

«Ich habe nur eine Meinung geäußert», beeilte Poirot sich zu erklären. «Der Fall liegt selbstverständlich in Ihren Händen, und Sie werden tun, was Sie für richtig halten.»

«Ich meinerseits bin davon überzeugt, dass der Comte de la Roche derjenige ist, den wir schnappen müssen», sagte Carrège. «Stimmen Sie mir zu, Monsieur le Commissaire?»

«Vollkommen.»

«Und Sie, Monsieur Van Aldin?»

«Ja», sagte der Millionär. «Ja, dieser Mann ist ein Schurke durch und durch, da gibt es keinen Zweifel.»

«Es wird schwer sein, ihn zu fassen», sagte der Untersuchungsrichter, «aber wir werden unser Bestes tun. Es werden sofort telegraphische Anweisungen hinausgehen.»

«Gestatten Sie mir, Ihnen zu helfen», sagte Poirot. «Da dürfte es keine Probleme geben.»

«Eh?»

Die anderen starrten ihn an. Der kleine Mann lächelte strahlend zurück.

«Es ist mein Beruf, alles zu wissen», erklärte er. «Der Comte ist ein intelligenter Mann. Im Moment befindet er sich in einer Villa, die er gemietet hat, in der Villa Marina in Antibes.»

Sechzehntes Kapitel

Poirot erörtert den Fall

Alle sahen Poirot respektvoll an. Zweifellos hatte der kleine Mann einen schweren Treffer gelandet. Der Kommissar lachte – aber es klang ein wenig hohl.

«Sie bringen uns bei, wo es langgeht», rief er. «Monsieur Poirot weiß mehr als die Polizei.»

Poirot starrte selbstgefällig zur Decke hinauf, in gespielter Bescheidenheit.

«Was wollen Sie, es ist mein kleines Hobby, dies und das zu wissen», murmelte er. «Natürlich habe ich Zeit, mich damit zu amüsieren. Ich bin ja nicht von Pflichten überlastet.»

«Ah!», sagte der Kommissar und schüttelte gewichtig den Kopf. «Was mich betrifft …»

Er machte eine übertriebene Geste, die andeuten sollte, welche Sorgen auf seinen Schultern lasteten.

Poirot wandte sich plötzlich an Van Aldin.

«Stimmen Sie dem zu, Monsieur? Sind Sie sicher, dass der Comte de la Roche der Mörder ist?»

«Sieht doch so aus – ja, gewiss.»

Eine gewisse Zurückhaltung in der Antwort brachte den Untersuchungsrichter dazu, den Amerikaner neugierig anzuschauen. Van Aldin war sich des forschenden Blickes bewusst und schien einen Vorbehalt abschütteln zu wollen.

«Was ist mit meinem Schwiegersohn?», fragte er. «Haben Sie ihn schon unterrichtet? Er ist in Nizza, soviel ich weiß.»

«Gewiss, Monsieur.» Der Kommissar zögerte und murmelte dann sehr diskret: «Es ist Ihnen zweifellos bekannt, Monsieur Van Aldin, dass Monsieur Kettering in jener Nacht ebenfalls Fahrgast des *Blauen Express* war?»

Der Millionär nickte.

«Habe ich gehört, bevor ich London verließ», sagte er lakonisch.

«Er sagt», fuhr der Kommissar fort, «er habe keine Ahnung davon gehabt, dass seine Frau in diesem Zug war.»

«Darauf würde ich wetten», sagte Van Aldin grimmig. «Es wäre ein ziemlich scheußlicher Schreck für ihn gewesen, ihr da zu begegnen.»

Die drei Männer sahen ihn fragend an.

«Ich will kein Blatt vor den Mund nehmen», sagte Van Aldin heftig. «Kein Mensch weiß, was mein armes Mädchen hat wegstecken müssen. Derek Kettering war nicht allein. Er hatte eine Dame dabei.»

«Ah?»

«Mirelle – die Tänzerin.»

Monsieur Carrège und der Kommissar tauschten Blicke und nickten wie zur Bestätigung eines früheren Gesprächs. Carrège lehnte sich auf seinem Stuhl zurück, faltete die Hände und heftete die Augen an die Decke.

«Ah!», murmelte er wieder. «Man fragt sich ...» Er hustete. «Man hat Gerüchte gehört.»

«Die Dame», sagte Monsieur Caux, «ist berüchtigt.»

«Und», murmelte Poirot sanft, «sehr teuer.»

Van Aldin war sehr rot geworden. Er beugte sich vor und knallte die Faust auf den Tisch.

«Mein Schwiegersohn», schrie er, «ist ein verdammter Schurke!»

Er funkelte sie an, sah von einem Gesicht zum anderen.

«Ach, ich weiß nicht», fuhr er fort. «Gutes Aussehen und eine charmante, lockere Art. Anfangs bin ich auch darauf hereingefallen. Hat wahrscheinlich so getan, als ob ihm das Herz bricht, als Sie ihn über den Tod meiner Tochter informiert haben – das heißt, wenn er es nicht schon gewusst hat.»

«Es war durchaus eine Überraschung für ihn. Er war überwältigt.»

«Verdammter Heuchler», sagte Van Aldin. «Hat Ihnen die große Trauer vorgespielt, was?»

«N-nein», sagte der Kommissar vorsichtig. «Das würde ich nicht gerade sagen – wie, Monsieur Carrège?»

Der Richter legte die Fingerspitzen aneinander und schloss die Augen halb.

«Schock, Verblüffung, Entsetzen – so etwas, ja», sagte er überlegt. «Große Trauer – nein – das möchte ich nicht sagen.»

Hercule Poirot ergriff wieder das Wort.

«Gestatten Sie mir die Frage, Monsieur Van Aldin, ob Monsieur Kettering vom Tod seiner Frau profitiert?»

«Er profitiert in der Größenordnung von zwei Millionen», sagte Van Aldin.

«Dollar?»

«Pfund. Ich habe Ruth bei ihrer Heirat diese Summe vorbehaltlos überschrieben. Sie hat kein Testament gemacht und hinterlässt keine Kinder, also geht das Geld an den Gatten.»

«Von dem sie sich gerade scheiden lassen wollte», murmelte Poirot. «Ah ja – *précisément.*»

Der Kommissar drehte sich zu ihm um und sah ihn scharf an.

«Meinen Sie etwa …?», begann er.

«Ich meine gar nichts», sagte Poirot. «Ich sortiere die Fakten, das ist alles.»

Der kleine Mann stand auf.

«Ich glaube nicht, dass ich Ihnen augenblicklich weiter dienlich sein kann, Monsieur le Juge», sagte er höflich mit einer Verbeugung vor Carrège. «Würden Sie mich über den weiteren Gang der Dinge auf dem Laufenden halten? Das wäre sehr liebenswürdig.»

«Aber gewiss – selbstverständlich.»

Auch Van Aldin erhob sich.

«Brauchen Sie mich im Moment noch?»

«Nein, Monsieur, wir haben alle Informationen, die wir im Augenblick benötigen.»

«Dann möchte ich ein bisschen mit Monsieur Poirot spazieren gehen. Das heißt, wenn er nichts dagegen hat.»

«Ich bin entzückt, Monsieur», sagte der kleine Mann mit einer Verbeugung.

Van Aldin zündete sich eine dicke Zigarre an, nachdem er Poirot eine angeboten hatte, der jedoch ablehnte und eine seiner winzigen Zigaretten ansteckte. Van Aldin, ein Mann von sehr starkem Charakter, war schon wieder ganz er selbst. Schweigend gingen sie einige Minuten, dann sagte der Millionär:

«Wenn ich das richtig verstanden habe, Monsieur Poirot, üben Sie Ihren Beruf nicht mehr aus?»

«So ist es, Monsieur. Ich genieße die Welt.»

«Trotzdem helfen Sie der Polizei in dieser Angelegenheit?»

«Monsieur, wenn ein Arzt auf der Straße spazieren geht und ein Unfall sich ereignet, sagt er dann: ‹Ich praktiziere nicht mehr, ich spaziere weiter›, wenn zu seinen Füßen jemand verblutet? Wenn ich schon in Nizza gewesen wäre und die Polizei nach mir geschickt und gefragt hätte, ob ich ihnen helfe, dann hätte ich abgelehnt. Aber diesen Fall hat mir sozusagen der liebe Gott aufgetragen.»

«Sie waren dabei», sagte Van Aldin nachdenklich. «Sie haben das Abteil untersucht, nicht wahr?»

Poirot nickte.

«Zweifellos haben Sie Dinge gefunden, die Ihnen, sagen wir, bedeutsam erscheinen?»

«Vielleicht», sagte Poirot.

«Ich hoffe, Sie wissen, worauf ich hinauswill?», sagte Van Aldin. «Die Schuld dieses Comte de la Roche scheint mir vollkommen klar zu sein, aber ich bin kein Trottel. Ich habe Sie die vergangene Stunde beobachtet und stelle fest, dass Sie aus irgendeinem Grunde nicht mit dieser Theorie übereinstimmen.»

Poirot zuckte mit den Schultern.

«Vielleicht irre ich mich.»

«Dann lassen Sie uns zu dem Gefallen kommen, um den ich Sie bitten möchte. Wollen Sie in dieser Sache für mich tätig werden?»

«Für Sie persönlich?»

«Genau so meine ich das.»

Poirot schwieg einige Augenblicke, dann sagte er:

«Wissen Sie, was Sie da verlangen?»

«Ich glaube schon», sagte Van Aldin.

«Sehr gut», sagte Poirot. «Ich nehme an. Aber in diesem Fall brauche ich freimütige Antworten auf meine Fragen.»

«Ja, natürlich. Das ist klar.»

Poirot wurde plötzlich ein anderer: sachlich im Ton und geschäftsmäßig.

«Diese Scheidungssache», sagte er. «Haben Sie Ihrer Tochter dazu geraten?»

«Ja.»

«Wann?»

«Vor ungefähr zehn Tagen. Sie hatte mir einen Brief geschrieben, in dem sie über das Verhalten ihres Gatten klagte, und ich habe ihr ganz deutlich klargemacht, dass Scheidung das einzige Heilmittel ist.»

«Inwiefern hat sie über sein Verhalten geklagt?»

«Er ließ sich mit einer *sehr* berüchtigten Dame blicken, über die wir vorhin gesprochen haben – Mirelle.»

«Die Tänzerin. Aha! Und Madame Kettering war damit nicht einverstanden? Hatte sie ihren Mann sehr gern?»

«Das eigentlich nicht», sagte Van Aldin ein wenig zögernd.

«Dann hat also nicht ihr Herz gelitten, sondern ihr Stolz – könnte man das so sagen?»

«Ja, das könnte man wohl.»

«Die Ehe war von Anfang an nicht sehr glücklich?»

«Derek Kettering ist verdorben bis ins Mark», sagte Van Aldin. «Er ist unfähig, eine Frau glücklich zu machen.»

«Er ist also das, was man in England *a bad lot* nennt.»

Van Aldin nickte.

«Très bien! Sie raten Madame, sich scheiden zu lassen, sie stimmt zu. Sie konsultieren Ihre Anwälte. Wann erfährt Monsieur Kettering von den Dingen, die da im Busch sind?»

«Ich selbst habe ihn zu mir kommen lassen und ihm dargelegt, was ich zu unternehmen beabsichtigte.»

«Und was hat er gesagt?»

Van Aldins Gesicht verdüsterte sich bei der Erinnerung.

«Er war teuflisch dreist.»

«Entschuldigen Sie die Frage, Monsieur, aber hat er den Comte de la Roche erwähnt?»

«Nicht namentlich», knurrte der andere widerwillig, «aber er hat gezeigt, dass er von der Affäre wusste.»

«Wie war, wenn ich fragen darf, Monsieur Ketterings finanzielle Lage zu dieser Zeit?»

«Wieso meinen Sie, ich könnte das wissen?», fragte Van Aldin nach kurzem Zögern.

«Ich halte es für wahrscheinlich, dass Sie hierzu Erkundigungen angestellt haben.»

«Na ja – Sie haben ganz Recht, das habe ich getan. Ich habe festgestellt, dass Kettering blank war.»

«Und jetzt hat er zwei Millionen Pfund geerbt! *La vie* ist schon recht seltsam, nicht wahr?»

Van Aldin blickte ihn scharf an.

«Was meinen Sie damit?»

«Ich moralisiere», sagte Poirot, «ich reflektiere, ich philosophiere. Aber zurück zum Thema. Monsieur Kettering war doch sicherlich nicht bereit, sich so ohne weiteres scheiden zu lassen?»

Van Aldin schwieg einen Augenblick, dann sagte er:

«Ich weiß nicht genau, was er vorhatte.»

«Haben Sie sich danach nicht mehr mit ihm unterhalten?»

Wieder schwieg Van Aldin kurz und sagte dann:

«Nein.»

Poirot blieb stehen, lupfte den Hut und reichte dem Millionär die Hand.

«Ich wünsche Ihnen einen guten Tag, Monsieur. Ich kann nichts für Sie tun.»

«Was soll das heißen?», fragte Van Aldin ärgerlich.

«Wenn Sie mir nicht die Wahrheit sagen, kann ich nichts tun.»

«Ich weiß nicht, was Sie meinen.»

«Das glaube ich doch. Sie können beruhigt sein, Monsieur Van Aldin, ich weiß zu schweigen.»

«Nun denn», sagte der Millionär. «Ich gebe zu, dass ich vorhin nicht die Wahrheit gesagt habe. Ich habe mich noch einmal mit meinem Schwiegersohn in Verbindung gesetzt.»

«Ja?»

«Genau genommen habe ich meinen Sekretär geschickt, Major Knighton, mit der Anweisung, ihm die Summe von hunderttausend Pfund in bar dafür anzubieten, dass er in die Scheidung einwilligt.»

«Eine hübsche Summe», sagte Poirot anerkennend, «und die Antwort von Monsieur Schwiegersohn?»

«Er ließ mir ausrichten, ich sollte zum Teufel gehen», sagte der Millionär betont.

«Ah!», sagte Poirot.

Er zeigte keinerlei Gemütsregung. Im Moment war er damit beschäftigt, methodisch Tatsachen zu sammeln.

«Monsieur Kettering hat der Polizei gesagt, er hätte auf der Reise von England hierher seine Frau weder gesehen noch gesprochen. Sind Sie geneigt, dieser Erklärung zu glauben, Monsieur?»

«Ja, bin ich», sagte Van Aldin. «Er hat sich bestimmt besondere Mühe gegeben, ihr nicht zu begegnen, schätze ich.»

«Warum?»

«Weil er diese Frau bei sich hatte.»

«Mirelle?»

«Ja.»

«Wie haben Sie davon erfahren?»

«Einer meiner Leute, die ich auf seine Beobachtung angesetzt hatte, hat mir berichtet, dass beide mit diesem Zug abgereist sind.»

«Ich verstehe», sagte Poirot. «In diesem Fall wird er, wie Sie schon sagten, wohl kaum versucht haben, sich mit Madame Kettering in Verbindung zu setzen.»

Der kleine Mann versank in Schweigen. Van Aldin unterbrach seine Meditationen nicht.

Siebzehntes Kapitel

Ein aristokratischer Herr

«Sind Sie schon einmal an der Riviera gewesen, Georges?», fragte Poirot am nächsten Morgen seinen Diener.

George war ein zutiefst englisches Individuum mit reglos hölzernen Zügen.

«Ja, Sir. Vor zwei Jahren, als ich im Dienst von Lord Edward Frampton stand.»

«Und jetzt», murmelte sein Dienstherr, «stehen Sie im Dienst von Hercule Poirot. Welch ein Aufstieg in der Welt!»

Der Diener beliebte nicht auf diese Bemerkung zu reagieren. Nach geziemender Pause fragte er:

«Den braunen Anzug, Sir? Es ist heute etwas kühl.»

«Auf der Weste ist ein Fettfleck», wandte Poirot ein. «Ein *morceau* von *Filet de sole à la Jeanette* hat sich dort niedergelassen, als ich vorigen Dienstag im *Ritz* gegessen habe.»

«Da ist jetzt kein Fleck mehr, Sir», sagte George vorwurfsvoll. «Ich habe ihn entfernt.»

«Très bien!», sagte Poirot. «Ich bin zufrieden mit Ihnen, Georges.»

«Danke, Sir.»

Eine Pause trat ein, dann murmelte Poirot verträumt:

«Stellen Sie sich vor, mein lieber Georges, Sie wären in derselben gesellschaftlichen Sphäre auf die Welt gekommen wie Ihr letzter Herr, Lord Edward Frampton – Sie hätten, ohne eigenes Geld, eine äußerst wohlhabende Frau geheiratet, aber diese Frau wollte sich aus guten Gründen von Ihnen scheiden lassen, was würden Sie da unternehmen?»

«Ich würde versuchen, Sir», antwortete George, «sie davon abzubringen.»

«Friedlich oder gewaltsam?»

George blickte schockiert drein.

«Verzeihen Sie, Sir», sagte er, «aber ein Gentleman aus der Aristokratie würde sich doch nicht wie ein Fischhändler aus Whitechapel benehmen. Er würde nichts Unstandesgemäßes tun.»

«Würde er nicht, Georges? Tja, ich frage mich ... Aber vielleicht haben Sie Recht.»

Es klopfte. George ging zur Tür und öffnete sie diskret einen Spaltbreit. Es folgte eine gemurmelte Konversation, dann kam der Diener zurück zu Poirot.

«Ein Brief, Sir.»

Poirot nahm ihn entgegen. Er war von Monsieur Caux, dem Polizeikommissar.

«Wir sind eben dabei, den Comte de la Roche zu verhören. Der *Juge d'Instruction* bittet um Ihre Anwesenheit.»

«Rasch meinen Anzug, Georges! Ich muss mich beeilen.»

Trefflich herausgeputzt in seinem braunen Anzug betrat Poirot eine Viertelstunde später das Büro des Untersuchungsrichters. Monsieur Caux war bereits dort, und wie Carrège begrüßte er Poirot mit höflichem *empressement*.

«Die Affäre ist ein wenig entmutigend», murmelte Caux. «Wie es scheint, ist der Comte am Tag vor dem Mord in Nizza eingetroffen.»

«Wenn das stimmt, ist Ihre hübsche Theorie erledigt», antwortete Poirot.

Carrège räusperte sich.

«Wir dürfen dieses Alibi nicht ohne äußerst umsichtige Nachforschungen hinnehmen», erklärte er. Mit der Hand betätigte er die Glocke auf seinem Schreibtisch.

Bald darauf trat ein großer, dunkelhaariger Mann ein, vorzüglich gekleidet, mit einer etwas hochmütigen Miene. So aristokratisch sah der Comte aus, dass es wie die schiere Ketzerei anmutete, auch nur im Flüsterton zu äußern, sein Vater sei ein kleiner Getreidehändler in Nantes gewesen – was tatsächlich der Fall war. Bei seinem Anblick wäre man bereit gewesen zu beschwören, dass zahllose seiner Ahnen während der Französischen Revolution auf der Guillotine umgekommen sein mussten.

«Da bin ich, meine Herren», sagte der Comte hochmütig. «Darf ich fragen, warum Sie mich sprechen wollen?»

«Nehmen Sie doch bitte Platz, Monsieur le Comte», sagte der Untersuchungsrichter höflich. «Es geht um den Tod von Madame Kettering, wir ermitteln in dieser Angelegenheit.»

«Den Tod von Madame Kettering? Ich verstehe nicht.»

«Ich glaube, Sie waren mit der Dame – ahemm! – bekannt, Monsieur le Comte?»

«Gewiss war ich mit ihr bekannt! Was hat das mit der Angelegenheit zu tun?»

Er klemmte ein Monokel ins Auge und sah sich eisig im Zimmer um, dabei ruhte sein Blick am längsten auf Poirot, der ihn mit einer Art schlichter Bewunderung anstarrte, die der Eitelkeit des Grafen durchaus schmeichelte. Monsieur Carrège lehnte sich auf seinem Stuhl zurück und räusperte sich.

«Sie wissen vielleicht nicht, Monsieur le Comte» – er machte eine Pause – «dass Madame Kettering ermordet wurde?»

«Ermordet? *Mon Dieu*, wie furchtbar!»

Überraschung und Schmerz waren trefflich gespielt – so gut, dass sie ganz echt wirkten.

«Madame Kettering wurde im Zug zwischen Paris und Lyon erdrosselt», fuhr Carrège fort, «und ihr Schmuck geraubt.»

«Es ist schändlich!», rief der Graf hitzig. «Die Polizei müsste etwas gegen diese Bahnräuber unternehmen. Heutzutage ist doch keiner mehr sicher.»

«In Madames Handtasche», fuhr der Richter fort, «fanden wir einen Brief von Ihnen. Wie es scheint, hatten Sie ein Treffen mit Madame vereinbart?»

Der Graf hob die Schultern und breitete die Arme aus. «Was nützt alle Heimlichkeit?», sagte er freimütig. «Wir sind doch alle Männer von Welt. Privat, ganz unter uns, gebe ich die Affäre zu.»

«Sie haben sie in Paris getroffen und sind mit ihr hierher gereist, nehme ich an?», sagte Monsieur Carrège.

«So war es ursprünglich vorgesehen, aber auf Madames Wunsch wurde der Plan geändert. Ich sollte sie in Hyères treffen.»

«Sie haben sie nicht im Gare de Lyon am Abend des Vierzehnten im Zug getroffen?»

«Im Gegenteil, ich bin am Morgen des gleichen Tages in Nizza angekommen; was Sie da nahe legen, ist also ganz unmöglich.»

«Gewiss, gewiss», sagte Carrège. «Nur der Vollständigkeit halber könnten Sie mir vielleicht berichten, was Sie am Abend des Vierzehnten und in der folgenden Nacht getan haben.»

Der Graf dachte einen Augenblick lang nach.

«Ich habe in Monte Carlo gegessen, im Café de Paris. Danach bin ich ins Le Sporting gegangen. Ich habe ein paar tausend Francs gewonnen.» Er zuckte mit den Schultern. «Ungefähr um ein Uhr war ich wieder zu Hause.»

«Entschuldigen Sie, Monsieur, aber wie sind Sie nach Hause gelangt?»

«In meinem Zweisitzer.»

«Es war niemand bei Ihnen?»

«Niemand.»

«Könnten Sie Zeugen beibringen, die Ihre Angaben bestätigen?»

«Sicher haben mich viele meiner Freunde an dem Abend dort gesehen. Gegessen habe ich allein.»

«Ihr Diener hat Sie nach Ihrer Rückkehr in die Villa eingelassen?»

«Ich habe mich selbst eingelassen, mit meinem Hausschlüssel.»

«Ah!», murmelte der Untersuchungsrichter.

Wieder hieb er die Hand auf die Glocke. Die Tür wurde geöffnet, und ein Bote erschien.

«Bringen Sie die Zofe Mason her», sagte Monsieur Carrège.

«Sehr wohl, Monsieur le Juge.»

Ada Mason wurde hereingebracht.

«Wären Sie so freundlich, Mademoiselle, sich diesen Herrn anzusehen? Und sagen Sie uns, so gut Sie können, ob er derjenige ist, der in Paris das Abteil Ihrer Herrin betreten hat.»

Lange und eingehend musterte die Frau den Grafen, der sich, wie es Poirot vorkam, dabei einigermaßen unbehaglich fühlte.

«Ich weiß es wahrhaftig nicht sicher, Sir», sagte Mason schließlich. «Vielleicht ja, vielleicht aber auch nein. Wo ich doch nur seinen Rücken gesehen habe, ist das schwer zu sagen. Ich glaube aber, es war der Gentleman.»

«Sicher sind Sie aber nicht?»

«Nei-enn», sagte Ada Mason widerwillig, «n-nein, sicher bin ich nicht.»

«Haben Sie diesen Gentleman schon einmal in der Curzon Street gesehen?»

Mason schüttelte den Kopf.

«Ich kriege eigentlich keinen Besucher in der Curzon Street zu sehen», erklärte sie, «außer, er wohnt länger bei uns.»

«Sehr gut, das genügt», sagte der Untersuchungsrichter scharf. Er war offenbar enttäuscht.

«Einen Moment», sagte Poirot. «Ich würde Mademoiselle gern eine Frage stellen, wenn ich darf?»

«Aber gewiss, Monsieur Poirot – selbstverständlich.»

Poirot wandte sich an die Zofe.

«Was ist mit den Fahrkarten geschehen, Mademoiselle?»

«Den Fahrkarten?»

«Ja, den Fahrkarten von London nach Nizza. Wer hatte die – Sie oder Ihre Herrin?»

«Die gnädige Frau hatte ihre eigene Pullman-Karte, Sir; die anderen hatte ich verwahrt.»

«Was ist damit geschehen?»

«Ich habe sie dem Schaffner im französischen Zug gegeben, Sir; er hat gesagt, das ist so üblich. Hätte ich das nicht tun sollen, Sir?»

«Doch, doch, das ist vollkommen in Ordnung. Ich wollte es nur wissen.»

Monseieur Caux und der Untersuchungsrichter sahen ihn neugierig an. Ada Mason stand einen Augenblick unschlüssig da, bis der Untersuchungsrichter sie mit einem kurzen Nicken verabschiedete; sie ging hinaus. Poirot kritzelte etwas auf ein Stückchen Papier und reichte es Carrège. Dieser las es, und seine Züge hellten sich auf.

«Nun denn, meine Herren», sagte der Graf hochnäsig, «wollen Sie mich noch länger festhalten?»

«Keineswegs, keineswegs», beeilte Carrège sich mit großer Liebenswürdigkeit zu antworten. «Was Ihre Rolle in der Angelegenheit angeht, ist nun alles geklärt. Wegen Ihres Briefes an Madame mussten wir Sie natürlich befragen.»

Der Graf erhob sich, nahm seinen feinen Stock aus dem Ständer, verbeugte sich sehr knapp und verließ das Zimmer.

«Das wäre dies», sagte Carrège. «Sie hatten ganz Recht, Monsieur Poirot – viel besser, wenn er glaubt, dass man ihn nicht verdächtigt. Zwei meiner Leute werden ihn Tag und Nacht beschatten, und gleichzeitig werden wir sein Alibi ein bisschen abklopfen. Es scheint mir ziemlich – hm – vage.»

«Möglicherweise», stimmte Poirot nachdenklich zu.

«Ich habe Monsieur Kettering gebeten, sich heute Vormittag hier einzufinden», fuhr der Richter fort, «wenn ich auch eigentlich nicht weiß, was wir ihn fragen sollen, aber es gibt da ein oder zwei verdächtige Umstände ...» Er machte eine Pause und rieb sich die Nase.

«Und zwar?», fragte Poirot.

«Also» – der Untersuchungsrichter hustete – «diese Dame, mit der er angeblich reist – Mademoiselle Mirelle. Die beiden wohnen in getrennten Hotels. Das kommt mir – eh – ziemlich merkwürdig vor.»

«Es sieht so aus», sagte Monsieur Caux, «als ob die beiden sich in Acht nähmen.»

«Genau», sagte Carrège triumphierend, «und wovor sollten sie sich in Acht nehmen müssen?»

«Allzu viel Umsicht ist verdächtig, was?», sagte Poirot.

«*Précisément.*»

«Wir könnten, finde ich», murmelte Poirot, «Monsieur Kettering durchaus ein paar Fragen stellen.»

Der Untersuchungsrichter gab Anweisungen. Bald darauf trat Derek Kettering ein, lässig wie immer.

«Guten Morgen, Monsieur», sagte der Richter höflich.

«Morgen», sagte Derek Kettering knapp. «Sie haben mich holen lassen. Gibt es etwas Neues?»

«Bitte nehmen Sie Platz, Monsieur.»

Derek warf Hut und Stock auf den Tisch und setzte sich.

«Also?», fragte er ungeduldig.

«Wir haben eigentlich keine neuen Einzelheiten», sagte Monsieur Carrège vorsichtig.

«Sehr interessant», sagte Derek trocken. «Haben Sie mich etwa rufen lassen, um mir das mitzuteilen?»

«Wir dachten natürlich, Monsieur, dass Sie über die Fortschritte in diesem Fall informiert werden möchten», sagte der Richter streng.

«Selbst wenn der Fortschritt nicht existent ist.»

«Außerdem wollten wir Ihnen einige Fragen stellen.»

«Fragen Sie.»

«Sind Sie ganz sicher, dass Sie Ihre Frau im Zug weder gesehen noch mit ihr gesprochen haben?»

«Habe ich Ihnen doch längst beantwortet. Ja, weder – noch.»

«Sie hatten zweifellos Gründe dafür.»

Derek starrte ihn misstrauisch an.

«Ich – habe – nicht – gewusst – dass – sie – im – Zug – war», erklärte er überdeutlich, als spräche er mit einem Schwachsinnigen.

«Das sagen Sie», murmelte Carrège.

Derek runzelte die Stirn.

«Ich wüsste gern, worauf Sie hinauswollen. Wissen Sie, was ich finde, Monsieur Carrège?»

«Was finden Sie denn, Monsieur?»

«Ich finde, die französische Polizei wird sehr überschätzt. Sie müssen doch sicher Daten über die Banden von Bahnräubern haben. Es ist empörend, dass in einem solchen *train de luxe* so etwas überhaupt vorkommen kann und dass die französische Polizei in der Sache zu hilflos ist, um sich damit zu befassen.»

«Wir befassen uns damit, keine Sorge, Monsieur.»

«Soviel ich weiß, hat Madame Kettering kein Testament hinterlassen», warf Poirot plötzlich ein. Er hatte die Fingerspitzen aneinander gelegt und musterte aufmerksam die Decke.

«Ich glaube nicht, dass sie je eines gemacht hat», sagte Kettering. «Warum?»

«Es ist ein nettes kleines Vermögen, das Sie da erben», sagte Poirot, «ein sehr nettes kleines Vermögen.»

Zwar hingen seine Augen noch immer an der Decke, aber dennoch entging ihm die plötzliche Röte nicht, die Derek Ketterings Gesicht überzog.

«Was meinen Sie damit, und wer sind Sie überhaupt?»

Poirot hatte mit übereinander geschlagenen Beinen dagesessen; nun setzte er beide Füße auf den Boden, nahm die Augen von der Decke und sah dem jungen Mann voll ins Gesicht.

«Mein Name ist Hercule Poirot», sagte er ruhig, «und wahrscheinlich bin ich der größte Detektiv der Welt. Sind Sie ganz sicher, dass Sie Ihre Frau während der Reise weder gesehen noch gesprochen haben?»

«Worauf wollen Sie hinaus? Wollen Sie – wollen Sie etwa unterstellen, dass ich – dass ich sie getötet hätte?»

Plötzlich lachte er.

«Ich sollte mich nicht aufregen, das ist doch offensichtlich absurd. Also, wenn ich sie getötet hätte, hätte ich doch nicht ihre Juwelen zu stehlen brauchen, oder?»

«Das ist wahr», murmelte Poirot mit einem einigermaßen erstaunten Gesichtsausdruck. «Das habe ich nicht bedacht.»

«Wenn es jemals einen klaren Fall von Raubmord gegeben hat, dann ist es dieser», sagte Derek Kettering. «Arme Ruth, es waren diese verfluchten Rubine. Es muss sich herumgesprochen haben, dass sie sie bei sich hatte. Ich glaube, wegen dieser Steine sind schon früher Morde begangen worden.»

Poirot richtete sich plötzlich in seinem Sessel auf. In seinen Augen glomm ein schwaches grünes Leuchten und er sah einer geputzten, wohlgenährten Katze bemerkenswert ähnlich.

«Eine Frage noch, Monsieur Kettering», sagte er. «Könnten Sie mir sagen, an welchem Tag Sie Ihre Frau zuletzt gesehen haben?»

«Mal sehen», überlegte Kettering. «Es muss – ja, vor über drei Wochen gewesen sein. Ich fürchte, das genaue Datum kann ich Ihnen nicht nennen.»

«Macht nichts», sagte Poirot trocken, «mehr wollte ich nicht wissen.»

«Also», sagte Derek Kettering unwirsch, «sonst noch was?»

Er sah Carrège an. Dieser suchte Inspiration bei Poirot und erhielt sie in Form eines schwachen Kopfschüttelns.

«Nein, Monsieur Kettering», sagte er höflich, «nein, ich glaube, wir müssen Sie nicht länger behelligen. Ich wünsche Ihnen einen guten Morgen.»

«Guten Morgen», sagte Kettering. Er ging hinaus, dabei schlug er die Tür hinter sich zu.

Sobald der junge Mann das Zimmer verlassen hatte, beugte Poirot sich vor und fragte scharf:

«Sagen Sie, wann haben Sie mit Monsieur Kettering über diese Rubine gesprochen?»

«Ich habe überhaupt nicht von ihnen gesprochen», sagte Carrège. «Wir haben erst gestern Nachmittag durch Monsieur Van Aldin von ihnen erfahren.»

«Ja, aber im Brief des Comte werden sie erwähnt.»

Carrège wirkte gekränkt.

«Selbstverständlich habe ich mit Monsieur Kettering nicht über diesen Brief gesprochen», sagte er mit schockierter Stimme. «Beim augenblicklichen Stand der Affäre wäre das äußerst leichtfertig gewesen.»

Poirot beugte sich vor und klopfte auf den Tisch.

«Woher wusste er dann davon?», fragte er leise. «Madame kann es ihm nicht erzählt haben; er hat sie doch seit drei Wochen nicht gesehen. Es ist unwahrscheinlich, dass Monsieur Van Aldin oder sein Sekretär sie erwähnt hätten. Bei ihren Gesprächen mit ihm ging es um ganz andere Dinge. Und in den Zeitungen gab es keinen Hinweis und keine Anspielung auf die Rubine.»

Er stand auf und nahm Hut und Stock.

«Und trotzdem», murmelte er vor sich hin, «weiß unser Gentleman über sie Bescheid. Also, da fragt man sich – ja, man fragt sich!»

Achtzehntes Kapitel

Derek isst zu Mittag

Derek Kettering ging geradewegs ins Negresco, wo er zunächst einige Cocktails bestellte und schnell hinunterstürzte. Dann starrte er mürrisch auf das blendend blaue Meer. Mechanisch registrierte er die Passanten – eine verdammt öde Gesellschaft, schlecht angezogen und fast schmerzhaft uninteressant; in diesen Tagen sah man ja kaum je etwas Bemerkenswertes. Diese letztere Feststellung korrigierte er allerdings sogleich, als sich eine Frau an einen nicht weit entfernten Tisch setzte. Sie trug eine wundervolle Komposition in Orange und Schwarz, mit einem Hütchen, das ihr Gesicht beschattete. Er bestellte einen weiteren Cocktail; wieder starrte er aufs Meer hinaus und zuckte dann plötzlich zusammen. Ein wohl bekanntes Parfüm stieg ihm in die Nase, und als er aufblickte, stand die Dame in Orange und Schwarz neben ihm. Nun sah er ihr Gesicht und erkannte sie. Es war Mirelle. Sie sah ihn mit dem herausfordernden, verführerischen Lächeln an, das er so gut kannte.

«Derek», murmelte sie. «Du freust dich doch, mich zu sehen, oder?»

Sie setzte sich in einen Sessel auf der anderen Seite des Tisches.

«Aber dann begrüß mich doch, du Dummkopf», spottete sie.

«Welch unerwartetes Vergnügen», sagte Derek. «Wann hast du London verlassen?»

Sie zuckte mit den Schultern.

«Vor einem oder zwei Tagen?»

«Und das *Parthenon?*»

«Ich habe denen, wie sagt man das? – den Kram hingeschmissen!»

«Wirklich?»

«Du bist nicht besonders entgegenkommend, Derek.»

«Hattest du das denn erwartet?»

Mirelle zündete sich eine Zigarette an und rauchte ein paar Minuten, ehe sie sagte:

«Meinst du vielleicht, es wäre unvorsichtig, so bald?»

Derek starrte sie an, dann zuckte er mit den Schultern und sagte förmlich:

«Willst du hier zu Mittag essen?»

«Mais oui. Ich esse mit dir.»

«Es tut mir wirklich sehr Leid», sagte Derek. «Ich habe eine überaus wichtige Verabredung.»

«Mon Dieu! Ihr Männer seid wie die Kinder», rief die Tänzerin aus. «O ja, jetzt spielst du mir das verzogene Kind vor, und zwar seit dem Tag in London, als du aus meiner Wohnung gerauscht bist, seitdem schmollst du. Ah!, *mais c'est inouï!*»

«Mein liebes Mädchen», sagte Derek, «ich weiß wirklich nicht, wovon du da redest. In London haben wir uns darüber geeinigt, dass Ratten ein sinkendes Schiff verlassen; mehr ist nicht dazu zu sagen.»

Trotz seiner achtlosen Rede wirkte sein Gesicht eingefallen und bedrückt. Mirelle beugte sich plötzlich vor.

«Du kannst mir nichts vormachen», murmelte sie. «Ich weiß – ich weiß, was du für mich getan hast.»

Scharf blickte er zu ihr auf. Ein Unterton in ihren Worten fesselte seine Aufmerksamkeit. Sie nickte ihm zu.

«Ah! Hab keine Angst, ich bin verschwiegen. Du bist großartig! Du hast ungeheuren Mut, aber trotz allem – ich war diejenige, die dich auf den Gedanken gebracht hat, als ich dir in

London gesagt habe, dass manchmal Unfälle geschehen. Und bist du nicht in Gefahr? Verdächtigt dich die Polizei nicht?»

«Was zum Teufel …?»

«Pssst!»

Sie hob eine schlanke, olivfarbene Hand mit einem großen Smaragd am kleinen Finger.

«Du hast Recht, ich hätte hier in der Öffentlichkeit nicht so reden sollen. Wir werden nicht mehr davon sprechen, aber unsere Probleme sind gelöst; unser gemeinsames Leben wird wunderbar sein – wunderbar!»

Derek lachte plötzlich – ein schroffes, unangenehmes Lachen.

«Die Ratten kehren also zurück, wie? Zwei Millionen machen etwas aus – natürlich. Ich hätte es wissen müssen!» Er lachte noch einmal. «Du willst mir helfen, diese zwei Millionen auszugeben, oder, Mirelle? Du weißt, wie man das macht; keine Frau wüsste es besser.» Wieder lachte er.

«Pssst!», zischte die Tänzerin. «Was ist mit dir los, Derek? Sieh mal – die Leute drehen sich schon nach dir um.»

«Mit mir? Ich will dir sagen, was mit mir los ist. Ich bin fertig mit dir, Mirelle. Hörst du? Es ist aus!»

Mirelle nahm dies nicht so auf, wie er erwartet hatte. Sie sah ihn eine oder zwei Minuten lang an, dann lächelte sie sanft.

«Also, was für ein Kind! Du bist wütend – du bist verletzt, und all das nur, weil ich praktisch denke. Habe ich dir denn nicht immer gesagt, dass ich dich anbete?»

Sie beugte sich vor.

«Aber ich kenne dich, Derek. Sieh mich an – sieh mal, ich bin's, Mirelle, die hier mit dir redet. Du kannst nicht ohne sie leben, das weißt du auch. Ich habe dich vorher geliebt, jetzt werde ich dich hundertmal mehr lieben. Ich werde dir ein wunderschönes Leben bereiten – ganz wunderschön. Keine andere ist wie Mirelle.»

Ihre Augen brannten auf ihn nieder. Sie sah ihn erblassen

und Luft holen, und sie lächelte befriedigt vor sich hin. Sie kannte ihren Zauber, und ihre Macht über Männer.

«Das wäre also abgemacht», sagte sie leise und lachte. «Und jetzt, Derek, lädst du mich zum Essen ein?»

«Nein.»

Er holte scharf Luft und stand auf.

«Es tut mir Leid, aber ich habe es dir gesagt – ich habe eine Verabredung.»

«Du isst mit jemand anderem? Bah! Das glaube ich dir nicht.»

«Ich esse mit der Dame da drüben.»

Brüsk ging er quer durch den Raum zu einer Dame in Weiß, die eben die Stufen heraufgekommen war. Ein wenig atemlos sprach er sie an.

«Miss Grey, möchten Sie – darf ich Sie zum Essen einladen? Wir haben uns bei Lady Tamplin getroffen, wenn Sie sich erinnern mögen.»

Katherine sah ihn ein paar Momente mit ihren nachdenklichen grauen Augen an, die so viel sagten.

«Danke sehr», sagte sie nach einer kurzen Pause, «ich nehme Ihre Einladung gern an.»

Neunzehntes Kapitel

Unerwarteter Besuch

Der Comte de la Roche hatte soeben sein *déjeuner* beendet, das aus einer *omelette fines herbes*, einem *entrecôte Béarnaise* und einem *Savarin au Rhum* bestanden hatte. Er tupfte mit der Serviette geziert seinen feinen schwarzen Schnurrbart ab und erhob sich von der Tafel. Als er den Salon der Villa durchquerte, registrierte er mit Wohlgefallen die wenigen *objets d'art*, die achtlos im Raum verteilt waren: die Louis-XV.-Schnupftabaksdose, den Satinschuh, den Marie Antoinette getragen hatte, und die übrigen historischen Kleinigkeiten, die zur *mise en scène* des Comte gehörten. Seinen schönen Besucherinnen pflegte er zu erzählen, es handle sich um Familienerbstücke. Er trat auf die Terrasse und sah zerstreut auf das blaue Meer hinaus. Er war nicht in der Stimmung, die Schönheit der Landschaft zu würdigen. Man hatte seinen ausgereiften Plan roh zunichte gemacht, und er musste alles wieder von neuem austüfteln. In einem Korbsessel ausgestreckt, eine Zigarette zwischen den weißen Fingern, versank der Comte in tiefes Grübeln.

Hippolyte, sein Diener, brachte den Kaffee und einige Flaschen zur Wahl. Der Comte entschied sich für einen sehr feinen alten Brandy.

Als der Diener sich eben entfernen wollte, hielt der Comte ihn durch eine knappe Geste zurück. Hippolyte stand ehrerbietig stramm. Er hatte kein besonders einnehmendes Gesicht, aber seine korrekte Haltung trug viel dazu bei, diese Tatsache geschickt zu verbergen. Er war nun das Bild ehrerbietiger Aufmerksamkeit.

«Es ist möglich», sagte der Comte, «dass in den nächsten Tagen verschiedene Fremde ins Haus kommen. Sie werden versuchen, mit Ihnen und Marie Bekanntschaft zu schließen. Wahrscheinlich werden sie Ihnen einiges an Fragen über mich stellen.»

«Ja, Monsieur le Comte.»

«Vielleicht ist das bereits geschehen?»

«Nein, Monsieur le Comte.»

«Es sind keine Fremden hier gewesen? Sind Sie sicher?»

«Es war niemand hier, Monsieur le Comte.»

«Das ist gut», sagte der Comte trocken, «aber sie werden kommen – dessen bin ich sicher. Sie werden Fragen stellen.»

Hippolyte sah seinen Herrn mit verständiger Erwartung an.

Der Comte sprach langsam, ohne Hippolyte anzusehen.

«Wie Sie wissen, bin ich hier am vorigen Dienstag morgens angekommen. Sollte die Polizei oder sonst jemand Sie fragen, dann vergessen Sie das nicht. Ich bin Dienstag, den Vierzehnten angekommen – nicht Mittwoch, dem Fünfzehnten. Verstehen Sie?»

«Vollkommen, Monsieur le Comte.»

«In einer Affäre, von der eine Dame betroffen ist, muss man immer diskret sein. Ich bin überzeugt, Hippolyte, dass Sie diskret sein können.»

«Ich kann diskret sein, Monsieur le Comte.»

«Und Marie?»

«Marie ebenfalls. Ich verbürge mich für sie.»

«Dann ist es gut», murmelte der Comte.

Als Hippolyte gegangen war, schlürfte der Comte nachdenklich seinen schwarzen Kaffee. Zuweilen runzelte er die Stirn, einmal schüttelte er ein wenig den Kopf, zweimal nickte er. Inmitten dieser Erwägungen erschien Hippolyte abermals.

«Eine Dame, Monsieur.»

«Eine Dame?»

Der Comte war überrascht. Nicht, dass Damenbesuch etwas Ungewöhnliches in der Villa Marina gewesen wäre, aber in diesem Moment hatte der Comte keine Ahnung, wer die Dame wohl sein mochte.

«Es ist, glaube ich, keine Dame, die Monsieur bereits kennt», murmelte der Diener hilfsbereit.

Der Comte zeigte sich nun stärker interessiert.

«Bringen Sie sie hierher, Hippolyte», befahl er.

Einen Augenblick später trat eine herrliche Erscheinung in Orange und Schwarz auf die Terrasse, und mit ihr schwebte ein starker Duft exotischer Blüten herein.

«Monsieur le Comte de la Roche?»

«Zu Ihren Diensten, Mademoiselle», sagte der Comte mit einer Verbeugung.

«Mein Name ist Mirelle. Vielleicht haben Sie schon von mir gehört?»

«Ah, selbstverständlich, Mademoiselle, wer wäre denn nicht hingerissen von Mademoiselle Mirelles Tanzkunst? Exquisit!»

Die Tänzerin quittierte das Kompliment mit einem kurzen, mechanischen Lächeln.

«Ich überfalle Sie ganz formlos», begann sie.

«Aber nehmen Sie doch Platz, Mademoiselle», rief der Comte; er holte einen Sessel herbei.

Unter seiner Maske von Galanterie beobachtete er sie scharf. Es gab nur wenig, was der Comte nicht über Frauen wusste. Allerdings beliefen sich seine Erfahrungen weniger auf Damen der Klasse von Mirelle, die selbst zu einer Art Raubtiergattung zählten. Er und die Tänzerin waren gewissermaßen aus dem gleichen Holz geschnitzt. Seine Künste, das wusste der Comte sehr wohl, wären an Mirelle vergeudet. Sie war eine Pariserin, und eine raffinierte dazu. Eines jedoch erkannte der Comte unfehlbar, er saß einer sehr zornigen Frau gegenüber, und der Comte wusste sehr wohl, dass eine zornige Frau immer mehr sagt, als klug wäre, und dass zuweilen ein beherrschter Gentleman Nutzen aus einer solchen Frau ziehen kann.

«Es ist sehr liebenswürdig von Ihnen, Mademoiselle, meine bescheidene Unterkunft in dieser Weise zu ehren.»

«Wir haben in Paris gemeinsame Bekannte», sagte Mirelle, «die mir von Ihnen erzählt haben, aber ich bin heute aus einem anderen Grund zu Ihnen gekommen. Seit ich in Nizza bin, habe ich einiges über Sie gehört – in einem anderen Zusammenhang, wissen Sie.»

«Ah?», sagte der Comte sanft.

«Ich will sehr direkt mit Ihnen sein», fuhr die Tänzerin fort, «aber glauben Sie mir, Ihr Wohl liegt mir am Herzen. Man erzählt sich in Nizza, Monsieur le Comte, dass Sie der Mörder dieser englischen Lady seien, Madame Kettering.»

«Ich! – MadameKetterings Mörder? Bah, wie absurd!»

Er sprach eher gelangweilt als empört, da er wusste, dass das sie zum Weitersprechen provozieren würde.

«Aber ja», beharrte sie, «es ist so, wie ich es Ihnen sage.»

«Die Leute tratschen eben gern», murmelte der Comte ungerührt. «Es wäre unter meiner Würde, solche wilden Anschuldigungen ernst zu nehmen.»

«Sie haben es nicht richtig verstanden.» Mirelle beugte sich vor, ihre schwarzen Augen funkelten. «Es geht nicht um müßiges Geschwätz auf der Straße. Es geht um die Polizei.»

«Die Polizei – ah?»

Der Comte setzte sich auf, nun wieder in voller Aufmerksamkeit.

Mirelle nickte mehrmals nachdrücklich. «Ja, ja. Verstehen Sie – ich habe überall Freunde. Der Präfekt selbst …» Sie beendete den Satz durch ein beredtes Schulterzucken.

«Wer wäre einer schönen Frau gegenüber nicht indiskret?», murmelte der Comte höflich.

«Die Polizei glaubt, dass Sie Madame Kettering umgebracht haben. Aber die Polizei irrt sich.»

«Natürlich irrt sie sich», stimmte der Comte gelassen zu.

«Das sagen Sie, aber die Wahrheit kennen Sie nicht. Ich dagegen kenne sie.»

Der Comte sah sie neugierig an.

«Sie wissen, wer Madame Kettering ermordet hat? Ist es das, was Sie sagen wollen, Mademoiselle?»

Mirelle nickte lebhaft.

«Ja.»

«Wer war es?», fragte der Comte scharf.

«Ihr eigener Gatte.» Sie beugte sich vor und sprach mit leiser, vor Wut und Aufregung zitternder Stimme. «Ihr Mann hat sie getötet.»

Der Comte lehnte sich im Sessel zurück. Sein Gesicht war eine Maske.

«Darf ich fragen, Mademoiselle, woher Sie das wissen?»

«Woher ich das weiß?» Mirelle sprang mit einem Lachen auf. «Er hat vorher schon damit geprahlt. Er war ruiniert, bankrott, am Ende. Nur der Tod seiner Frau konnte ihn retten. Das hat er mir selbst gesagt. Er hat den gleichen Zug genommen – aber das durfte sie nicht wissen. Warum? frage ich. Damit er sich in der Nacht über sie hermachen konnte!» Sie schloss die Augen. «Ich sehe die Szene vor mir …»

Der Comte hüstelte.

«Möglich – möglich», murmelte er. «Aber in diesem Fall, Mademoiselle, würde er doch nicht die Juwelen stehlen.»

«Die Juwelen!», hauchte Mirelle. «Die Juwelen. Ah, diese Rubine …»

Ihre Augen verschleierten sich, ein fernes Licht leuchtete in ihnen. Der Comte schaute sie neugierig an und staunte zum hundertsten Mal, welch magische Macht Edelsteine über das weibliche Geschlecht hatten. Dann rief er sie in die Realität zurück.

«Was wollen Sie von mir, Mademoiselle?»

Mirelle wurde wieder aufmerksam und sachlich.

«Das ist doch ganz einfach. Sie gehen zur Polizei. Sie sagen denen, dass Monsieur Kettering das Verbrechen begangen hat.»

«Und wenn man mir nicht glaubt? Wenn man Beweise von mir verlangt?» Er musterte sie aufmerksam.

Mirelle lachte leise und zog die schwarz-orange Hülle enger.

«Dann schicken Sie die Polizei zu mir, Monsieur le Comte», sagte sie sanft, «ich werde ihr die Beweise geben, die sie verlangt.»

Damit verschwand sie, ein stürmischer Wirbelwind, sie hatte ihre Aufgabe erledigt.

Der Comte sah ihr nach, die Brauen zierlich gehoben.

«Sie ist in Rage», murmelte er. «Was mag sie nur derart aufgebracht haben? Aber sie zeigt ihre Karten zu offen. Glaubt sie wirklich, dass Monsieur Kettering seine Frau getötet hat? Sie will, dass ich es glaube. Sie möchte sogar, dass die Polizei es glaubt.»

Er lächelte. Er hatte nicht die geringste Absicht, zur Polizei zu gehen. Er sah verschiedene andere Möglichkeiten – seinem Lächeln nach ein hübsches Panorama von Möglichkeiten.

Gleich darauf zog allerdings ein Schatten über sein Gesicht. Mirelle zufolge verdächtigte die Polizei ihn. Das mochte stimmen oder nicht. Eine zornige Frau vom Typ der Tänzerin würde sich nicht gerade um die Wahrhaftigkeit ihrer Erklärungen sorgen. Andererseits mochte sie durchaus Informationen aus erster Hand erhalten haben. In diesem Fall – sein Mund wurde zu einer grimmigen Linie –, in diesem Fall musste er gewisse Vorsichtsmaßnahmen treffen.

Er ging ins Haus und befragte Hippolyte abermals eingehend, ob wirklich keine Fremden da gewesen seien. Der Diener versicherte ihm ganz fest, dies sei nicht der Fall gewesen. Der Comte ging in sein Schlafzimmer hinauf zum alten Schreibtisch, der dort an der Wand stand. Er klappte ihn auf, und seine flinken Finger suchten nach einer Feder hinten in einem bestimmten Fach. Eine geheime Schublade sprang heraus, darin lag ein kleines Päckchen in braunem Packpapier. Der Comte nahm es heraus und wog es ein paar Momente in der Hand. Dann hob er die Hand an den Kopf und riss sich mit einer kleinen Grimasse ein einzelnes Haar aus. Er legte es auf den Rand der Schublade und verschloss sie sorgfältig wieder. Mit dem Päckchen in der Hand ging er nach unten und aus dem Haus zur Garage, wo ein roter Zweisitzer stand. Zehn Minuten später war er unterwegs nach Monte Carlo.

Er verbrachte ein paar Stunden im Casino und schlenderte dann in die Stadt. Bald stieg er wieder ins Auto und fuhr davon in Richtung Menton. Schon am Nachmittag war ihm in einiger Entfernung hinter ihm ein unscheinbarer grauer Wagen aufgefallen. Jetzt bemerkte er ihn wieder. Er lächelte vor sich hin. Die Straße stieg steil an. Der Fuß des Comte senkte sich auf das Gaspedal. Der kleine rote Wagen, eigens nach den Wünschen des Comte gebaut, hatte einen viel stärkeren Motor, als man vom Augenschein her angenommen hätte. Das Auto schoss vorwärts.

Er schaute zurück und lächelte, der graue Wagen folgte ihm. Von Staub bedeckt flog das kleine rote Auto über die Straße dahin. Inzwischen war das Tempo gefährlich geworden, aber der Comte war ein erstklassiger Fahrer. Nun ging es bergab, Biegungen und Serpentinen folgten aufeinander. Irgendwann wurde der Wagen langsamer und kam schließlich vor einem kleinen *Bureau de Poste* zum Stehen. Der Comte sprang hinaus, hob den Deckel des Kofferraums, nahm das kleine braune Paket heraus und eilte ins Postamt. Zwei Minuten später fuhr er weiter in Richtung Menton. Als der graue Wagen dort ankam, trank der Comte auf der Terrasse eines der dortigen Hotels einen englischen *five o'clock tea.*

Später fuhr er zurück nach Monte Carlo, speiste dort und war gegen elf Uhr wieder zu Hause. Hippolyte kam heraus, um ihn mit einem verstörten Gesicht zu begrüßen.

«Ah! Monsieur le Comte ist wieder da. Monsieur le Comte hat mich heute Nachmittag nicht zufällig angerufen?»

Der Comte schüttelte den Kopf.

«Und trotzdem habe ich um drei Uhr von Monsieur le Comte die Weisung erhalten, mich bei ihm in Nizza im *Negresco* einzufinden.»

«Ah ja?», sagte der Comte. «Und Sie sind hingefahren?»

«Natürlich, Monsieur, aber im *Negresco* wusste niemand etwas von Monsieur le Comte. Er war nicht da gewesen.»

«Ah», sagte der Comte, «und zu dieser Zeit hat Marie wohl gerade ihre Nachmittagseinkäufe gemacht?»

«So ist es, Monsieur le Comte.»

«Nun ja», sagte der Comte, «es hat keine Bedeutung. Ein Irrtum.»

Er ging die Treppe hinauf, dabei lächelte er vor sich hin.

In seinem Schlafzimmer angelangt, verriegelte er die Tür und sah sich aufmerksam um. Alles schien wie gewöhnlich. Er öffnete verschiedene Schubladen und Schränke. Dann nickte er. Man hatte alles fast genauso wieder hingestellt, wie er es hinterlassen hatte, aber nicht ganz. Offenbar hatte man eine sehr gründliche Durchsuchung vorgenommen.

Er ging zum Schreibtisch und drückte die verborgene Feder. Die Geheimlade sprang auf, aber das Haar war nicht mehr da, wo er es hingelegt hatte. Er nickte mehrmals.

«Sie sind vorzüglich, unsere französischen Polizisten», murmelte er vor sich hin, «vorzüglich. Ihnen entgeht nichts.»

Zwanzigstes Kapitel

Katherine schließt Freundschaft

Am nächsten Morgen saßen Katherine und Lenox auf der Terrasse der Villa Marguerite. Trotz des Altersunterschieds schien eine Art Freundschaft zwischen ihnen zu entstehen. Ohne Lenox hätte Katherine das Leben in der Villa ganz unerträglich gefunden. Der Kettering-Fall war zurzeit das einzige Thema. Lady Tamplin beutete die Verbindung ihres Gastes mit der Affäre übergründlich aus. Die beharrlichsten Zurückweisungen, deren Katherine fähig war, prallten an Lady Tamplins Selbstbewusstsein ab. Lenox wahrte Distanz, amüsierte sich offenbar über die Machenschaften ihrer Mutter, hatte aber doch auch mitfühlendes Verständnis für Katherine. Die Lage wurde durch Chubby keineswegs verbessert, dessen naiver Eifer nicht zu unterdrücken war und der Katherine Gott und der Welt so vorstellte:

«Das ist Miss Grey. Haben Sie von der Sache mit dem *Blauen Express* gehört? Sie hat da bis zum Hals dringesteckt. Hat sich mit Ruth Kettering ein paar Stunden vor dem Mord noch ganz lange unterhalten! Ziemlich viel Schwein für sie, was?»

Ein paar Bemerkungen dieser Art hatten Katherine morgens zu einer ungewöhnlich scharfen Zurechtweisung bewogen, und als sie allein waren, bemerkte Lenox in ihrer üblichen trägen Redeweise:

«Nicht daran gewöhnt, so benutzt zu werden, wie? Du hast noch einiges zu lernen, Katherine.»

«Tut mir Leid, dass ich die Beherrschung verloren habe. Das passiert mir sonst nicht.»

«War höchste Zeit, dass du mal lernst, Dampf abzulassen. Chubby ist bloß ein Esel, der meint's nicht böse. Mutter dagegen geht einem auf die Nerven, aber bei der kannst du die Beherrschung verlieren, bis du platzt, ohne dass es auf sie einen Eindruck macht. Die sieht dich dann bloß mit großen, traurigen blauen Augen an und schert sich den Teufel darum.»

Katherine antwortete nicht auf diese wenig respektvolle Bemerkung der Tochter, und Lenox fuhr fort:

«Ich bin da eher wie Chubby. Ich habe Spaß an so einem schönen Mord, und außerdem – na ja, Derek zu kennen macht schon was aus.»

Katherine nickte.

«Du hast also gestern mit ihm gegessen», sagte Lenox versonnen. «Gefällt er dir, Katherine?»

Katherine dachte ein paar Momente nach.

«Ich weiß nicht», sagte sie sehr langsam.

«Er ist sehr attraktiv.»

«Ja, er ist attraktiv.»

«Was gefällt dir nicht an ihm?»

Katherine beantwortete die Frage nicht oder wenigstens nicht direkt. «Er hat über den Tod seiner Frau gesprochen», sagte sie. «Er sagte, er wolle nicht so tun, als ob das für ihn etwas anderes als ein ganz außerordentlicher Glücksfall wäre.»

«Und darüber warst du vermutlich entsetzt», sagte Lenox. Sie hielt inne, und dann setzte sie in einem seltsamen Tonfall hinzu: «Er mag dich, Katherine.»

«Er hat mich zu einem sehr guten Essen eingeladen», sagte Katherine lächelnd.

Lenox ließ sich nicht ablenken.

«Das habe ich an dem Abend gesehen, als er hergekommen ist», sagte sie nachdenklich. «Wie er dich angeschaut hat, und dabei bist du eigentlich gar nicht sein Typ – ganz im Gegenteil.

Na ja, wahrscheinlich ist das so was wie Religion – in einem bestimmten Alter erwischt es einen.»

«Mademoiselle wird am Telefon verlangt», sagte Marie, sie erschien am Salonfenster. «Monsieur Hercule Poirot wünscht Sie zu sprechen.»

«Noch mehr Blut und Büchsenknall. Na los, Katherine, geh ein bisschen mit deinem Detektiv schmusen.»

Hercule Poirots betonte, präzise Intonation kam durch den Telefonhörer.

«Ist dort Mademoiselle Grey? *Bon.* Mademoiselle, ich habe eine Nachricht für Sie von Monsieur Van Aldin, Madame Ketterings Vater. Er würde sehr gern mit Ihnen sprechen, Mademoiselle; entweder in der Villa Marguerite oder in seinem Hotel, was immer Sie bevorzugen.»

Katherine dachte einen Augenblick nach, beschloss dann aber, dass es für Van Aldin unangenehm und auch unnötig wäre, zur Villa Marguerite zu kommen. Lady Tamplin würde seine Ankunft mit viel zu viel Trara bejubeln. Sie ließ nie eine Chance aus, Millionäre anzuhimmeln. Deshalb sagte sie Poirot, sie zöge es vor, nach Nizza zu kommen.

«Ausgezeichnet, Mademoiselle. Ich werde Sie selbst mit einem Wagen abholen. Sagen wir, in etwa einer Dreiviertelstunde?»

Poirot erschien pünktlich auf die Minute. Katherine erwartete ihn bereits, und sie fuhren sofort los.

«Nun, Mademoiselle, wie geht es?»

Sie schaute in seine zwinkernden Augen und wurde in ihrem ersten Eindruck bestätigt, dass Monsieur Poirot etwas sehr Anziehendes hatte.

«Das ist unser privater *roman policier*, nicht wahr?», sagte Poirot. «Ich habe Ihnen versprochen, dass wir ihn zusammen untersuchen. Und ich halte meine Versprechen immer.»

«Sie sind zu freundlich», murmelte Katherine.

«Ah, Sie spotten über mich; aber Sie möchten sicher etwas über die weitere Entwicklung des Falles hören, oder nicht?»

Katherine gab zu, dass sie gern etwas hören würde, und Poirot entwarf ihr ein knappes Porträt des Comte de la Roche.

«Sie glauben also, er hat sie getötet», sagte Katherine nachdenklich.

«Das ist die Theorie», sagte Poirot zurückhaltend.

«Glauben Sie selbst es auch?»

«Das habe ich nicht gesagt. Und Sie, Mademoiselle, was meinen Sie dazu?»

Katherine schüttelte den Kopf.

«Wie soll ich das wissen? Ich verstehe doch nichts von solchen Sachen, aber ich finde, dass ...»

«Ja?», sagte Poirot ermutigend.

«Also – nach allem, was Sie mir über den Comte erzählt haben, klingt er nicht wie die Art Mann, die wirklich jemanden umbringen würde.»

«Ah! Sehr gut», rief Poirot. «Sie stimmen mir zu, das ist genau das, was ich gesagt habe.» Er sah sie scharf an. «Aber sagen Sie mir, haben Sie Mr. Derek Kettering kennen gelernt?»

«Ich bin ihm bei Lady Tamplin begegnet, und gestern habe ich mit ihm gegessen.»

«Un mauvais sujet», sagte Poirot kopfschüttelnd. «Aber *les femmes* – sie mögen das, wie?»

Er zwinkerte Katherine zu, und sie lachte.

«Er ist die Sorte Mann, die man überall bemerken würde», fuhr Poirot fort. «Zweifellos haben Sie ihn doch im *Blauen Express* bemerkt?»

«Ja, ich habe ihn bemerkt.»

«Im Speisewagen?»

«Nein. Bei den Mahlzeiten habe ich ihn nicht bemerkt. Gesehen habe ich ihn nur ein einziges Mal – als er ins Abteil seiner Frau gegangen ist.»

Poirot nickte. «Eine merkwürdige Geschichte», murmelte er. «Ich glaube, Mademoiselle, Sie haben gesagt, Sie seien in Lyon aufgewacht und hätten aus dem Fenster geschaut? Sie haben nicht zufällig einen großen, dunkelhaarigen Mann wie den Comte de la Roche den Zug verlassen sehen?»

Katherine schüttelte den Kopf. «Nein, ich glaube nicht», sagte sie. «Es gab da einen jungen Burschen mit Kappe und Mantel, der ausgestiegen ist, aber ich glaube, er hat gar nicht den Zug verlassen, sondern ist nur ein wenig auf dem Bahnsteig hin und her gegangen. Dann war da noch ein dicker Franzose mit Bart, in Pyjama und Mantel, der wollte eine Tasse Kaffee. Ich glaube, außer diesen beiden war da nur noch das Zugpersonal.»

Poirot nickte mehrmals. «Es ist nämlich so, wissen Sie», sagte er vertraulich. «Der Comte de la Roche hat ein Alibi. Ein Alibi, das hat immer etwas Pestilenzialisches, und es lädt immer zu schlimmstem Argwohn ein. Aber wir sind da!»

Sie fuhren sofort hinauf zu Van Aldins Suite, wo sie Knighton fanden. Poirot machte ihn mit Katherine bekannt. Nachdem sie ein paar Höflichkeiten ausgetauscht hatten, sagte Knighton: «Ich lasse Mr. Van Aldin wissen, dass Miss Grey da ist.»

Er ging durch eine zweite Tür in einen Nebenraum. Sie hörten ein leises Stimmengemurmel, und dann kam Van Aldin ins Zimmer, ging mit ausgestreckter Hand auf Katherine zu und musterte sie dabei aufmerksam und durchdringend.

«Ich freue mich, Ihre Bekanntschaft zu machen, Miss Grey», sagte er einfach. «Ich wollte sehr gern hören, was Sie mir über Ruth erzählen können.»

Die ruhige Art des Millionärs beeindruckte Katherine. Sie fühlte seinen echten Schmerz umso stärker, weil er ihn nicht zur Schau trug.

Er holte einen Sessel für sie herbei.

«Setzen Sie sich doch bitte hierhin und erzählen Sie einfach.»

Poirot und Knighton zogen sich diskret ins Nebenzimmer zurück, und Katherine und Van Aldin blieben allein zurück. Ganz schlicht und natürlich gab sie, so genau sie konnte, ihre

Unterhaltung mit Ruth Kettering wieder. Er hörte, im Sessel zurückgelehnt, schweigend zu, mit einer Hand beschirmte er seine Augen. Als sie geendet hatte, sagte er ruhig:

«Ich danke Ihnen, meine Liebe.»

Dann schwiegen beide. Katherine fühlte, dass Worte des Mitgefühls fehl am Platze wären. Als der Millionär zu sprechen begann, war sein Tonfall verändert:

«Ich bin Ihnen sehr dankbar, Miss Grey. Ich glaube, Sie haben etwas getan, um meiner armen Ruth in den letzten Stunden ihres Lebens das Herz zu erleichtern. Jetzt möchte ich Sie etwas fragen. Sie wissen – Monsieur Poirot wird es Ihnen erzählt haben – von dem Halunken, mit dem sich mein armes Mädchen eingelassen hatte. Er ist der Mann, von dem sie Ihnen erzählt hat – der Mann, den sie treffen wollte. Halten Sie es für möglich, dass sie nach dem Gespräch mit Ihnen ihre Meinung geändert haben könnte?»

«Ich kann es Ihnen wirklich nicht sagen. Offensichtlich war sie zu einem Entschluss gelangt. Sie wirkte später fröhlicher.»

«Sie haben aber keine Ahnung, wo sie diesen Fiesling treffen wollte –in Paris oder in Hyères?»

Katherine schüttelte den Kopf.

«Darüber hat sie nichts gesagt.»

«Ah!», sagte Van Aldin nachdenklich, «und das ist der springende Punkt. Tja, die Zeit wird es an den Tag bringen.»

Er stand auf und öffnete die Tür zum Nebenraum. Poirot und Knighton traten wieder ein.

Katherine lehnte die Einladung des Millionärs zum Essen ab, und Knighton begleitete sie nach unten und half ihr in den wartenden Wagen. Als er zurückkehrte, fand er Poirot und Van Aldin ins Gespräch vertieft.

«Wenn wir nur wüssten», sagte der Millionär nachdenklich, «zu welchem Entschluss Ruth gekommen ist. Es gibt ein halbes Dutzend Möglichkeiten. Vielleicht wollte sie den Zug in Paris verlassen und mir telegrafieren. Oder sie hatte die Absicht, weiter nach Südfrankreich zu fahren, um hier eine Aussprache mit dem Grafen herbeizuführen. Wir tappen vollkommen im Dunkeln – absolut im Dunkeln. Durch die Zofe wissen wir, dass sie von seinem plötzlichen Auftauchen auf dem Bahnhof in Paris überrascht und sogar betroffen war. Dieses Zusammentreffen war also offenbar nicht im Programm vorgesehen. Stimmen Sie mir zu, Knighton?»

Der Sekretär fuhr auf. «Ich bitte um Entschuldigung, Mr. Van Aldin! Ich habe nicht zugehört.»

«Sie träumen wohl, was?», sagte Van Aldin. «Ist doch sonst nicht Ihre Art. Ich glaube, das Mädchen hat Sie umgehauen.»

Knighton wurde rot.

«Ein bemerkenswert nettes Mädchen», sagte Van Aldin versonnen, «sehr nett. Haben Sie zufällig ihre Augen bemerkt?»

«Ihre Augen», antwortete Knighton, «muss wohl jeder Mann bemerken.»

Einundzwanzigstes Kapitel

Beim Tennis

Einige Tage waren verstrichen. Katherine hatte eines Morgens einen einsamen Spaziergang gemacht, und als sie zurückkehrte, grinste Lenox ihr erwartungsvoll entgegen.

«Dein Verehrer hat angerufen, Katherine!»

«Wen meinst du?»

«Einen neuen – Rufus Van Aldins Sekretär. Du scheinst da einen ziemlichen Eindruck hinterlassen zu haben. Aus dir wird noch eine richtige Herzensbrecherin. Zuerst Derek Kettering und jetzt dieser junge Knighton. Das Lustige an der Geschichte ist, ich erinnere mich noch gut an ihn. Er war in Mutters Lazarett, das sie hier draußen hatte. Da war ich noch ein Kind, so um die acht.»

«War er schwer verwundet?»

«Ein Beinschuss, wenn ich mich nicht irre – ziemlich scheußliche Sache. Ich glaube, die Ärzte haben da einiges versaut. Sie haben gesagt, er würde nichts davon zurückbehalten, aber als er von hier wegging, hinkte er immer noch.»

Lady Tamplin kam heraus und gesellte sich zu ihnen.

«Hast du Katherine von Major Knighton erzählt?», fragte sie. «So ein netter Kerl! Zuerst habe ich mich nicht an ihn erinnert – es gab ja so viele –, aber jetzt ist mir wieder alles gegenwärtig.»

«Damals war er auch ein bisschen zu unwichtig, um sich an ihn zu erinnern», sagte Lenox. «Heute, wo er Sekretär des amerikanischen Millionärs ist, liegen die Dinge ganz anders.»

«Liebling!», sagte Lady Tamplin in ihrem vage tadelnden Ton.

«Warum hat Major Knighton angerufen?», erkundigte sich Katherine.

«Er fragte, ob du Lust hättest, heute Nachmittag zum Tennis zu kommen. Wenn ja, würde er dich mit dem Auto abholen. Mutter und ich haben in deinem Namen angenommen, *avec empressement*. Und wenn du mit dem Sekretär eines Millionärs herumflirtest, könntest du mir doch eine Chance mit dem Millionär verschaffen, Katherine. Er muss so um die sechzig sein, nehme ich an, also wird er bestimmt gerade nach einem süßen jungen Ding wie mir suchen.»

«Ich würde Mr. Van Aldin gern kennen lernen», sagte Lady Tamplin ernst, «man hat so viel von ihm gehört. Diese prächtigen rauen Gestalten aus dem Westen», sie brach ab, «faszinierend.»

«Major Knighton hat ausdrücklich betont, dass es Mr. Van Aldins Einladung ist», sagte Lenox. «Er hat das so oft gesagt, dass es mir verdächtig vorkam. Du und Knighton, ihr würdet ein sehr hübsches Paar abgeben. Meinen Segen habt ihr, Kinder.»

Katherine lachte und ging nach oben, um sich umzuziehen.

Knighton kam bald nach dem Mittagessen und ließ Lady Tamplins Szene des Wiedererkennens mannhaft über sich ergehen.

Als sie unterwegs nach Cannes waren, sagte er zu Katherine: «Lady Tamplin ist wunderbar unverändert.»

«In der Art oder im Aussehen?»

«Beides. Ich nehme an, sie muss gut über vierzig sein, aber sie ist noch immer eine bemerkenswert schöne Frau.»

«Das stimmt», sagte Katherine.

«Ich freue mich sehr, dass Sie heute mitkommen können»,

fuhr Knighton fort. «Monsieur Poirot wird auch dort sein. Was für ein außerordentlicher kleiner Mann! Kennen Sie ihn gut, Miss Grey?»

Katherine schüttelte den Kopf. «Ich habe ihn erst im Zug kennen gelernt, auf dem Weg hierher. Ich las gerade einen Detektivroman und habe beiläufig gesagt, dass so etwas im wirklichen Leben nicht passiert. Natürlich hatte ich keine Ahnung, wer er ist.»

«Er ist ein ganz bemerkenswerter Mensch», sagte Knighton langsam, «und hat einige außerordentliche Dinge getan. Er ist ein Genie darin, den Dingen auf den Grund zu kommen, und bis zum Schluss hat niemand eine Ahnung, was er wirklich denkt. Ich weiß noch, wie ich einmal zu Besuch in einem Haus in Yorkshire war, als Lady Clanravons Schmuck gestohlen wurde. Zuerst schien es ein ganz gewöhnlicher Diebstahl zu sein, aber die dortige Polizei war absolut ratlos. Ich wollte, dass sie Hercule Poirot hinzuziehen, und habe ihnen gesagt, er wäre der Einzige, der ihnen helfen kann, aber sie haben ihr Vertrauen auf Scotland Yard gesetzt.»

«Und was geschah weiter?», fragte Katherine neugierig.

«Der Schmuck wurde nie gefunden», sagte Knighton trocken.

«Sie glauben also wirklich an ihn?»

«Ja, unbedingt. Der Comte de la Roche ist ziemlich gerissen. Er hat seinen Kopf schon aus einigen Schlingen gezogen, aber in Hercule Poirot wird er seinen Meister finden.»

«Der Comte de la Roche», sagte Katherine nachdenklich, «Sie meinen also wirklich, dass er es getan hat?»

«Natürlich.» Knighton sah sie erstaunt an. «Sie nicht?»

«O doch», sagte Katherine eilig, «das heißt, ich meine, wenn es kein gewöhnlicher Bahnraub war.»

«Das könnte natürlich sein», stimmte er zu, «mir scheint aber, dass der Comte de la Roche bemerkenswert gut ins Bild passt.»

«Aber er hat ein Alibi.»

«Ach, Alibis!» Knighton lachte; sein Gesicht zeigte ein angenehm jungenhaftes Lächeln.

«Sie gestehen, dass Sie gern Detektivromane lesen, Miss Grey. Dann müssten Sie doch eigentlich wissen, dass jeder, der ein perfektes Alibi hat, besonders verdächtig ist.»

«Glauben Sie, dass es im wirklichen Leben so ist?», fragte Katherine lächelnd.

«Warum nicht? Dichtung beruht auf Wahrheit.»

«Ist ihr aber weit überlegen», sagte Katherine.

«Vielleicht. Jedenfalls hätte ich, wenn ich ein Verbrecher wäre, nicht gern Hercule Poirot auf den Fersen.»

«Ich auch nicht», sagte Katherine und lachte.

Als sie ankamen, wurden sie von Poirot empfangen. Da es ein warmer Tag war, trug er einen weißen Leinenanzug mit einer weißen Kamelie im Knopfloch.

«*Bonjour*, Mademoiselle», sagte Poirot. « Ich sehe sehr englisch aus, nicht wahr?»

«Sie sehen wunderbar aus», sagte Katherine taktvoll.

«Sie machen sich lustig über mich», sagte Poirot gut gelaunt, «aber das macht nichts. Papa Poirot lacht immer zuletzt.»

«Wo ist Mr. Van Aldin?», fragte Knighton.

«Wir treffen ihn bei unseren Sitzplätzen. Um die Wahrheit zu sagen, mein Freund, ist er nicht besonders zufrieden mit mir. Oh, diese Amerikaner – Ruhe, Entspannung, so etwas kennen sie nicht. Monsieur Van Aldin hätte am liebsten, dass ich mich auf der Jagd nach Verbrechern in alle Winkel und Gassen von Nizza stürze.»

«Ich würde sagen, dass das kein schlechter Plan wäre», bemerkte Knighton.

«Sie irren sich», sagte Poirot, «bei solchen Dingen braucht man nicht Energie, sondern Finesse. Auch beim Tennis trifft man viele Menschen. Das ist sehr wichtig. Ah, da ist Mr. Kettering.»

Derek kam direkt auf sie zu. Er sah rastlos und verärgert aus, als sei etwas geschehen, was ihn aus der Ruhe gebracht hatte. Knighton und er begrüßten einander recht kühl. Einzig Poirot schien keinerlei Missstimmung zu bemerken und plauderte munter weiter, in dem löblichen Versuch, alle aufzuheitern. Er verteilte kleine Komplimente.

«Es ist erstaunlich, Monsieur Kettering, wie gut Sie Französisch sprechen», bemerkte er, «so gut, dass man Sie für einen Franzosen halten könnte, wenn Sie wollten. Das ist eine seltene Leistung für einen Engländer.»

«Ich wollte, ich könnte das», sagte Katherine. «Mir ist nur zu klar, dass mein Französisch von der schrecklichen britischen Art ist.»

Sie erreichten ihre Plätze und setzten sich, und fast sofort bemerkte Knighton seinen Dienstherrn, der ihn von der anderen Seite des Platzes zu sich winkte. Er ging sofort zu ihm hinüber.

«Mir gefällt der junge Mann», sagte Poirot und schickte dem davoneilenden Sekretär ein strahlendes Lächeln nach, «und Ihnen, Mademoiselle Grey?»

«Ich finde ihn sehr nett.»

«Und Sie, Monsieur Kettering?»

Eine schnippische Antwort lag Derek auf der Zunge, aber er verschluckte sie, als ob ihn etwas in den zwinkernden Augen des kleinen Belgiers plötzlich gewarnt hätte. Er sprach vorsichtig, wog seine Worte ab.

«Knighton ist ein anständiger Bursche.»

Einen kurzen Moment kam es Katherine so vor, als blicke Poirot enttäuscht drein.

«Übrigens ist er ein großer Verehrer von Ihnen, Monsieur Poirot», sagte sie und berichtete einiges von dem, was Knighton erzählt hatte. Es machte ihr Spaß zu beobachten, wie der kleine Mann sich förmlich aufplusterte, sich in die Brust warf und dabei eine gespielte Bescheidenheit zur Schau trug, die niemanden täuschen konnte.

«Dabei fällt mir ein, Mademoiselle Grey», sagte er plötzlich, «dass ich eine kleine geschäftliche Angelegenheit mit Ihnen zu besprechen habe. Als Sie sich im Zug mit dieser armen Dame unterhielten, müssen Sie wohl ein Zigarettenetui verloren haben.»

Katherine wirkte sehr erstaunt. «Ich glaube nicht», sagte sie. Poirot zog aus der Tasche ein Zigarettenetui aus weichem blauem Leder, das mit einem goldenen K geschmückt war.

«Nein, das gehört nicht mir», sagte Katherine.

«Ah, ich bitte tausendmal um Entschuldigung. Dann gehört es sicher Madame selbst. K steht natürlich für Kettering. Wir haben daran gezweifelt, weil sich in ihrer Handtasche ein anderes Zigarettenetui befand, und es schien uns merkwürdig, dass sie zwei bei sich hatte.» Er wandte sich plötzlich an Derek. «Ich nehme an, Sie wissen nicht, ob dieses Etui Ihrer Frau gehört hat oder nicht?»

Derek schien einen Moment verblüfft. Bei seiner Antwort stotterte er ein bisschen: «Ich – ich weiß es nicht. Ich nehme es an.»

«Ihnen gehört es nicht zufällig?»

«Bestimmt nicht. Wenn es mir gehörte, hätte es sich wohl kaum im Besitz meiner Frau befunden.»

Poirot sah naiver und kindlicher drein denn je.

«Ich dachte, Sie hätten es vielleicht verloren, als Sie im Abteil Ihrer Frau waren», erklärte er harmlos.

«Da war ich nie. Das habe ich der Polizei schon ein Dutzend Mal gesagt.»

«Ich bitte tausendfach um Pardon», sagte Poirot mit überaus zerknirschter Miene. «Es war Mademoiselle hier, die erwähnte, dass sie Sie hineingehen sah.»

Sichtlich verlegen hielt er inne.

Katherine blickte Derek an. Sein Gesicht war ziemlich weiß geworden, aber vielleicht bildete sie sich das nur ein. Denn als er lachte, klang es ganz natürlich.

«Sie müssen sich geirrt haben, Miss Grey», sagte er leichthin. «Aus dem, was mir die Polizei gesagt hat, entnehme ich, dass mein Abteil nur eine oder zwei Türen von dem meiner Frau entfernt war – was ich zu dieser Zeit allerdings nicht ahnte. Sie müssen mich wohl gesehen haben, als ich in mein Abteil gegangen bin.» Er stand rasch auf, als er Van Aldin und Knighton kommen sah.

«Ich verlasse Sie jetzt», kündigte er an. «Meinen Schwiegervater kann ich um keinen Preis vertragen.»

Van Aldin begrüßte Katherine sehr höflich, war aber offensichtlich in schlechter Laune.

«Sie scheinen ja gern beim Tennis zuzusehen, Monsieur Poirot», knurrte er.

«Es macht Vergnügen, ja», antwortete Poirot gelassen.

«Gut für Sie, dass Sie in Frankreich sind», sagte Van Aldin. «In den Staaten sind wir aus härterem Holz geschnitzt. Dort kommt zuerst das Geschäft, dann das Vergnügen.»

Poirot war keineswegs beleidigt; tatsächlich lächelte er den erzürnten Millionär sanft und vertraulich an.

«Geraten Sie nicht in Zorn, ich bitte Sie! Jeder nach seiner eigenen Methode. Ich habe es immer als angenehme und erfreuliche Idee empfunden, Vergnügen und Geschäft miteinander zu verbinden.»

Er streifte die beiden anderen mit einem Blick. Sie waren in ein angeregtes Gespräch vertieft. Poirot nickte befriedigt, beugte sich dann zu dem Millionär und sagte mit gedämpfter Stimme:

«Ich bin aber nicht nur zum Vergnügen hier, Monsieur Van Aldin. Sehen Sie den großen, alten Mann da drüben – den mit dem gelben Gesicht und dem würdevollen Bart?»

«Was ist mit ihm?»

«Das», sagte Poirot, «ist Monsieur Papopoulos.»

«Ein Grieche, wie?»

«Wie Sie sagen – ein Grieche. Er ist ein Antiquitätenhändler von Weltruf. Er hat einen kleinen Laden in Paris, und die Polizei verdächtigt ihn, noch etwas ganz anderes zu sein.»

«Was denn?»

«Ein Hehler, vor allem für Juwelen. Was das Neuschleifen und Neufassen von Edelsteinen angeht, gibt es nichts, was er nicht weiß. Er macht Geschäfte mit den Höchsten in Europa und dem niedrigsten Abschaum der Unterwelt.»

Van Aldin musterte Poirot mit plötzlich geweckter Aufmerksamkeit.

«Und?», fragte er in einem ganz neuen Tonfall.

«Ich frage mich», sagte Poirot, «ich, Hercule Poirot, frage mich» – er schlug sich dramatisch an die Brust. *«Warum ist Monsieur Papopoulos plötzlich nach Nizza gekommen?»*

Van Aldin war beeindruckt. Einen Moment lang hatte er an Poirot gezweifelt und vermutet, der kleine Mann tauge längst nicht mehr für seinen Beruf, sei nur noch ein *poseur*. Von einem Augenblick zum anderen kehrte er wieder zu seiner früheren Meinung zurück. Er sah den Detektiv direkt an.

«Ich muss mich bei Ihnen entschuldigen, Monsieur Poirot.»

Poirot tat die Entschuldigung mit einer extravaganten Geste ab. «Bah!», rief er, «das ist ohne Bedeutung. Jetzt hören Sie gut zu, Monsieur Van Aldin, ich habe Neuigkeiten für Sie.»

Der Millionär schaute ihn scharf an, sein Interesse war geweckt.

Poirot nickte.

«Es ist so, wie ich sage. Es wird Sie interessieren. Wie Sie wissen, Monsieur Van Aldin, wird der Comte de la Roche seit seinem Gespräch mit dem *Juge d'Instruction* von der Polizei überwacht. Einen Tag danach hat man in seiner Abwesenheit in der Villa Marina eine Haussuchung vorgenommen.»

«Und?», sagte Van Aldin. «Hat man irgendetwas gefunden? Ich wette, nein.»

Poirot machte eine leichte Verbeugung.

«Ihr Scharfsinn irrt nicht, Monsieur Van Aldin. Man hat

nichts Belastendes gefunden. Das war auch nicht zu erwarten. Der Comte de la Roche ist, wie Ihre schöne Wendung sagt, nicht von gestern. Er ist ein listenreicher Gentleman mit großer Erfahrung.»

«Weiter», knurrte Van Aldin.

«Es ist natürlich möglich, dass der Comte nichts Belastendes zu verbergen hatte. Wir dürfen aber die Möglichkeit nicht außer Acht lassen. Wenn er also etwas zu verbergen hat – wo ist es? In seinem Hause nicht – die Polizei hat gründlich gesucht. In seinen Taschen sicher auch nicht, denn er muss jeden Augenblick damit rechnen, verhaftet zu werden. Es bleibt – sein Auto. Wie gesagt, er wurde beschattet. Man ist ihm nach Monte Carlo gefolgt. Von dort fuhr er nach Menton. Sein Auto ist sehr stark, er hat die Verfolger abgeschüttelt, und etwa eine Viertelstunde lang haben sie ihn vollkommen aus den Augen verloren.»

«Und Sie meinen, in der Zwischenzeit hat er etwas am Straßenrand versteckt?», fragte Van Aldin mit gespanntem Interesse.

«Am Straßenrand, nein. *Ça n'est pas pratique.* Aber hören Sie zu – ich habe Monsieur Carrège einen kleinen Vorschlag gemacht. Er war so freundlich, ihn zu billigen. In jedem *Bureau de Poste* in der Umgebung hat man dafür gesorgt, dass jemand dort ist, der den Comte de la Roche vom Sehen kennt. Denn wissen Sie, Monsieur, die beste Art, etwas zu verstecken, ist, es mit der Post wegzuschicken.»

«Und?», fragte Van Aldin, sein Gesicht leuchtete vor Interesse und Erwartung.

«Und – *voilà!*» Mit einem dramatischen Schwung zog Poirot ein lose eingewickeltes braunes Päckchen aus der Tasche, die Schnur hatte man entfernt.

«In der erwähnten Viertelstunde hat unser guter Gentleman das hier aufgegeben.»

«An welche Adresse?», fragte der andere scharf.

Poirot nickte.

«Hätte uns etwas sagen können, sagt uns aber leider nichts. Das Päckchen war an einen dieser kleinen Zeitungsläden in Paris adressiert, wo Briefe und Pakete bis auf Abruf gegen eine kleine Gebühr aufbewahrt werden.»

«Ja, aber was ist drin?», fragte Van Aldin ungeduldig.

Poirot entfernte das Packpapier und enthüllte eine viereckige Pappschachtel. Er sah sich um.

«Der Augenblick ist günstig», sagte er ruhig. «Alle Augen sind beim Tennis. Sehen Sie , Monsieur!»

Er hob den Deckel der Schachtel den Bruchteil einer Sekunde lang. Ein Ausruf äußersten Erstaunens entfuhr dem Millionär. Sein Gesicht wurde kreidebleich.

«Mein Gott!», stieß er hervor, «die Rubine.»

Einen Augenblick lang saß er wie betäubt. Poirot steckte die Schachtel wieder in die Tasche und strahlte gelassen. Dann schien der Millionär plötzlich aus seiner Erstarrung zu erwachen, er beugte sich zu Poirot und drückte dessen Hand so herzhaft, dass der kleine Mann vor Schmerz stöhnte.

«Das ist großartig», sagte Van Aldin. «Großartig! Sie liefern, was Sie versprechen, Monsieur Poirot. Ein für alle Mal, Sie bringen's!»

«Es ist nichts», sagte Poirot bescheiden. «Ordnung, Methode, auf Eventualitäten gefasst sein – mehr gehört nicht dazu.»

«Und nun hat man den Comte de la Roche verhaftet, nehme ich an?», fuhr Van Aldin eifrig fort.

«Nein», sagte Poirot.

Höchstes Erstaunen zeigte sich auf Van Aldins Zügen. «Aber warum nicht? Was will man denn noch mehr?»

«Das Alibi des Comte ist noch immer unerschüttert.»

«Aber das ist Unsinn!»

«Ja», sagte Poirot, «ich halte es auch eher für Unsinn, aber leider müssen wir beweisen, dass es Unsinn ist.»

«Und unterdessen rutscht er uns durch die Finger!»

Poirot schüttelte sehr energisch den Kopf.

«Nein», sagte er, «das tut er nicht. Das Einzige, was der Comte zu opfern sich nicht leisten kann, ist seine gesellschaftliche Stellung. Er muss um jeden Preis bleiben, wo er ist, und sich auf seine Frechheit verlassen.»

Van Aldin war noch nicht zufrieden.

«Ich sehe aber nicht ein …»

Poirot hob eine Hand. «Einen Augenblick, Monsieur. Ich habe eine kleine Idee. Viele Leute haben sich schon über Hercule Poirots kleine Ideen lustig gemacht – und sich geirrt.»

«Also», sagte Van Aldin, «reden Sie weiter. Was ist das für eine kleine Idee?»

Poirot schwieg einen Augenblick, dann sagte er:

«Ich suche Sie morgen Vormittag um elf in Ihrem Hotel auf. Bis dahin sagen Sie nichts, zu niemandem.»

Zweiundzwanzigstes Kapitel

Monsieur Papopoulos frühstückt

Monsieur Papopoulos frühstückte. Ihm gegenüber saß seine Tochter Zia.

Es klopfte an die Salontür, und ein Page trat mit einer Visitenkarte ein, die er Monsieur Papopoulos brachte. Dieser studierte sie eingehend, hob die Brauen und reichte sie seiner Tochter.

«Ah!», sagte Monsieur Papopoulos, dabei kratzte er sich versonnen das linke Ohr. «Hercule Poirot. Ich frage mich ...»

Vater und Tochter sahen einander an.

«Gestern habe ich ihn beim Tennis gesehen», sagte Monsieur Papopoulos. «Zia, das gefällt mir gar nicht.»

«Er hat dir einmal einen Dienst erwiesen», erinnerte ihn seine Tochter.

«Das ist wahr», bestätigte Papopoulos, «außerdem hat er sich ins Privatleben zurückgezogen, wie es heißt.»

Diese Worte waren in der Muttersprache der beiden gewechselt worden. Jetzt wandte sich Monsieur Papopoulos an den Pagen und sagte auf Französisch:

«Faîtes monter ce monsieur.»

Ein paar Minuten später trat Hercule Poirot ein, vorzüglich gekleidet, dabei schwang er munter seinen Stock.

«Mein lieber Monsieur Papopoulos.»

«Mein lieber Monsieur Poirot.»

«Und Mademoiselle Zia.» Poirot verbeugte sich tief.

«Sie werden verzeihen, wenn wir unser Frühstück beenden», sagte Papopoulos; er goss sich eine zweite Tasse Kaffee ein. «Ihr Besuch ist – ahemm! – ein wenig früh.»

«Skandalös früh», sagte Poirot, «aber ich bin in Eile, müssen Sie wissen.»

«Ah!», murmelte Papopoulos. «Sie kommen also in Geschäften?»

«In sehr ernsten Geschäften», sagte Poirot. «Es handelt sich um den Tod von Madame Kettering.»

«Einen Augenblick, bitte.» Monsieur Papopoulos schaute unschuldig zur Decke empor. «War das die Dame, die im *Blauen Express* gestorben ist? Ich habe eine Notiz darüber in der Zeitung gesehen, aber da gab es keine Andeutung, dass es ein Verbrechen gewesen sei.»

«Im Interesse der Gerechtigkeit», sagte Poirot, «hielt man es für besser, diese Tatsache zu verschweigen.»

«Und wie kann ich Ihnen behilflich sein, Monsieur Poirot?», fragte der Händler nach einer Pause höflich.

«Voilà», sagte Poirot, «ich komme zur Sache.» Aus der Tasche zog er die gleiche Schachtel hervor, die er in Cannes gezeigt hatte, öffnete sie, nahm die Rubine heraus und schob sie Papopoulos über den Tisch zu.

Obwohl Poirot ihn aufmerksam beobachtete, sah er doch keinen Muskel im Gesicht des alten Mannes zucken. Monsieur Papopoulos nahm die Juwelen und untersuchte sie mit einer Art von distanziertem Interesse, dann sah er den Detektiv fragend an.

«Prachtvoll, nicht wahr?», fragte Poirot.

«Ganz ausgezeichnet», sagte Papopoulos.

«Wie viel sind sie Ihrer Ansicht nach wert?»

Im Gesicht des Griechen zuckte es jetzt ein wenig.

«Muss ich Ihnen das wirklich sagen, Monsieur Poirot?», fragte er.

«Sie sind scharfsinnig, Monsieur Papopoulos. Nein, es ist

nicht nötig. Fünfhunderttausend Dollar sind sie zum Beispiel nicht wert.»

Papopoulos lachte, und Poirot fiel ein.

«Als Imitation», sagte Papopoulos, indem er Poirot die Steine zurückgab, «sind sie, wie ich schon sagte, ganz ausgezeichnet. Wäre es indiskret zu fragen, Monsieur Poirot, wie Sie zu ihnen gekommen sind?»

«Keineswegs», sagte Poirot, «ich habe nichts dagegen, es einem alten Freund wie Ihnen zu erzählen. Sie befanden sich im Besitz des Comte de la Roche.»

Monsieur Papopoulos' Augenbrauen hoben sich beredt.

«Tatsächlich», murmelte er.

Poirot beugte sich vor und setzte seine naivste und liebenswürdigste Miene auf.

«Monsieur Papopoulos», sagte er, «ich will meine Karten auf den Tisch legen. Die Originale dieser Juwelen wurden Madame Kettering im *Blauen Express* gestohlen. Nun möchte ich Ihnen zuerst eines sagen: Ich bin nicht mit der Wiederbeschaffung der Juwelen befasst. Das ist Sache der Polizei. Ich arbeite nicht für die Polizei, sondern für Monsieur Van Aldin. Ich will den Mann in die Hände bekommen, der Madame Kettering getötet hat. Die Steine interessieren mich nur insoweit, als sie mich auf die Spur des Mörders führen können. Verstehen Sie?»

Die letzten beiden Wörter betonte er ganz besonders. Papopoulos sagte ruhig, mit unbewegtem Gesicht:

«Fahren Sie fort!»

«Ich halte es für wahrscheinlich, Monsieur, dass die Steine in Nizza ihren Besitzer wechseln – vielleicht schon gewechselt haben.»

«Ah!», sagte Papopoulos.

Nachdenklich trank er seinen Kaffee und sah noch edler und patriarchalischer aus als sonst.

«Ich sage mir», fuhr Poirot lebhaft fort, «was für ein Glücksfall! Mein alter Freund, Monsieur Papopoulos, ist in Nizza. Er wird mir helfen.»

«Und wie, meinen Sie, kann ich Ihnen helfen?», fragte Papopoulos kalt.

«Ich sagte mir, Monsieur Papopoulos ist zweifellos geschäftlich in Nizza.»

«Keineswegs», sagte Papopoulos, «ich bin aus gesundheitlichen Gründen hier – auf Weisung meines Arztes.»

Er hustete hohl.

«Ich bin untröstlich, das zu hören», sagte Poirot mit unaufrichtigem Mitgefühl. «Aber fahren wir fort. Wenn ein russischer Großherzog, eine österreichische Erzherzogin oder ein italienischer Fürst ihren Familienschmuck zu veräußern wünschen – zu wem gehen sie? Zu Monsieur Papopoulos, nicht wahr? Zu ihm, der aufgrund der Diskretion, mit der er solche Geschäfte abwickelt, Weltruf genießt.»

Der andere verneigte sich.

«Sie schmeicheln mir.»

«Diskretion ist etwas Großes», sann Poirot und wurde durch ein flüchtiges Lächeln belohnt, das über das Gesicht des Griechen zog. «Auch ich kann diskret sein.»

Die Blicke der beiden Männer kreuzten sich.

Dann fuhr Poirot langsam fort, wobei er offensichtlich jedes Wort sorgsam wählte:

«Ich sage mir ferner: Wenn diese Steine in Nizza ihren Besitzer gewechselt haben, hätte Monsieur Papopoulos davon gehört. Er weiß alles, was in der Welt edler Steine geschieht.»

«Ah!», sagte Papopoulos; er nahm ein Croissant.

«Die Polizei, verstehen Sie», sagte Poirot, «hat mit der Sache nichts zu tun. Es ist eine Privatangelegenheit.»

«Man hört Gerüchte», gab Papopoulos vorsichtig zu.

«Zum Beispiel?», sagte Poirot.

«Hätte ich denn einen Grund, sie weiterzugeben?»

«Ja», sagte Poirot, «ich glaube, es gibt einen. Sie werden sich vielleicht erinnern, Monsieur Papopoulos, dass sich vor siebzehn Jahren ein gewisser Wertgegenstand in Ihren Händen befand, den eine sehr – hm – prominente Person als Sicherheit bei Ihnen hinterlegt hatte. Sie waren für das Stück verantwortlich, und es verschwand auf unerklärliche Weise. Sie saßen, wenn ich diese englische Wendung benutzen darf, damals in der Suppe.»

Er warf einen freundlichen Blick auf das Mädchen. Sie hatte Tasse und Teller beiseite geschoben und lauschte gespannt, mit beiden Ellenbogen auf dem Tisch, das Kinn auf die Hände gestützt. Er behielt sie im Auge und fuhr fort:

«Zu dieser Zeit bin ich in Paris. Sie lassen mich holen. Sie begeben sich in meine Hände. Wenn ich Ihnen diesen Gegenstand wieder beschaffe, sagen Sie, erringe ich mir Ihre unsterbliche Dankbarkeit. *Eh bien!* Ich habe es Ihnen zurückgebracht.»

Ein langer Seufzer kam von Monsieur Papopoulos.

«Es war der unangenehmste Moment meiner Laufbahn», murmelte er.

«Siebzehn Jahre sind eine lange Zeit», sagte Poirot nachdenklich, «aber ich glaube, ich kann mit Recht sagen, dass ein Mann Ihres Volks nicht vergisst.»

«Ein Grieche?», murmelte Papopoulos mit einem ironischen Lächeln.

«Ich habe nicht den Griechen gemeint», sagte Poirot.

Einige Augenblicke herrschte Schweigen, dann richtete sich der alte Mann stolz auf.

«Sie haben Recht, Monsieur Poirot», sagte er ruhig. «Ich bin Jude. Und, wie Sie sagen, unser Volk vergisst nicht.»

«Sie werden mir also helfen?»

«Was die Juwelen angeht, Monsieur, kann ich nichts tun.»

Der alte Mann wählte seine Worte ebenso sorgfältig wie zuvor Poirot.

«Ich weiß nichts. Ich habe nichts gehört. Aber vielleicht

kann ich Ihnen einen Gefallen tun – vorausgesetzt, Sie interessieren sich für Pferderennen.»

«Unter gewissen Umständen könnte ich mich dafür interessieren», sagte Poirot; er musterte ihn ruhig.

«In Longchamps läuft zurzeit ein Pferd, das der Aufmerksamkeit wert wäre, glaube ich. Ich kann nichts mit Gewissheit sagen, verstehen Sie, diese Nachricht ist durch so viele Hände gegangen.»

Er hielt inne und fixierte Poirot mit den Augen, als wolle er sich versichern, dass der andere ihn wirklich verstand.

«Ich verstehe vollkommen», sagte Poirot und nickte.

«Der Name des Pferdes», sagte Monsieur Papopoulos, dabei lehnte er sich zurück und legte die Fingerspitzen aneinander, «ist *Marquis*. Ich glaube, dass es ein englisches Pferd ist, bin mir dessen aber nicht ganz sicher. Was meinst du, Zia?»

«Ich glaube, ja», sagte das Mädchen.

Poirot erhob sich jäh.

«Ich danke Ihnen, Monsieur», sagte er. «Es ist etwas Wundervolles, einen, wie die Engländer sagen, Tipp aus den Ställen zu bekommen. *Au revoir*, Monsieur, und vielen Dank.»

Er wandte sich dem Mädchen zu.

«*Au revoir*, Mademoiselle Zia. Es ist mir, als ob ich Sie erst gestern in Paris gesehen hätte. Man könnte meinen, es seien höchstens zwei Jahre vergangen.»

«Und doch ist ein Unterschied zwischen sechzehn und dreiunddreißig», sagte Zia melancholisch.

«In Ihrem Fall nicht!», erklärte Poirot galant. «Ob Sie und Ihr Herr Vater vielleicht an einem der nächsten Abende mit mir speisen würden?»

«Es wird uns ein Vergnügen sein», antwortete Zia.

«Dann werden wir das arrangieren», erklärte Poirot, «und nun – *je me sauve*.»

Poirot ging die Straße hinab und summte vor sich hin. Munter zwirbelte er seinen Stock, ein- oder zweimal lächelte er bei sich. Er betrat das erste *Bureau de Poste*, an dem er vorbeikam, und gab ein Telegramm auf. Für den Wortlaut brauchte er eine Weile, denn es war in einem Code abgefasst, und er musste sein Gedächtnis bemühen. Das Telegramm ließ sich über eine verloren gegangene Krawattennadel aus. Es war an Inspektor Japp, Scotland Yard, gerichtet.

Entschlüsselt war es jedoch knapp und sachlich. *«Kabeln Sie mir alles, was über einen Mann mit dem Spitznamen* Marquis *bekannt ist.»*

Dreiundzwanzigstes Kapitel

Eine neue Theorie

Punkt elf Uhr erschien Poirot in Van Aldins Hotel. Er fand den Millionär allein.

«Sie sind pünktlich, Monsieur Poirot», sagte er lächelnd, als er sich erhob, um den Detektiv zu begrüßen.

«Ich bin immer pünktlich», sagte Poirot. «Die Präzision – ich halte mich immer daran. Ohne Ordnung und Methode ...»

Er brach ab. «Ah, es ist durchaus möglich, dass ich Ihnen all das schon einmal gesagt habe. Lassen Sie uns gleich zum Zweck meines Besuchs kommen.»

«Ihre kleine Idee?»

«Ja, meine kleine Idee.» Poirot lächelte.

«Vor allen Dingen möchte ich noch einmal mit der Zofe sprechen, Ada Mason. Ist sie da?»

«Ja, sie ist hier.»

«Ah!»

Van Aldin sah ihn neugierig an. Er läutete, und ein paar Minuten später betrat die Zofe das Zimmer.

Poirot begrüßte sie mit seiner gewohnten Höflichkeit, die auf Leute ihres Standes nie ihre Wirkung verfehlte.

«Guten Tag, Mademoiselle», sagte er munter. «Bitte, nehmen Sie Platz, falls Monsieur nichts dagegen hat.»

«Ja, ja, setzen Sie sich», sagte Van Aldin.

«Vielen Dank, Sir», sagte Mason geziert und nahm auf der

vordersten Kante eines Stuhls Platz. Sie sah dürrer und säuerlicher aus denn je.

«Ich bin hergekommen, um Ihnen noch einige Fragen zu stellen», sagte Poirot. «Wir müssen dieser Sache auf den Grund gehen. Ich komme immer wieder auf diesen Mann im Zug zurück. Man hat Ihnen den Comte de la Roche gezeigt. Sie sagen, er könnte es gewesen sein, Sie sind aber nicht sicher.»

«Wie ich Ihnen schon gesagt habe, Sir, ich habe eben das Gesicht des Herrn nicht gesehen. Das macht es so schwierig.»

Poirot strahlte und nickte.

«Gewiss, genau. Ich verstehe die Schwierigkeit sehr gut. Also, Mademoiselle, Sie waren seit zwei Monaten im Dienst von Madame Kettering, sagen Sie. Wie oft haben Sie in dieser Zeit Ihren Herrn gesehen?»

Mason überlegte ein paar Momente, dann sagte sie:

«Nur zweimal, Sir.»

«Und war das aus der Nähe oder von fern?»

«Also, einmal, Sir, da ist er in die Curzon Street gekommen. Ich war oben und habe über das Geländer geschaut und habe ihn unten in der Diele gesehen. Ich war ein bisschen neugierig, verstehen Sie, so wie die Dinge eben – eh – waren.» Mason endete mit ihrem diskreten Hüsteln.

«Und das zweite Mal?»

«Ich war im Park, Sir, mit Annie – einem der Hausmädchen, Sir, und sie hat mir den gnädigen Herrn gezeigt, der ist da eben mit einer ausländischen Dame herumspaziert.»

Wieder nickte Poirot.

«Jetzt passen Sie auf, Mason. Dieser Mann, den Sie gesehen haben, wie er sich im Abteil mit Ihrer Herrin unterhalten hat, im Gare de Lyon – woher wissen Sie, dass das nicht Ihr gnädiger Herr war?»

«Mr. Kettering, Sir? Also, das glaube ich aber gar nicht.»

«Aber Sie sind nicht sicher», beharrte Poirot.

«Ach – ich habe einfach nie daran gedacht.»

Mason war sichtlich erregt bei diesem Gedanken.

«Sie haben aber gehört, dass Ihr Herr ebenfalls im Zug war. Wäre es denn nicht ganz natürlich, wenn er der Mann gewesen wäre, der den Korridor entlangkam?»

«Aber der Gentleman, der mit der gnädigen Frau geredet hat, muss von draußen gekommen sein. Er hatte Straßenkleidung an – Überzieher und Hut.»

«Ganz recht, Mademoiselle, aber denken Sie einen Augenblick nach. Der Zug ist gerade am Gare de Lyon angekommen. Viele Fahrgäste vertreten sich ein wenig auf dem Bahnsteig die Beine. Ihre Herrin wollte das ja auch gerade tun und hat zu diesem Zweck sicher ihren Pelzmantel angezogen, eh?»

«Ja, Sir», bestätigte Mason.

«Ihr Herr tut also das Gleiche. Der Zug ist geheizt, aber draußen auf dem Bahnsteig ist es kalt. Er zieht Mantel und Hut an und spaziert den Zug entlang, und als er zu den beleuchteten Fenstern hochschaut, sieht er plötzlich Madame Kettering. Bis dahin hat er keine Ahnung, dass sie im Zug ist. Natürlich steigt er ein und geht zu ihrem Abteil. Sie stößt einen Überraschungsschrei aus, als sie ihn sieht, und schließt rasch die Verbindungstür, denn die Unterhaltung war vermutlich privater Natur.»

Er lehnte sich im Sessel zurück und beobachtete, wie seine Worte langsam zu wirken begannen. Niemand wusste besser als Hercule Poirot, dass man die Schicht, zu der Mason gehörte, nicht antreiben darf. Er musste ihr Zeit geben, sich von ihren vorgefassten Vorstellungen zu trennen. Nach drei Minuten sagte sie:

«Na ja, Sir, also, das könnte schon sein. Ich habe bloß noch nie daran gedacht. Mr. Kettering ist groß und dunkel und so ähnlich gebaut. Ich habe den Hut und den Mantel gesehen, deswegen habe ich gedacht, das muss ein Gentleman von draußen sein. Ja, es kann auch der gnädige Herr gewesen sein. Ich bin aber nicht sicher, weder so herum noch andersherum.»

«Vielen Dank, Mademoiselle. Ich brauche Sie wohl nicht länger. Ah, eine Sache noch.» Er zog das Zigarettenetui aus der Tasche, das er bereits Katherine gezeigt hatte. «Ist das das Etui von Madame?»

«Nein, Sir, gehört nicht der Gnädigen – das heißt...»

Plötzlich blickte sie erschrocken drein. Offenbar nahm eine Idee in ihrem Kopf Gestalt an.

«Ja?», sagte Poirot ermutigend.

«Ich denke mir, Sir – ich bin nicht sicher, aber ich meine – vielleicht hat sie das gekauft, um es dem gnädigen Herrn zu schenken.»

«Ah», sagte Poirot, ohne sich festzulegen.

«Aber ob sie es ihm wirklich gegeben hat, das weiß ich natürlich nicht.»

«Genau», sagte Poirot, «ganz genau. Ich glaube, das wäre alles, Mademoiselle. Ich wünsche Ihnen einen schönen Tag.»

Ada Mason zog sich unauffällig zurück, wobei sie die Tür geräuschlos hinter sich schloss.

Poirot sah Van Aldin mit einem schwachen Lächeln an. Der Millionär schien vom Donner gerührt.

«Sie meinen – Sie meinen, es war Derek?», fragte er. «Aber bisher deutet doch alles in eine andere Richtung. Man hat den Comte mit den Juwelen doch sozusagen in flagranti erwischt.»

«Nein.»

«Was? Sie haben mir doch erzählt...»

«Was habe ich Ihnen erzählt?»

«Diese Geschichte mit den Juwelen. Sie haben sie mir doch sogar gezeigt.»

«Nein.»

Van Aldin starrte ihn an.

«Wollen Sie behaupten, Sie hätten sie mir nicht gezeigt?»

«Ja.»

«Gestern – beim Tennis? Nicht gezeigt?»

«Nein.»

«Sind Sie verrückt, Poirot, oder ich?»

«Keiner von uns ist verrückt», sagte der Detektiv. «Sie stellen mir eine Frage, ich antworte. Sie fragen mich, ob ich Ihnen gestern nicht die Juwelen gezeigt habe. Ich antworte – nein. Was ich Ihnen gezeigt habe, Monsieur Van Aldin, war eine erstklassige Imitation. Allerdings eine Imitation, die selbst der Fachmann kaum von den echten unterscheiden kann.»

Vierundzwanzigstes Kapitel

Poirot erteilt Ratschläge

Zuerst blickte der Millionär Poirot verständnislos an. Es dauerte einige Zeit, bis er alles begriff. Der kleine Belgier nickte ihm freundlich zu.

«Ja», sagte er, «das verändert die Sachlage, nicht wahr?»

«Imitation!»

Der Millionär beugte sich vor.

«Hatten Sie von Anfang an diese Idee, Monsieur Poirot? Wollten Sie die ganze Zeit darauf hinaus? Haben Sie nie geglaubt, dass der Comte de la Roche der Mörder ist?»

«Ich hatte meine Zweifel», sagte Poirot ruhig. «Das habe ich Ihnen auch gesagt. Raubmord» – er schüttelte energisch den Kopf – «nein, das ist kaum vorstellbar. Es passt nicht zur Persönlichkeit des Comte de la Roche.»

«Aber Sie glauben, dass er die Rubine stehlen wollte?»

«Selbstverständlich. Daran gibt es keinen Zweifel. Hören Sie, ich werde Ihnen sagen, wie ich die Sache sehe. Der Comte wusste von den Rubinen und hat entsprechende Pläne gemacht. Er heckt diese romantische Geschichte aus, über ein Buch, an dem er schreibt, um Ihre Tochter zu veranlassen, den Schmuck mitzubringen. Und er verschafft sich eine genaue Kopie der Juwelen. Es ist doch ganz klar, nicht wahr, dass er sie austauschen wollte. Madame Tochter war keine Expertin für Juwelen. Sie hätte alles sicher erst viel später bemerkt, und dann – ich glaube nicht, dass sie den Comte verklagt hätte. Es wäre zu viel herausgekommen. Er hatte sicher etliche Briefe von ihr. O ja – vom Standpunkt des Comte aus war das ein ganz sicherer Plan – ein Gaunertrick, den er wahrscheinlich schon einmal versucht hat.»

«Ja, das klingt plausibel», sagte Van Aldin nachdenklich.

«Es passt zur Persönlichkeit des Comte de la Roche», sagte Poirot.

«Ja, aber…» Van Aldin blickte den anderen fragend an. «Was ist wirklich geschehen? Sagen Sie mir das, Monsieur Poirot.»

Poirot zuckte die Schultern.

«Ganz einfach», sagte er, «jemand ist dem Comte zuvorgekommen.»

Eine lange Pause trat ein.

Van Aldin schien gründlich zu überlegen. Als er weitersprach, kam er direkt zur Sache.

«Seit wann verdächtigen Sie meinen Schwiegersohn, Monsieur Poirot?»

«Von Anfang an. Er hatte Motiv und Gelegenheit. Alle sind davon ausgegangen, dass der Mann in Madames Abteil in Paris der Comte de la Roche war. Ich habe das auch angenommen. Dann haben Sie zufällig erwähnt, dass Sie den Comte einmal fast mit Ihrem Schwiegersohn verwechselt hatten. Dem entnahm ich, dass die beiden einander in Größe, Körperbau und Haarfarbe einigermaßen ähneln. Das hat mir ein paar seltsame Ideen eingeflößt. Die Zofe war erst seit kurzem bei Ihrer Tochter. Es war nicht wahrscheinlich, dass sie Mr. Kettering gut vom Sehen kennt, da er ja nicht in der Curzon Street wohnt; außerdem hatte der Mann sorgsam das Gesicht abgewandt.»

«Sie meinen, er – hat sie ermordet?», sagte Van Aldin heiser.

Poirot hob schnell die Hand.

«Nein, nein, das habe ich nicht gesagt – aber es ist eine Möglichkeit – eine sehr plausible Möglichkeit. Er saß in der Klemme, einer bösen Klemme, vom Ruin bedroht. Hier gab es einen Ausweg.»

«Aber warum sollte er die Juwelen mitnehmen?»

«Damit es so aussieht, als wäre es ein gewöhnliches Verbrechen von Bahnräubern. Sonst wäre der Verdacht sofort auf ihn gefallen.»

«Wenn das so ist, was hat er dann mit den Rubinen gemacht?»

«Das müssen wir noch herausfinden. Es gibt mehrere Möglichkeiten. In Nizza gibt es einen Mann, der uns vielleicht helfen kann, der, den ich Ihnen beim Tennis gezeigt habe.»

Er stand auf. Auch Van Aldin erhob sich und legte dem kleinen Mann die Hand auf die Schulter. Als er sprach, war seine Stimme sehr rau.

«Finden Sie Ruths Mörder für mich», sagte er, «mehr verlange ich nicht.»

Poirot richtete sich auf.

«Überlassen Sie alles Hercule Poirot», sagte er mit großer Geste. «Keine Angst, ich werde die Wahrheit finden.»

Er bürstete ein Stäubchen von seinem Hut, lächelte dem Millionär beruhigend zu und verließ das Zimmer. Als er aber die Treppe hinabging, schwand einiges von der Zuversicht aus seinen Zügen.

«Alles schön und gut», murmelte er vor sich hin, «aber es gibt Probleme. Ja, es gibt große Probleme.» Als er das Hotel verließ, blieb er plötzlich stehen. Vor der Hoteltür war ein Auto vorgefahren. Katherine Grey saß darin, und Derek Kettering stand daneben und redete ernsthaft auf sie ein. Ein paar Minuten später fuhr der Wagen ab, und Derek blieb auf dem Pflaster stehen und sah hinterher. Er machte eine sehr seltsame Miene. Plötzlich hob er in einer unwirschen Geste die Schultern, seufzte tief, drehte sich um und sah Hercule Poirot unmittelbar vor sich. Unwillkürlich zuckte er zusammen. Die beiden Männer schauten einander an, Poirot ruhig und sicher, Derek mit einer Art lässiger Herausforderung. Als er sprach, hob er kaum merklich die Brauen, und unter dem lockeren Spott seines Tonfalls lag einiges an Schärfe.

«Reizendes Mädchen, nicht?», fragte er leichthin.

Sein Benehmen war ganz ungezwungen.

«Ja», sagte Poirot nachdenklich. «Das beschreibt Mademoiselle Katherine sehr treffend. Sehr englisch, Ihr Satz, und Mademoiselle Katherine selbst ist auch sehr englisch.»

Derek blieb völlig regungslos stehen, ohne zu antworten.

«Und dabei ist sie *sympathique*, nicht wahr?»

«Ja», sagte Derek, «von der Art gibt es nicht viele.»

Er sagte das ganz leise, wie zu sich selbst. Poirot nickte bedeutungsvoll. Dann beugte er sich zu Derek vor und sagte in einem anderen, einem ruhigen, ernsten Ton, der für Derek Kettering neu war:

«Sie werden einem alten Mann verzeihen, Monsieur, wenn er Ihnen etwas sagt, was Sie für dreist halten könnten. Es gibt da eines Ihrer englischen Sprichworte, das ich Ihnen gern zitieren möchte. Es lautet: ‹Mach Schluss mit der alten Liebe, ehe du mit der neuen anfängst›.»

Kettering fuhr ihn wütend an.

«Was zum Teufel meinen Sie damit?»

«Sie sind ärgerlich über mich», sagte Poirot seelenruhig. «Ich habe es erwartet. Damit Sie verstehen, was ich meine – ich meine, Monsieur, dass da ein zweiter Wagen ist, mit einer Dame darin. Wenn Sie sich umdrehen, werden Sie sie sehen.»

Derek wandte sich hastig um. Sein Gesicht wurde finster vor Zorn.

«Mirelle, zum Teufel mit ihr!», murmelte er. «Ich werde gleich …»

Poirot hielt ihn zurück.

«Ist es klug, was Sie da tun wollen?», sagte er warnend. Ein grünlicher Schimmer leuchtete in seinen Augen. Aber Derek sah keine Warnsignale mehr. In seiner Wut war er vollkommen unbeherrscht.

«Ich bin absolut fertig mit ihr, und sie weiß es», rief er verärgert.

«Sie sind fertig mit ihr, ja, aber ist *sie* auch fertig mit Ihnen?»

Plötzlich lachte Derek heiser.

«Sie wird sich hüten, freiwillig zwei Millionen Pfund im Stich zu lassen», murmelte er grob, «da können Sie sich auf Mirelle verlassen.»

Poirot hob die Brauen.

«Sie sind ein Zyniker», murmelte er.

«Bin ich das?» In seinem jähen breiten Lächeln lag keinerlei Freude. «Ich bin lange genug auf der Welt, Monsieur Poirot, um zu wissen, dass die Frauen alle ziemlich gleich sind.» Sein Gesichtsausdruck wurde plötzlich weich. «Alle außer einer.»

Er trotzte Poirots Blick. Etwas wie Aufmerksamkeit trat in seine Augen und schwand wieder. «Die da», sagte er; mit dem Kopf wies er in die Richtung von Cap Martin, wo Katherines Wagen verschwunden war.

«Ah!», sagte Poirot.

Seine kalkulierte Ruhe provozierte das ungestüme Temperament des anderen.

«Ich weiß, was Sie sagen wollen», sagte Derek rasch, «die Sorte Leben, die ich geführt habe, die Tatsache, dass ich ihrer nicht wert bin. Sie werden sagen, ich hätte kein Recht, an so etwas auch nur zu denken. Sie werden sagen, dass Sie mich nicht schlechtreden können, weil ich schon schlecht bin. Ich weiß, es ist nicht anständig, so zu reden, wo meine Frau gerade erst ein paar Tage tot ist, und ermordet noch dazu.»

Er hielt inne, um Luft zu holen, und Poirot nutzte die Pause, um in fast beleidigtem Ton zu bemerken:

«Aber ich habe von alldem doch gar nichts gesagt.»

«Aber Sie werden es sagen.»

«Eh?», sagte Poirot.

«Sie werden sagen, dass ich nicht die geringste Chance habe, Katherine zu heiraten.»

«Nein», sagte Poirot, «das würde ich nicht sagen. Ihr Ruf ist schlecht, ja, aber bei Frauen – das schreckt sie doch niemals ab. Wenn Sie ein Mann mit vorzüglichem Charakter wären, mit strenger Moral, einer, der nichts getan hat, was er nicht hätte tun sollen, und – vielleicht sogar alles, was er tun sollte – *eh bien!*, dann hätte ich große Zweifel an Ihren Erfolgsaussichten. Moralischer Wert, wissen Sie, ist nicht romantisch. Witwen wissen ihn jedoch zu schätzen.»

Derek Kettering starrte ihn an, dann machte er auf dem Absatz kehrt und ging zum wartenden Wagen.

Poirot blickte interessiert hinter ihm her. Er sah, wie sich die liebliche Vision aus dem Wagen beugte und sprach.

Derek Kettering blieb nicht stehen. Er hob den Hut und ging vorbei.

«Ça y est», sagte Monsieur Hercule Poirot, «ich glaube, es ist an der Zeit, wieder *chez moi* zu gehen.»

Dort fand er einen unbeirrbaren George vor, der Hosen bügelte.

«Ein angenehmer Tag, Georges, ein wenig ermüdend, aber nicht uninteressant», sagte er.

George nahm diese Bemerkungen mit seiner üblichen hölzernen Miene entgegen.

«In der Tat, Sir.»

«Die Persönlichkeit eines Verbrechers, Georges, ist ein interessantes Thema. Viele Mörder sind Männer von großem persönlichem Charme.»

«Ich habe immer gehört, Sir, dass Dr. Crippen ein überaus einnehmender Gentleman war. Und trotzdem hat er seine Frau zu Ragout zerschnitten.»

«Ihre Beispiele sind immer sehr treffend, Georges.»

Der Diener antwortete nicht, und in diesem Moment läutete das Telefon. Poirot hob den Hörer ab.

«*'allo – 'allo* – ja, ja, hier spricht Hercule Poirot.»

«Hier Knighton. Bleiben Sie bitte einen Augenblick am Apparat, Monsieur Poirot. Mr. Van Aldin möchte Sie sprechen.»

Nach kurzer Pause war die Stimme des Millionärs zu hören.

«Sind Sie es, Monsieur Poirot? Ich wollte Ihnen nur sagen, dass Mason von sich aus eben zu mir gekommen ist. Sie hat noch mal darüber nachgedacht und sagt, sie ist jetzt beinahe sicher, dass der Mann in Paris Derek Kettering war. Irgendetwas ist ihr an ihm bekannt vorgekommen, sagt sie, aber zuerst wusste sie nicht, was es war. Sie scheint jetzt ziemlich sicher zu sein.»

«Ah», sagte Poirot, «danke, Monsieur Van Aldin. Das bringt uns weiter.»

Er legte den Hörer auf und blieb eine Weile mit einem sehr merkwürdigen Lächeln stehen. George musste ihn zweimal ansprechen, bevor er eine Antwort erhielt.

«Eh?», sagte Poirot. «Was haben Sie gesagt?»

«Essen Sie zu Hause, Sir, oder gehen Sie aus?»

«Weder noch», sagte Poirot. «Ich werde ins Bett gehen und eine *tisane* zu mir nehmen. Das Erwartete ist eingetreten, und wenn das Erwartete geschieht, regt es mich immer ein bisschen auf.»

Fünfundzwanzigstes Kapitel

Trotz

Als Derek Kettering am Wagen vorüberging, beugte Mirelle sich hinaus.

«Derek – ich muss dich einen Moment sprechen …»

Aber Derek hob den Hut und ging vorbei.

In seinem Hotel riss sich der Concierge aus seinem hölzernen Pferch los und trat ihm in den Weg.

«Ein Herr wartet auf Sie, Monsieur.»

«Wer ist es?», fragte Derek.

«Er hat keinen Namen genannt, Monsieur, aber er sagt, sein Anliegen sei wichtig, deshalb würde er warten.»

«Wo ist er?»

«Im kleinen Salon, Monsieur. Er sagt, man könnte dort ungestörter reden als in der Lounge.»

Derek nickte und begab sich dorthin.

Der kleine Salon war leer bis auf den Besucher, der sich bei Dereks Eintreten erhob und mit müheloser Anmut verbeugte. Derek war dem Comte de la Roche zwar erst ein einziges Mal begegnet, hatte jedoch keine Schwierigkeiten, diesen aristokratischen Gentleman zu erkennen, und runzelte verärgert die Stirn. Der Gipfel der Dreistigkeit!, sagte er sich.

«Der Comte de la Roche, nicht wahr?», sagte er. «Ich fürchte, es war Zeitvergeudung von Ihnen herzukommen.»

«Ich hoffe nicht», sagte der Comte freundlich. Seine weißen Zähne blitzten.

Charme und Manieren des Comte hatten gewöhnlich keinerlei Wirkung bei seinen Geschlechtsgenossen. Männer konnten ihn ausnahmslos nicht leiden, und zwar aus vollem Herzen nicht. In Derek Kettering erwachte bereits der deutliche Wunsch, den Grafen mit einem Fußtritt an die Luft zu befördern. Nur der Gedanke, dass ein Skandal gegenwärtig das Letzte war, was er brauchen konnte, hielt ihn zurück. Wieder staunte er darüber, dass Ruth sich offenbar in diesen Mann verliebt hatte. Ein Hochstapler, und mehr als das. Mit Abscheu betrachtete er die feinstens manikürten Hände des Grafen.

«Ich wollte Sie», sagte der Comte, «in einer kleinen geschäftlichen Angelegenheit sprechen. Ich glaube, es wäre ratsam für Sie, mich anzuhören.»

Wieder fühlte Derek sich versucht, ihn hinauszuwerfen, aber er beherrschte sich. Die Andeutung einer Drohung hatte er durchaus registriert, legte sie jedoch eigenwillig aus. Es gab mehrere Gründe, warum es besser wäre, sich anzuhören, was der Comte zu sagen hatte.

Er setzte sich und trommelte ungeduldig mit den Fingerspitzen auf dem Tisch.

«Also», sagte er scharf, «worum geht es?»

Es war nicht die Art des Comte, den direkten Weg zu wählen.

«Erlauben Sie mir zunächst, Monsieur, Ihnen mein Beileid zu Ihrem jüngst erlittenen Verlust auszusprechen.»

«Wenn Sie frech werden», erwiderte Derek ruhig, «werfe ich Sie aus dem Fenster da.»

Mit dem Kopf wies er zum Fenster neben dem Comte, dieser bewegte sich unbehaglich.

«Ich werde Ihnen gern meine Sekundanten schicken, Monsieur, wenn es das ist, was Sie wollen», sagte er hochmütig.

Derek lachte.

«Ein Duell, was? Mein lieber Graf, dazu nehme ich Sie nicht

ernst genug. Es würde mir aber einiges Vergnügen bereiten Sie mit Fußtritten die *Promenade des Anglais* hinabzujagen.»

Dem Comte lag es fern, sich beleidigt zu fühlen. Er hob lediglich die Brauen und murmelte:

«Barbaren, diese Engländer.»

«Also», sagte Derek, «was haben Sie mir zu sagen?»

«Ich will ganz offen sein», sagte der Comte, «und sofort zur Sache kommen. Das wäre uns doch beiden recht, nicht wahr?»

Wieder lächelte er auf seine angenehme Art.

«Weiter», sagte Derek schroff.

Der Comte blickte zur Decke, legte die Fingerspitzen aneinander und murmelte sanft:

«Sie sind zu einer Menge Geld gelangt, Monsieur.»

«Was zum Teufel geht das Sie an?»

Der Comte richtete sich auf.

«Monsieur, mein Name ist besudelt worden! Man verdächtigt – bezichtigt – mich eines scheußlichen Verbrechens.»

«Ich habe mit dieser Beschuldigung nichts zu tun», sagte Derek kalt, «als Befangener habe ich keine Meinung geäußert.»

«Ich bin unschuldig», sagte der Comte. «Ich schwöre beim Himmel» – er hob eine Hand – «dass ich unschuldig bin.»

«Der zuständige *Juge d'Instruction* für diesen Fall ist, soviel ich weiß, Monsieur Carrège», sagte Derek höflich.

Der Comte reagierte nicht darauf.

«Nicht nur werde ich zu Unrecht eines Verbrechens beschuldigt, das ich nicht begangen habe, sondern ich brauche auch dringend Geld.»

Er hustete sanft und bedeutsam.

Derek stand auf.

«Darauf habe ich gewartet», sagte er leise, «Sie elender Erpresser! Keinen Penny bekommen Sie von mir. Meine Frau ist tot, und kein Skandal, den Sie jetzt inszenieren, wird sie noch treffen. Sie hat Ihnen törichte Briefe geschrieben, nehme ich an. Wenn ich sie Ihnen in diesem Moment für eine runde Summe abkaufte, würden Sie, da bin ich sicher, zufällig einen oder zwei behalten. Und ich sage Ihnen eines, Monsieur de la Roche, Erpressung ist ein hässliches Wort in England wie in Frankreich. Das ist meine Antwort. Guten Tag.»

«Einen Moment». Der Comte streckte eine Hand aus, als Derek sich umdrehte, um den Raum zu verlassen. «Sie irren sich, Monsieur. Ich bin ein Gentleman.» Derek lachte.

«Briefe, die eine Dame an mich richtet, sind mir heilig.» Er hob den Kopf in einer hübschen Gebärde des Edelmuts. «Das Geschäft, das ich Ihnen vorschlagen will, ist ganz anderer Natur. Ich bin, wie ich sagte, in Geldnot, und mein Gewissen könnte mich dazu veranlassen, mit gewissen Informationen zur Polizei zu gehen.»

Derek kam langsam zurück in den Salon.

«Was wollen Sie damit sagen?»

Das angenehme Lächeln des Comte blitzte wieder auf.

«Ich muss doch sicher nicht ins Detail gehen», säuselte er. «Sieh nach, wem das Verbrechen nützt, sagt man doch, oder? Wie eben bereits bemerkt sind Sie kürzlich zu recht viel Geld gekommen.»

Derek lachte.

«Wenn das alles ist …», sagte er verächtlich.

Aber der Comte schüttelte den Kopf.

«Das ist nicht alles, *cher Monsieur*. Ich käme nicht zu Ihnen, wenn ich nicht viel genauere und eingehendere Informationen hätte. Es ist nicht angenehm, Monsieur, wegen Mordes verhaftet und verurteilt zu werden.»

Derek trat ganz nah an ihn heran. Sein Gesicht drückte eine derart maßlose Wut aus, dass der Comte unwillkürlich einen oder zwei Schritte zurückwich.

«Wollen Sie *mir* drohen?», fragte der junge Mann wütend.

«Sie würden nie wieder etwas von der Angelegenheit hören», versicherte der Comte.

«Ich habe schon viele unverschämte Bluffs erlebt, aber …»

Der Comte hob eine weiße Hand.

«Sie irren sich. Das ist kein Bluff. Um Sie zu überzeugen, will ich Ihnen Folgendes sagen. Meine Information stammt von einer gewissen Dame. Sie ist diejenige, die den unwiderleglichen Beweis dafür hat, dass Sie den Mord begangen haben.»

«Sie? Wer?»

«Mademoiselle Mirelle.»

Derek fuhr zurück, als habe man ihn geschlagen.

«Mirelle», murmelte er.

Der Comte beeilte sich, das zu nutzen, was er für seinen Vorteil hielt.

«Eine Bagatelle von hunderttausend Francs», sagte er. «Mehr verlange ich nicht.»

«Eh?», sagte Derek geistesabwesend.

«Ich sagte, Monsieur, dass eine Bagatelle von hunderttausend Francs mein – Gewissen beschwichtigen würde.»

Derek schien sich wieder zu sammeln. Ernst sah er den Comte an.

«Sie erwarten sofortige Antwort?»

«Bitte sehr, Monsieur.»

«Hier ist sie. Scheren Sie sich zum Teufel. Klar?»

Er ließ den Comte, der zu verblüfft war, um etwas zu sagen, stehen, drehte sich auf dem Absatz herum und ging aus dem Salon.

Vor dem Hotel winkte er einem Taxi und fuhr zu Mirelles Hotel. Als er sich erkundigte, sagte man ihm, die Tänzerin sei vor wenigen Minuten zurückgekehrt. Er gab dem Concierge seine Karte.

«Bringen Sie das Mademoiselle und fragen Sie sie, ob sie mich empfangen könnte.»

Nach kurzer Zeit wurde Derek gebeten, einem Pagen zu folgen.

Als er über die Schwelle zur Suite der Tänzerin trat, füllte eine Woge exotischer Düfte Dereks Nase. Der Raum war überfüllt von Nelken, Orchideen und Mimosen. Mirelle stand in einem *peignoir* aus schäumenden Spitzen am Fenster.

Sie kam ihm mit ausgestreckten Händen entgegen.

«Derek – du bist gekommen. Ich wusste, dass du zu mir kommen würdest!»

Er entwand sich ihren Armen und blickte sie finster an.

«Warum hast du den Comte de la Roche zu mir geschickt?»

Sie betrachtete ihn mit einer Verblüffung, die er für echt hielt.

«Ich? Ich soll den Comte de la Roche zu dir geschickt haben? Aber wozu?»

«Offenbar – zu einer Erpressung», sagte Derek grimmig.

Wieder starrte sie ihn an. Dann lächelte sie plötzlich und nickte.

«Natürlich. Das war zu erwarten. *Ce type-là*, das sieht ihm ähnlich. Ich hätte es wissen müssen. Nein, Derek, ich habe ihn wirklich nicht zu dir geschickt.»

Er sah sie durchdringend an, als wolle er ihre Gedanken lesen.

«Ich will es dir erzählen», sagte Mirelle. «Ich schäme mich, aber ich erzähle es dir. Neulich, weißt du, war ich wahnsinnig vor Wut, ganz rasend», sie machte eine beredte Geste. «Mein Temperament ... Ich bin ja nicht geduldig. Ich wollte mich an dir rächen, und deshalb bin ich zum Comte de la Roche gegangen und habe ihm gesagt, er soll zur Polizei gehen und die Aussage machen. Aber keine Angst, Derek, ganz habe ich den Kopf nicht verloren. Der Beweis ist in meinen Händen. Ohne mein Wort kann die Polizei nichts tun, verstehst du? Und jetzt – jetzt?»

Sie drängte sich an ihn, blickte ihn mit schmelzenden Augen an.

Er stieß sie grob von sich. Sie stand da, ihre Brust hob und senkte sich, die Augen verengten sich zu katzenhaften Schlitzen.

«Nimm dich in Acht, Derek, nimm dich in Acht! Du bist doch zu mir zurückgekommen, oder nicht?»

«Ich werde nie zu dir zurückkehren», sagte Derek ruhig.

«Ah!»

Mehr denn je glich die Tänzerin jetzt einer Katze. Ihre Lider zuckten.

«Du hast eine andere Frau? Die, mit der du neulich gegessen hast. Eh! Hab ich Recht?»

«Ich werde diese Dame bitten, meine Frau zu werden. Das kannst du ruhig erfahren.»

«Diese gezierte Engländerin? Meinst du, das würde ich zulassen! Niemals!» Ihr schöner, geschmeidiger Körper zitterte. «Hör zu, Derek, erinnerst du dich an unser Gespräch in London? Du hast gesagt, das Einzige, was dich retten könnte, wäre der Tod deiner Frau. Du hast bedauert, dass sie so gesund ist. Dann kam dir die Idee mit dem Unfall. Und mehr als nur ein Unfall.»

«Ich nehme an», sagte Derek verächtlich, «dieses Gespräch hast du dem Comte de la Roche gegenüber wiederholt.»

Mirelle lachte.

«Für wie dumm hältst du mich? Könnte die Polizei mit einer so vagen Geschichte etwas anfangen? Hör zu – ich gebe dir eine letzte Chance. Du wirst diese Engländerin aufgeben. Du kommst zu mir zurück. Und dann, *chéri*, wird niemals – niemals jemand erfahren, dass ich …»

«Dass du was?»

Sie lachte leise. «Du meinst, niemand hätte dich gesehen …»

«Was soll das heißen?»

«Wie gesagt, du meinst, niemand hätte dich gesehen – *aber ich habe dich gesehen,* Derek, *mon ami; ich habe gesehen, wie du aus dem Abteil deiner Madame gekommen bist, in dieser Nacht, kurz bevor der Zug Lyon erreicht hat.* Und ich weiß noch mehr. Ich weiß, dass deine Frau tot war, als du aus dem Abteil gekommen bist.»

Er starrte sie an. Dann, wie ein Schlafwandler, drehte er sich sehr langsam um, ging aus dem Zimmer, und dabei taumelte er ganz leicht.

Sechsundzwanzigstes Kapitel

Eine Warnung

«Also, es bleibt dabei», sagte Poirot, «dass wir gute Freunde sind und keine Geheimnisse voreinander haben.»

Katherine wandte den Kopf, um Poirot anzusehen. Etwas lag in seiner Stimme, ein Unterton von Ernst, den sie bisher nicht gehört hatte.

Sie saßen in den Parkanlagen von Monte Carlo. Katherine war mit ihren Freunden hergekommen, und gleich bei der Ankunft waren sie Knighton und Poirot begegnet. Lady Tamplin hatte sich Knightons bemächtigt und überwältigte ihn mit Erinnerungen, die Katherine für größtenteils erfunden hielt. Sie waren losgezogen, Lady Tamplin mit der Hand auf dem Arm des jungen Mannes. Knighton hatte ihnen ein paar Blicke über die Schulter zugeworfen, und als er sie sah, zwinkerten Poirots Augen ein wenig.

«Natürlich sind wir Freunde», sagte Katherine.

«Wir hatten von Beginn an ein gegenseitiges Einverständnis», sann Poirot.

«Seit Sie mir sagten, dass sich auch im wirklichen Leben ein *roman policier* ereignen kann?»

«Und hatte ich etwa nicht Recht?» Er forderte sie mit emphatisch erhobenem Zeigefinger heraus. «Wir befinden uns doch mitten in einem. Für mich ist das ganz natürlich – es ist mein *métier* –, aber für Sie ist das anders. Ja», setzte er in nachdenklichem Ton hinzu, «für Sie ist das etwas anderes.»

Sie sah ihn scharf an. Es war, als wolle er sie warnen, warnen vor einer Bedrohung, die sie noch nicht gesehen hatte.

«Warum sagen Sie, dass ich mitten darin bin? Ich hatte zwar dieses Gespräch mit Mrs. Kettering, kurz bevor sie gestorben ist, aber jetzt – jetzt ist das alles vorbei. Ich habe mit dem Fall nichts mehr zu tun.»

«Ah, Mademoiselle, Mademoiselle, können wir je sagen: ‹Ich habe mit diesem oder jenem nichts mehr zu tun›?»

Trotzig wandte Katherine sich um und sah ihn an.

«Worum geht es?», fragte sie. «Sie wollen mir doch etwas sagen – oder eher andeuten. Ich bin aber nicht sehr gut darin, verschlüsselte Anspielungen zu deuten. Mir wäre lieber, Sie würden das, was Sie zu sagen haben, geradeheraus sagen.»

Poirot sah sie bekümmert an. *«Ah, mais c'est anglais ça»,* murmelte er, «alles schwarz oder weiß, alles klar umrissen und sauber definiert. Aber so ist das Leben nicht, Mademoiselle. Es gibt Dinge, die noch nicht da sind, aber ihre Schatten vorauswerfen.»

Er tupfte sich die Stirn mit einem riesigen seidenen Taschentuch und murmelte:

«Aber ich glaube fast, ich werde poetisch. Lassen Sie uns, wie Sie sagen, nur von Tatsachen sprechen. Und, *à propos* Tatsachen, sagen Sie mir, was Sie von Major Knighton halten.»

«Er gefällt mir sehr gut», sagte Katherine warm, «er ist ganz reizend.»

Poirot seufzte.

«Was haben Sie?», fragte Katherine.

«Ihre Antwort klang so herzlich», sagte Poirot. «Wenn Sie ganz gleichmütig geantwortet hätten, ‹Ach, ganz nett›, *eh bien,* wissen Sie, das hätte mir besser gefallen.»

Katherine antwortete nicht. Sie fühlte sich ein wenig unbehaglich. Poirot fuhr verträumt fort:

«Und doch, wer weiß. *Les femmes,* ah, sie haben so viele Methoden, ihre Gefühle zu verbergen – Herzlichkeit ist vielleicht so gut wie jede andere.»

Er seufzte.

«Ich verstehe nicht ...», begann Katherine.

Er unterbrach sie.

«Sie verstehen nicht, warum ich so zudringlich bin, Mademoiselle? Ich bin ein alter Mann, und hie und da – nicht sehr oft – begegnet mir jemand, dessen Wohlergehen mir am Herzen liegt. Wir sind Freunde, Sie haben es selbst gesagt. Und – ich möchte Sie einfach gern glücklich sehen.»

Katherine schaute starr vor sich hin. Sie hatte einen Cretonne-Schirm in der Hand, und mit dessen Spitze zeichnete sie kleine Figuren in den Kies vor ihren Füßen.

«Ich habe Ihnen eine Frage über Major Knighton gestellt, jetzt stelle ich Ihnen noch eine. Gefällt Ihnen Mr. Derek Kettering?»

«Ich kenne ihn ja kaum», sagte Katherine.

«Das ist keine Antwort.»

«Ich glaube doch.»

Er sah sie an, vom Ton ihrer Stimme eigenartig berührt. Dann nickte er ernst und langsam.

«Vielleicht haben Sie Recht, Mademoiselle. Sehen Sie, ich, der ich mit Ihnen rede, habe viel von der Welt gesehen, und ich weiß, es gibt immer zwei Wahrheiten. Ein guter Mann kann durch die Liebe zu einer schlechten Frau ruiniert werden – aber auch das Gegenteil gilt. Ein schlechter Mann kann ebenso durch die Liebe zu einer guten Frau ruiniert werden.»

Katherine blickte scharf auf.

«Wenn Sie ruinieren sagen ...»

«Ich meine, von seinem Standpunkt aus. Bei Verbrechen, wie bei allem anderen, muss man mit ganzem Herzen bei der Sache sein.»

«Sie wollen mich warnen», sagte Katherine leise. «Vor wem?»

«Ich kann nicht in Ihr Herz sehen, Mademoiselle; und wenn

ich könnte, würden Sie mich, glaube ich, nicht lassen. Ich will nur so viel sagen: Es gibt Männer, die eine seltsame Faszination auf Frauen ausüben.»

«Der Comte de la Roche», sagte Katherine mit einem Lächeln.

«Es gibt andere – gefährlicher als der Comte de la Roche. Sie haben attraktive Eigenschaften – Kühnheit, Rücksichtslosigkeit, Wagemut. Sie sind fasziniert, Mademoiselle, das sehe ich, aber ich glaube, es ist nicht mehr als das. Dieser Mann, von dem ich rede – was er empfindet, ist durchaus echt, aber trotzdem …»

«Ja?»

Er stand auf und sah zu ihr nieder. Dann sagte er leise, aber sehr deutlich:

«Sie könnten vielleicht einen Dieb lieben, Mademoiselle, *aber keinen Mörder.*»

Damit wandte er sich rasch ab und ließ sie dort sitzen.

Er hörte ihren leichten Seufzer, schenkte dem aber keine Aufmerksamkeit. Er hatte gesagt, was er hatte sagen wollen. Nun ließ er sie diesen letzten, unmissverständlichen Satz verdauen.

Derek Kettering, der aus dem Casino in die Sonne trat, sah sie allein auf der Bank sitzen und gesellte sich zu ihr.

«Ich habe gespielt», sagte er, mit einem leichten Lachen. «Erfolglos natürlich. Ich habe alles verloren – ich meine natürlich alles, was ich bei mir hatte.»

Mit besorgtem Gesicht sah Katherine ihn an. Sogleich spürte sie etwas Neues an ihm, eine verborgene Erregung, die sich durch hundert winzige Zeichen verriet.

«Ich nehme an, Sie waren immer schon ein Spieler. Das Spiel an sich lockt Sie.»

«Jeden Tag und auf jede Art ein Spieler? Sie mögen Recht haben. Finden *Sie* denn nichts Aufreizendes daran? Alles auf eine Karte setzen – es gibt nichts Vergleichbares.»

Sie hatte sich immer für ruhig und besonnen gehalten, aber nun empfand Katherine etwas wie ein Erschauern – eine Art Bestätigung.

«Ich möchte mit Ihnen sprechen», fuhr Derek fort, «und wer weiß, wann sich mir wieder eine Gelegenheit dazu bietet? Es wird gemunkelt, ich hätte meine Frau ermordet – nein, bitte unterbrechen Sie mich nicht. Es ist natürlich Unsinn.» Er hielt einen Augenblick inne und fuhr dann in entschiedenerem Ton fort. «Beim Umgang mit der Polizei und den hiesigen Behörden musste ich natürlich eine gewisse – na ja – Anständigkeit an den Tag legen. Ihnen aber möchte ich nichts vormachen. Ich wollte Geld heiraten. Ich war auf der Suche nach Geld, als ich Ruth Van Aldin das erste Mal gesehen habe. Sie hatte etwas von einer schlanken Madonna an sich, und ich – na ja –, ich habe alle möglichen guten Vorsätze gehabt und wurde bitter enttäuscht. Meine Frau hat einen anderen geliebt, als sie mich heiratete. Sie hat sich nie das Geringste aus mir gemacht. Ich will mich nicht beklagen, es war ein absolut reelles Geschäft. Sie wollte Leconbury und ich wollte Geld. Der ganze Ärger kam einfach aus Ruths amerikanischer Herkunft. Ich war ihr völlig gleichgültig, und trotzdem wollte sie, dass ich pausenlos um sie herumscharwenzelte. Immer wieder hat sie mir mehr oder weniger deutlich gesagt, dass sie mich gekauft hat und dass ich ihr gehöre. Die Folge war, dass ich mich ihr gegenüber scheußlich benommen habe. Mein Schwiegervater wird Ihnen das sagen, und er hat ganz Recht. Zur Zeit von Ruths Tod stand ich vor der absoluten Katastrophe.» Er lachte plötzlich auf. «Man *steht* eben vor der absoluten Katastrophe, wenn man es mit einem Mann wie Rufus Van Aldin zu tun hat.»

«Und dann?», fragte Katherine leise.

«Und dann» – Derek zuckte die Schultern – «wurde Ruth ermordet. In einem sehr günstigen Moment.»

Er lachte, und der Klang seines Lachens tat Katherine weh. Sie verzog das Gesicht.

«Ja», sagte Derek, «das war ziemlich geschmacklos. Aber es ist wahr. Jetzt will ich Ihnen noch etwas sagen. Von dem Augenblick an, da ich Sie zum ersten Mal gesehen habe, wusste ich, dass Sie die einzige Frau auf der Welt für mich sind. Ich hatte – Angst vor Ihnen. Ich fürchtete, Sie würden mir Unglück bringen.»

«Unglück?», sagte Katherine scharf.

Er starrte sie an. «Warum wiederholen Sie das so? Was geht Ihnen durch den Kopf?»

«Ich dachte an etwas, das man mir erzählt hat.»

Derek grinste plötzlich. «Man wird Ihnen einiges über mich erzählen, und das meiste davon wird stimmen. Ja, auch schlimmere Dinge – Dinge, die ich Ihnen nie erzählen werde. Ich bin immer ein Spieler gewesen – und ich habe einiges riskiert. Ich will nicht bei Ihnen beichten, weder jetzt noch irgendwann später. Die Vergangenheit ist vorbei. Aber es gibt eines, von dem ich wünschte, Sie könnten es mir glauben. Ich schwöre Ihnen feierlich, dass ich meine Frau nicht umgebracht habe.»

Die Worte klangen durchaus ernst, und doch lag etwas Theatralisches in ihnen. Er sah ihren bekümmerten Blick und fuhr fort:

«Ich weiß. Neulich habe ich gelogen. Es *war* das Abteil meiner Frau, in das ich gegangen bin.»

«Ah», sagte Katherine.

«Es ist schwer zu erklären, warum ich hineingegangen bin, aber ich will es versuchen. Ich habe einem Impuls gehorcht. Wissen Sie, ich habe meiner Frau mehr oder minder nachspioniert. Im Zug habe ich mich außer Sichtweite gehalten. Mirelle hatte mir erzählt, dass sie in Paris den Comte de la Roche treffen würde. Also, soweit ich gesehen hatte, war das nicht der Fall. Ich habe mich geschämt und dachte plötzlich, es wäre gut, all das ein für alle Mal mit ihr zu klären, also habe ich die Tür aufgemacht und bin hineingegangen.»

Er machte eine Pause.

«Ja», sagte Katherine sanft.

«Ruth hat in dieser Koje gelegen und geschlafen – ihr Gesicht war von mir weggedreht – ich konnte nur ihren Hinterkopf sehen. Natürlich hätte ich sie wecken können. Aber plötzlich wurde mir ganz anders. Was hätte es denn da noch zu sagen gegeben, was wir uns nicht schon hundertmal gesagt hatten? Sie sah so friedlich aus, wie sie da lag. Ich habe das Abteil so leise verlassen, wie ich gekommen war.»

«Warum sagen Sie der Polizei nicht die Wahrheit?», fragte Katherine.

«Weil ich nicht komplett verrückt bin. Von Anfang an war mir klar, dass ich, was das Motiv angeht, der ideale Mörder bin. Wenn ich erst einmal zugebe, dass ich kurz vor dem Mord in ihrem Abteil war, lege ich mir doch selbst die Schlinge um den Hals.»

«Ich verstehe.»

Verstand sie wirklich? Sie wusste es selbst nicht. Sie spürte die magnetische Anziehung von Dereks Persönlichkeit, aber etwas in ihrem Inneren leistete Widerstand, hielt sie zurück…

«Katherine…»

«Ich…»

«Sie wissen, dass mir viel an Ihnen liegt. Machen – machen Sie sich auch etwas aus mir?»

«Ich – ich weiß es nicht.»

Sie spürte die Schwäche. Entweder wusste sie, oder sie wusste nicht. Wenn – wenn doch nur…

Sie sah sich verzweifelt, wie Hilfe suchend um. Eine zarte Röte stieg in ihre Wangen, als sie einen großen, schlanken Mann leicht hinkend auf sie zukommen sah – Major Knighton.

Erleichterung und unerwartete Wärme lagen in ihrer Stimme, als sie ihn begrüßte.

Derek erhob sich mit einer Grimasse, das Gesicht finster wie eine Gewitterwolke.

«Hat Lady Tamplin kein Glück?», sagte er locker. «Ich muss ihr wohl Gesellschaft leisten und sie von meinem Roulettesystem profitieren lassen.»

Er machte auf dem Absatz kehrt und ließ die beiden allein. Katherine setzte sich wieder hin. Ihr Herz schlug schnell und ungleichmäßig, aber als sie dasaß und mit dem ruhigen, beinahe scheuen Mann neben ihr zu plaudern begann, kehrte ihre Selbstbeherrschung zurück.

Dann begriff sie plötzlich, dass auch Knighton ihr sein Inneres offenbaren wollte, ganz wie Derek, wenn auch in anderer Weise.

Er war schüchtern und stotterte. Die Wörter kamen zögernd, auf keinerlei Beredsamkeit gestützt.

«Vom ersten Augenblick, da ich Sie sah – ich – ich sollte eigentlich nicht so bald davon sprechen – aber Mr. Van Aldin kann jeden Tag abreisen, und vielleicht finde ich keine andere Gelegenheit mehr. Ich weiß, dass Sie nach so kurzer Zeit für mich noch nichts empfinden können – das ist unmöglich. Es ist sowieso anmaßend von mir. Ich habe ein wenig Vermögen – nicht viel –, nein, bitte antworten Sie jetzt nicht. Ich weiß, wie Ihre Antwort ausfallen muss. Aber für den Fall, dass ich plötzlich abreisen muss, wollte ich, dass Sie wissen – dass mir an Ihnen liegt.»

Sie war erschüttert – gerührt. Er war so sanft und anziehend.

«Da ist noch etwas. Ich wollte nur sagen, dass – wenn Sie jemals Hilfe brauchen – was immer ich für Sie tun kann …»

Er nahm ihre Hand in die seine und hielt sie eine Minute lang fest. Dann ließ er sie los und ging schnell zurück zum Casino, ohne sich umzusehen.

Katherine blieb regungslos sitzen. Derek Kettering – Richard Knighton – zwei so verschiedene Männer – so grundverschieden. Knighton hatte etwas Gütiges, er war anständig und vertrauenswürdig, Derek hingegen …

Dann hatte Katherine plötzlich eine ganz seltsame Empfindung. Sie hatte das Gefühl, nicht mehr allein auf der Bank im Garten des Casinos zu sein, sondern dass jemand neben ihr stehe, und dieser Jemand sei die Tote, Ruth Kettering. Sie hatte außerdem das Gefühl, dass Ruth ihr – ganz dringend – etwas mitteilen wollte. Der Eindruck war so seltsam, so lebhaft, dass er sich nicht abschütteln ließ. Sie war absolut sicher, dass Ruth Ketterings Geist versuchte, ihr etwas mitzuteilen, was für sie von lebenswichtiger Bedeutung war. Der Eindruck verblasste. Katherine stand auf; sie zitterte ein wenig. Was hatte Ruth Kettering ihr so dringend sagen wollen?

Siebenundzwanzigstes Kapitel

Gespräch mit Mirelle

Als Knighton Katherine verließ, begab er sich auf die Suche nach Hercule Poirot. Er fand ihn am Roulettetisch, wo er eben behutsam den Minimaleinsatz auf die geraden Zahlen setzte. Als Knighton zu ihm trat, blieb die Kugel bei 33 liegen, und Poirots Einsatz wurde weggeharkt.

«Pech!», sagte Knighton, «spielen Sie weiter?»

Poirot schüttelte den Kopf.

«Im Moment nicht.»

«Spüren Sie die Faszination des Spielens?», fragte Knighton neugierig.

«Nicht beim Roulette.»

Knighton warf ihm einen schnellen Blick zu. Sein Gesicht trübte sich. Er sprach stockend, beinahe ehrerbietig.

«Sind Sie gerade sehr beschäftigt, Monsieur Poirot? Ich möchte Sie etwas fragen.»

«Ich stehe zu Ihrer Verfügung. Wollen wir hinausgehen? In der Sonne ist es angenehm.»

Sie schlenderten hinaus, und Knighton holte tief Luft.

«Ich liebe die Riviera», sagte er. «Das erste Mal war ich vor zwölf Jahren hier, im Krieg, als ich in Lady Tamplins Lazarett geschickt wurde. Nach dem Schützengraben in Flandern kam es einem vor wie das Paradies.»

«Das kann ich mir vorstellen», sagte Poirot.

«Wie weit entfernt der Krieg heute scheint!», sann Knighton.

Ein paar Minuten gingen sie schweigend nebeneinanderher.

«Haben Sie etwas auf dem Herzen?», fragte Poirot.

Knighton blickte ihn überrascht an.

«Sie haben ganz Recht», gestand er. «Ich weiß allerdings nicht, woher Sie das wissen.»

«Es war ganz deutlich zu sehen», sagte Poirot trocken.

«Ich wusste nicht, dass ich so leicht zu durchschauen bin.»

«Es gehört zu meinem Geschäft, die Physiognomie zu beobachten», erklärte der kleine Mann würdevoll.

«Ich will es Ihnen sagen, Monsieur Poirot. Haben Sie von dieser Tänzerin gehört – Mirelle?»

«La chère amie von Monsieur Kettering?»

«Ja, die meine ich. Und da Sie die Geschichte kennen, werden Sie verstehen, dass Mr. Van Aldin natürlich Vorbehalte ihr gegenüber hat. Sie hat ihm geschrieben und um ein Gespräch gebeten. Er hat mich angewiesen, ihr eine knappe Ablehnung zu schicken, und das habe ich auch getan. Heute Morgen kam sie ins Hotel und hat ihre Karte hochschicken lassen; sie hat mitgeteilt, es sei wichtig und ganz dringend, Mr. Van Aldin sofort zu sprechen.»

«Interessant», sagte Poirot.

«Mr. Van Aldin war wütend. Er hat mir befohlen, sie abzuweisen. Ich habe mir erlaubt, ihm zu widersprechen. Es schien mir sowohl möglich als auch wahrscheinlich, dass diese Mirelle wertvolle Informationen für uns hat. Wir wissen ja, dass sie im *Blauen Express* war, und sie kann ja etwas gesehen oder gehört haben, das zu wissen für uns wichtig sein könnte. Sind Sie nicht auch meiner Meinung, Monsieur Poirot?»

«Durchaus», sagte Poirot trocken. «Monsieur Van Aldin hat sich, wenn ich das so sagen darf, äußerst töricht benommen.»

«Ich freue mich, dass Sie die Sache so sehen», sagte der Sekretär. «Nun will ich Ihnen etwas erzählen, Monsieur Poirot. So fest war ich davon überzeugt, dass Van Aldins Haltung falsch war, dass ich gegen seine Weisung hinuntergegangen bin und mit der Dame gesprochen habe.»

«Eh bien?»

«Das Problem war, dass sie darauf bestanden hat, Mr. Van Aldin persönlich zu sprechen. Ich habe seine Mitteilung so weit abgemildert, wie ich nur konnte. In Wahrheit – um ganz offen zu sein – habe ich sie in eine andere Form gekleidet. Ich habe ihr gesagt, dass Mr. Van Aldin augenblicklich zu beschäftigt sei, um sie zu empfangen, dass sie aber alles, was sie ihm mitzuteilen hat, mir anvertrauen soll. Dazu ließ sie sich jedoch nicht bewegen, und sie ist gegangen, ohne etwas zu sagen. Ich habe aber den deutlichen Eindruck, Monsieur Poirot, dass diese Frau etwas weiß.»

«Eine ernste Angelegenheit», sagte Poirot ruhig. «Wissen Sie, wo sie wohnt?»

«Ja.» Knighton nannte den Namen des Hotels.

«Gut», sagte Poirot, «wir gehen sofort hin.»

Der Sekretär sah zweifelnd drein.

«Und Mr. Van Aldin?», fragte er zögernd.

«Van Aldin ist ein Dickschädel», sagte Poirot trocken. «Ich streite nicht mit Dickschädeln. Ich handle einfach. Ich sage ihr, dass Sie von Van Aldin bevollmächtigt sind, für ihn zu handeln, und Sie hüten sich bitte, mir zu widersprechen.»

Knighton blickte noch immer zweifelnd, aber Poirot nahm keine Notiz von seinem Zögern.

Im Hotel sagte man ihnen, Mademoiselle sei anwesend, und Poirot ließ seine und Knightons Karte zu ihr bringen; auf beide schrieb er mit Bleistift «Von Mr. Van Aldin».

Von oben kam die Mitteilung, Mademoiselle Mirelle werde sie empfangen.

Als sie in die Räume der Tänzerin geführt worden waren, übernahm Poirot sofort das Kommando.

«Mademoiselle», murmelte er mit einer tiefen Verbeugung, «wir kommen im Auftrag von Monsieur Van Aldin.»

«Ah! Und warum kommt er nicht selbst?»

«Er ist unpässlich», log Poirot, «die typischen Riviera-Halsschmerzen haben ihn erwischt, aber sowohl ich als auch Major Knighton, sein Sekretär, sind bevollmächtigt, für ihn zu handeln. Es sei denn, Mademoiselle zöge es vor, etwa vierzehn Tage zu warten.»

Wenn Poirot von etwas überzeugt war, dann davon, dass bei einem Temperament wie dem von Mirelles das bloße Wort «warten» verpönt war.

«*Eh bien*, ich will sprechen, Messieurs», rief sie. «Ich war geduldig. Ich habe mich zurückgehalten. Und wozu? Um beleidigt zu werden! Ja, beleidigt! Glaubt er, man könnte mit Mirelle so umspringen? Sie wegwerfen wie einen alten Handschuh? Ich sage Ihnen, noch nie ist ein Mann meiner überdrüssig geworden. Immer werde ich der Männer überdrüssig!»

Sie ging im Raum auf und ab; ihr schlanker Körper bebte vor Wut. Ein Tischchen, das ihr im Weg stand, warf sie an die Wand, wo es zerbrach.

«Das werde ich auch mit ihm machen», schrie sie, «und das!»

Sie ergriff eine mit Lilien gefüllte Glasvase und schleuderte sie in den Kamin, wo sie in hundert Stücke zerbarst.

Knighton betrachtete sie mit kühler britischer Missbilligung. Er fühlte sich peinlich berührt und unwohl. Poirot mit seinen zwinkernden Augen schien sich dagegen königlich zu amüsieren.

«Ah, das ist wunderbar!», rief er. «Man sieht – Madame hat Temperament.»

«Ich bin Künstlerin», sagte Mirelle, «jede Künstlerin hat Temperament. Ich habe Derek gesagt, er soll sich in Acht nehmen, aber er wollte nicht hören.» Sie drehte sich plötzlich schnell zu Poirot um. «Es stimmt, nicht wahr, dass er diese englische Miss heiraten will?»

Poirot hustete.

«*On m'a dit*», murmelte er, «dass er sie leidenschaftlich verehrt.»

Mirelle ging auf sie los.

«Er hat seine Frau umgebracht», kreischte sie. «So – da haben Sie es! Er hat mir vorher gesagt, dass er es tun will! Er war in einer *impasse – zut!* und hat den einfachsten Ausweg genommen.»

«Sie sagen, Monsieur Kettering hat seine Frau ermordet.»

«Ja, ja, ja. Habe ich es denn nicht deutlich genug gesagt?»

«Die Polizei», murmelte Poirot, «wird Beweise für diese – eh – Behauptung brauchen.»

«Ich sage Ihnen, ich habe ihn in dieser Nacht im Zug aus dem Abteil seiner Frau kommen sehen.»

«Wann?», fragte Poirot scharf.

«Unmittelbar bevor der Zug Lyon erreicht hat.»

«Werden Sie das beschwören, Mademoiselle?»

Nun sprach ein anderer Poirot, scharf und entschieden.

«Ja.»

Einen Augenblick lang herrschte Schweigen. Mirelle rang nach Atem, und ihre Augen – halb herausfordernd, halb ängstlich – gingen von einem Gesicht zum anderen.

«Das ist eine ernste Sache, Mademoiselle», sagte der Detektiv. «Wissen Sie, wie ernst?»

«Natürlich.»

«Gut», sagte Poirot. «Dann werden Sie verstehen, Mademoiselle, dass wir keine Zeit verlieren dürfen. Am besten begleiten Sie uns sofort zum Büro des Untersuchungsrichters.»

Mirelle stutzte. Sie zögerte, aber wie Poirot vorausgesehen hatte, gab es für sie jetzt kein Schlupfloch mehr.

«Also gut», murmelte sie, «ich hole einen Mantel.»

Als sie allein waren, wechselten Poirot und Knighton einen Blick.

«Man muss handeln, solange – wie sagen Sie? – das Eisen heiß ist», murmelte Poirot. «Sie ist von Stimmungen abhängig;

vielleicht bereut sie in einer Stunde alles und würde ihre Anschuldigungen gern zurücknehmen. Das müssen wir um jeden Preis verhindern.»

Mirelle kam zurück, in ein sandfarbenes Samtcape gehüllt, das mit Leopardenfell besetzt war. Sie sah selbst einer Leopardin nicht unähnlich, dunkel und gefährlich. Noch immer blitzten ihre Augen vor Wut und Entschlossenheit.

Sie fanden Monsieur Caux und den Untersuchungsrichter zusammen vor. Nach einigen einleitenden Worten von Poirot wurde Mademoiselle Mirelle höflich aufgefordert, ihre Geschichte zu erzählen. Sie tat dies fast mit den gleichen Worten wie vor Knighton und Poirot, aber in weit nüchternerer Art.

«Das ist eine außerordentliche Geschichte, Mademoiselle», sagte Carrège langsam. Er lehnte sich auf seinem Stuhl zurück, schob den Kneifer zurecht und musterte die Tänzerin scharf und forschend.

«Sie wollen uns also klarmachen, dass Monsieur Kettering tatsächlich vorher Ihnen gegenüber mit dem Verbrechen geprahlt hat?»

«Ja, ja. Sie sei zu gesund, hat er gesagt. Wenn sie sterben soll, muss es ein Unfall sein – und den würde er arrangieren.»

«Sind Sie sich bewusst, Mademoiselle», sagte Carrège streng, «dass Sie sich damit gewissermaßen der Beihilfe zum Mord bezichtigen?»

«Ich? Aber nicht die Spur, Monsieur. Ich habe seine Worte doch keinen Augenblick ernst genommen. Ah nein, wirklich nicht! Ich kenne die Männer, Monsieur; die sagen schließlich so manches. Es würde sehr seltsam in der Welt zugehen, wenn man alles, was sie sagen, *au pied de la lettre* nehmen wollte.»

Der Untersuchungsrichter hob die Brauen.

«Wir haben also davon auszugehen, dass Ihnen Monsieur Ketterings Drohungen nur als leeres Gerede erschienen? Darf ich fragen, Mademoiselle, was Sie dazu gebracht hat, Ihre Verpflichtungen in London einfach im Stich zu lassen und an die Riviera zu reisen?»

Mirelle schaute ihn aus schmelzenden schwarzen Augen an.

«Ich wollte bei dem Mann sein, den ich liebte», sagte sie schlicht. «Ist das so unnatürlich?»

Poirot schob behutsam eine Frage ein.

«Sie haben Monsieur Kettering also auf seinen Wunsch nach Nizza begleitet?»

Mirelle schien die Beantwortung dieser Frage ein wenig schwierig zu finden. Sie zögerte merklich, bevor sie sprach. Als sie es tat, geschah es mit hochmütiger Gleichgültigkeit.

«In solchen Dingen tue ich das, was mir passt, Monsieur», sagte sie.

Keinem der drei Männer entging, dass diese Antwort eigentlich keine war. Sie sagten nichts dazu.

«Wann sind Sie zu der Überzeugung gelangt, dass Monsieur Kettering seine Gattin ermordet hat?»

«Wie ich Ihnen schon sagte, Monsieur, habe ich Monsieur Kettering, unmittelbar bevor der Zug in Lyon einfuhr, aus dem Abteil seiner Frau kommen sehen. Auf seinem Gesicht war ein Ausdruck – ah!, in dem Moment konnte ich ihn nicht verstehen – ein gehetzter Ausdruck, furchtbar. Ich werde das nie vergessen.»

Ihre Stimme war hoch und schrill geworden, und sie warf ihre Arme in einer extravaganten Geste empor.

«Ah ja», sagte Monsieur Carrège.

«Hinterher, als ich erfahren habe, dass Madame Kettering tot war, als der Zug Lyon verließ – da habe ich es gewusst!»

«Und dennoch sind Sie nicht zur Polizei gegangen, Mademoiselle», sagte der Kommissar mild.

Mirelle sah ihn groß an; sie gefiel sich augenscheinlich in der Rolle, die sie spielte.

«Soll ich meinen Geliebten verraten?», fragte sie. «Ah nein, das dürfen Sie von einer Frau nicht verlangen.»

«Aber jetzt…», warf Monsieur Caux ein.

«Jetzt ist es anders. Er hat mich betrogen! Soll ich das schweigend hinnehmen?»

Der Untersuchungsrichter bremste sie.

«Ganz recht, ganz recht», murmelte er beruhigend. «Und jetzt, Mademoiselle, möchten Sie vielleicht das Protokoll Ihrer Aussage durchlesen, die Korrektheit prüfen und es unterzeichnen.»

Mirelle vergeudete keine Zeit mit dem Dokument.

«Ja, ja», sagte sie, «alles ist richtig.» Sie stand auf. «Sie brauchen mich nicht länger, Messieurs?»

«Augenblicklich nicht, Mademoiselle.»

«Und Derek wird verhaftet?»

«Unverzüglich, Mademoiselle.»

Mirelle lachte grausam und drapierte sich enger in ihr Pelzcape.

«Er hätte daran denken sollen, bevor er mich beleidigt», rief sie.

«Nur noch eine Kleinigkeit…», Poirot räusperte sich, als ob er um Entschuldigung bäte, «wirklich eine Kleinigkeit.»

«Ja?»

«Woraus schließen Sie, dass Madame Kettering tot war, als der Zug Lyon verließ?»

Mirelle starrte ihn an.

«Aber sie *war* doch tot.»

«So, sie war tot?»

«Natürlich, ich…»

Sie hielt jäh inne. Poirot musterte sie eindringlich und sah den Argwohn in ihren Augen.

«Man hat es mir so erzählt. Alle sagen es.»

«Oh», sagte Poirot, «ich wusste nicht, dass die Tatsache außerhalb dieses Büros erwähnt worden ist.»

Mirelle schien ein wenig in Auflösung begriffen.

«Man hört solche Dinge», sagte sie vage, «es spricht sich

herum. Jemand hat es mir erzählt. Ich weiß nicht mehr wer.»

Sie ging zur Tür. Caux sprang auf, um sie ihr zu öffnen, und in diesem Augenblick ertönte abermals Poirots milde Stimme.

«Und die Juwelen? Pardon, Mademoiselle. Können Sie mir etwas darüber sagen?»

«Die Juwelen? Welche Juwelen?»

«Die Rubine von Katharina der Großen. Da Sie so viel hören, werden Sie auch davon gehört haben.»

«Ich weiß nichts von Juwelen», sagte Mirelle scharf.

Sie ging hinaus und schloss die Tür hinter sich. Monsieur Caux nahm wieder Platz; der Untersuchungsrichter seufzte.

«Welch eine Furie!», sagte er. «Aber *diablement* schick. Ich frage mich, ob sie die Wahrheit sagt. Ich glaube, ja.»

«Es ist sicher *etwas* Wahres an ihrer Geschichte», sagte Poirot, «Miss Grey hat es bestätigt. Sie hat den Korridor entlanggeschaut, kurz bevor der Zug Lyon erreichte, und sah Monsieur Kettering ins Abteil seiner Frau gchen.»

«Alles scheint klar gegen ihn zu sprechen», sagte der Kommissar seufzend. «Leider!», murmelte er dann.

«Warum leider?», fragte Poirot.

«Ich habe es mir zum Lebensziel gemacht, den Comte de la Roche zu erwischen. Diesmal, *ma foi*, habe ich gedacht, wir hätten ihn. Dieser andere ist längst nicht so befriedigend.»

Carrège rieb sich die Nase.

«Wenn etwas schief geht», bemerkte er vorsichtig, «wäre das sehr peinlich. Monsieur Kettering gehört zum Adel. Es wird in die Zeitungen kommen. Wenn wir einen Fehler gemacht hätten...» In düsteren Vorahnungen hob er die Schultern.

«Also, die Juwelen», sagte der Kommissar, «was hat er Ihrer Meinung nach mit ihnen gemacht?»

«Natürlich hat er sie zur Ablenkung mitgenommen», sagte Carrège, «sie müssen sehr lästig für ihn gewesen sein, und sehr schwer loszuwerden.»

Poirot lächelte.

«Über die Juwelen habe ich so meine eigenen Gedanken. Sagen Sie mir, Messieurs, was wissen Sie über einen Mann namens *Der Marquis?*»

Der Kommissar beugte sich aufgeregt vor.

«Der *Marquis»*, sagte er, «der *Marquis?* Meinen Sie, dass er in diesen Fall verwickelt ist, Monsieur Poirot?»

«Ich fragte, was Sie über ihn wissen.»

Der Kommissar schnitt eine viel sagende Grimasse.

«Nicht so viel, wie wir gern wüssten», sagte er bedauernd. «Er arbeitet hinter den Kulissen, verstehen Sie? Die groben Arbeiten verrichten Handlanger für ihn. Aber er ist einer von ganz oben. Dessen sind wir sicher. Er kommt nicht aus den kriminellen Schichten.»

«Franzose?»

«J-ja. Wenigstens glauben wir das. Sicher sind wir aber nicht. Er hat in Frankreich, in England, in Amerika gearbeitet. Vergangenen Herbst gab es in der Schweiz eine Anzahl von Raubüberfällen, die angeblich auf sein Konto gehen. Jedenfalls ist er ein *grand seigneur*, spricht Französisch und Englisch gleichermaßen tadellos, und seine Herkunft ist ein Rätsel.»

Poirot nickte und erhob sich, um zu gehen.

«Mehr können Sie uns nicht sagen, Monsieur Poirot?», bedrängte ihn der Kommissar.

«Im Augenblick nicht», sagte Poirot, «aber vielleicht finde ich in meinem Hotel weitere Nachrichten vor.»

Monsieur Carrège blickte unbehaglich drein. «Wenn der *Marquis* in die Geschichte verwickelt ist ...», begann er, dann brach er ab.

«Das bringt uns alles durcheinander», klagte Caux.

«Mich nicht», sagte Poirot. «Im Gegenteil, ich glaube, es passt sehr gut zu meinen Ideen. *Au revoir*, Messieurs. Sollte ich wichtige Neuigkeiten erfahren, so werde ich es Sie sofort wissen lassen.»

Mit ernster Miene ging er zu seinem Hotel zurück. In seiner Abwesenheit war ein Telegramm für ihn gekommen. Er zog einen Brieföffner aus der Tasche und öffnete es. Es war ein langes Telegramm, und er las es zweimal durch, bevor er es langsam in die Tasche steckte. Oben erwartete George seinen Herrn.

«Ich bin erschöpft, Georges, sehr erschöpft. Würden Sie mir ein Kännchen Schokolade bestellen?»

Die Schokolade wurde bestellt und gebracht, und George stellte sie in Reichweite seines Herrn auf den Beistelltisch. Als er sich gerade entfernen wollte, sagte Poirot:

«Ich glaube, George, dass Sie in der englischen Aristokratie sehr bewandert sind.»

George lächelte geschmeichelt.

«Ich glaube, ich darf das von mir behaupten, Sir», antwortete er.

«Ich nehme an, Sie sind der Meinung, Georges, dass Verbrecher unweigerlich den untersten Schichten entstammen?»

«Nicht immer, Sir. Es gab einmal großen Ärger mit einem der jüngeren Söhne des Duke of Devize. Er musste Eton in diskreter Schande verlassen, und danach machte er der Familie wiederholt große Sorgen. Die Polizei wollte nicht akzeptieren, dass es Kleptomanie war. Ein sehr schlauer junger Gentleman, Sir, aber durch und durch lasterhaft, wenn Sie verstehen, was ich meine. Seine Durchlaucht hat ihn nach Australien eingeschifft, und ich hörte, er sei dort unter einem anderen Namen verurteilt worden. Sehr seltsam, Sir, aber da haben Sie es. Der junge Gentleman, das muss ich wohl nicht betonen, hatte keine finanziellen Nöte.»

Poirot nickte langsam.

«Ein Hang zu aufregenden Dingen», murmelte er, «und wahrscheinlich ein kleiner Dachschaden. Ich frage mich ...»

Er zog das Telegramm aus der Tasche und las es zum dritten Mal.

«Und dann die Sache mit der Tochter von Lady Mary Fox», fuhr der Diener in seinen Reminiszenzen fort. «Sie hat ihre Lieferanten betrogen – schockierend. Sehr unangenehm für die besten Familien, wenn ich das sagen darf, und ich könnte noch viele andere seltsame Fälle nennen.»

«Sie sind ein erfahrener Mann, Georges», murmelte Poirot. «Es wundert mich eigentlich, dass Sie, der Sie immer in großen Häusern gearbeitet haben, es nicht für unter Ihrer Würde halten, als Diener bei mir zu sein. Ich schreibe es auch bei Ihnen einem Hang zu aufregenden Dingen zu.»

«Nicht ganz, Sir», sagte George. «In *Society Snippets* las ich zufällig, dass Sie im Buckingham-Palast empfangen wurden. Damals suchte ich gerade eine neue Stellung. Seine Majestät, heißt es, soll zu Ihnen sehr nett und liebenswürdig gewesen sein und sehr viel von Ihren Fähigkeiten halten.»

«Ah», sagte Poirot, «man möchte doch immer die Gründe für alles wissen.»

Er dachte einen Moment nach und sagte dann:

«Haben Sie Mademoiselle Papopoulos angerufen?»

«Ja, Sir; sie und ihr Vater sind erfreut, heute Abend mit Ihnen zu speisen.»

«Ah», sagte Poirot nachdenklich. Er trank seine Schokolade aus, stellte die Tasse und Untertasse säuberlich in die Mitte des Tabletts und sagte sanft, mehr zu sich als zu seinem Diener:

«Das Eichhörnchen, mein guter Georges, sammelt Nüsse. Es lagert sie im Herbst ein, um sie später zu nutzen. Wenn die Menschheit ein Erfolg werden soll, Georges, müssen wir aus den Lektionen lernen, die uns jene erteilen, die im Tierreich unter uns stehen. Das habe ich immer getan. Ich war die Katze vor dem Mauseloch. Ich war der gute Hund, der der Duftspur folgt und die Nase nicht von der Fährte hebt. Und, mein guter Georges, ich bin auch das Eichhörnchen gewesen. Ich habe einmal hier eine kleine Tatsache gehamstert und dann wieder dort. Ich gehe jetzt zu meinem Lager und hole eine ganz bestimme

Nuss hervor. Eine Nuss, die ich vor – warten Sie mal –, ja, vor genau siebzehn Jahren eingelagert habe. Können Sie mir folgen, Georges?»

«Ich hätte nicht geglaubt, Sir», sagte George, «dass Nüsse sich so lange halten, obwohl ich weiß, dass man mit Konservierungsgläsern Wunder wirken kann.»

Poirot sah ihn an und lächelte.

Achtundzwanzigstes Kapitel

Poirot spielt Eichhörnchen

Poirot brach so früh auf, dass ihm bis zu seiner Verabredung zum Dinner noch eine Dreiviertelstunde Zeit blieb. Er verfolgte eine bestimmte Absicht. Der Wagen brachte ihn nicht gleich nach Monte Carlo, sondern zum Haus von Lady Tamplin nahe Cap Martin, dort fragte er nach Miss Grey. Die Damen waren mit dem Ankleiden beschäftigt, und man bat Poirot, in einem kleinen Salon zu warten. Nach etwa drei oder vier Minuten kam Lenox Tamplin zu ihm.

«Katherine ist noch nicht ganz fertig», sagte sie. «Soll ich ihr etwas ausrichten, oder wollen Sie lieber warten, bis sie herunterkommt?»

Poirot musterte sie nachdenklich. Bis er antwortete, verstrichen fast zwei Minuten; es war, als hinge etwas ungeheuer Gewichtiges von seiner Entscheidung ab. Offenbar war die Antwort auf eine so einfache Frage bedeutsam.

«Nein», sagte er schließlich, «nein, ich glaube, ich muss nicht unbedingt auf Mademoiselle Katherine warten. Vielleicht ist es sogar besser, wenn ich nicht warte. Diese Dinge sind manchmal schwierig.»

Lenox wartete geduldig, mit nur leicht gehobenen Brauen.

«Ich habe eine Nachricht», fuhr Poirot fort. «Vielleicht sind Sie so gut, sie Ihrer Freundin weiterzugeben. Monsieur Kettering wurde heute Abend verhaftet – unter der Anklage, seine Frau ermordet zu haben.»

«Das soll ich Katherine sagen?», fragte Lenox. Sie atmete schwer, als ob sie gerannt sei; ihr Gesicht, dachte Poirot, wirkte weiß und bedrückt – und zwar sehr merklich.

«Ich bitte darum, Mademoiselle.»

«Warum?», sagte Lenox. «Glauben Sie, die Nachricht haut Katherine um? Meinen Sie, sie macht sich etwas daraus?»

«Ich weiß es nicht, Mademoiselle», sagte Poirot. «Sehen Sie, ich gebe es freimütig zu. Im Allgemeinen weiß ich alles, aber in diesem Fall – nun ja, weiß ich es nicht. Vielleicht wissen Sie das besser als ich.»

«Ja», sagte Lenox, «ich weiß es – aber ich sage es Ihnen trotzdem nicht.»

Sie schwieg eine Weile, ihre dunklen Augenbrauen waren zusammengezogen.

«Glauben Sie, er war es?», sagte sie plötzlich.

Poirot zuckte mit den Schultern.

«Die Polizei sagt es.»

«Ah», sagte Lenox, «Sie weichen aus, wie? Also gibt es einen Grund zum Ausweichen.»

Wieder schwieg sie und verzog das Gesicht. Poirot sagte sanft:

«Sie kennen Derek Kettering schon lange, nicht wahr?»

«Ich habe ihn immer mal wieder gesehen, seit ich ein Kind war», sagte Lenox mürrisch. Poirot nickte mehrmals, ohne etwas zu sagen.

Mit einer ihrer brüsken Bewegungen zog Lenox einen Stuhl herbei und setzte sich darauf, die Ellenbogen auf dem Tisch und das Gesicht auf die Hände gestützt. Als sie saß, blickte sie Poirot über den Tisch direkt an.

«Was haben sie gegen ihn in der Hand?», fragte sie. «Wahrscheinlich ein Motiv. Er ist durch ihren Tod sicher zu viel Geld gekommen.»

«Er hat zwei Millionen Pfund geerbt.»

«Und ohne ihren Tod wäre er ruiniert gewesen.»

«Ja.»

«Da muss aber doch noch mehr gewesen sein», beharrte Lenox. «Ich weiß ja, er ist mit dem gleichen Zug gefahren, aber – das allein reicht doch noch nicht.»

«Ein Zigarettenetui mit dem Buchstaben K darauf, das nicht Mrs. Kettering gehörte, wurde in ihrem Abteil gefunden, und zwei Personen haben ihn gesehen, wie er das Abteil betreten und verlassen hat, unmittelbar bevor der Zug Lyon erreichte.»

«Welche zwei Personen?»

«Ihre Freundin Miss Grey ist die eine. Die andere ist Mademoiselle Mirelle, die Tänzerin.»

«Und er, Derek, was hat er dazu zu sagen?», fragte Lenox scharf.

«Er leugnet, überhaupt im Abteil seiner Frau gewesen zu sein», sagte Poirot.

«Trottel!», sagte Lenox mit einer Grimasse. «Unmittelbar vor Lyon, sagen Sie? Weiß denn niemand genau, wann – wann sie gestorben ist?»

«Der Befund der Ärzte kann natürlich nie ganz definitiv sein», sagte Poirot, «sie neigen aber zu der Ansicht, dass der Tod wohl kaum nach der Abfahrt aus Lyon eingetreten sein kann. Und wir wissen, dass Mrs. Kettering wenige Minuten nach Abfahrt des Zuges aus Lyon tot war.»

«Woher wissen Sie das?»

Poirot lächelte eigenartig vor sich hin.

«Jemand ist in ihr Abteil gegangen und hat sie tot aufgefunden.»

«Und hat nicht den ganzen Zug alarmiert?»

«Nein.»

«Warum nicht?»

«Zweifellos aus guten Gründen.»

Lenox schaute ihn scharf an.

«Kennen Sie diese Gründe?»

«Ich glaube – ja.»

Lenox saß ganz still und wendete die Dinge im Geiste hin und her. Poirot betrachtete sie schweigend. Schließlich blickte sie auf. Ihre Wangen waren leicht gerötet, und ihre Augen leuchteten.

«Sie meinen, jemand aus dem Zug muss sie getötet haben, aber das braucht gar nicht so gewesen zu sein. Warum soll nicht jemand einsteigen, wenn der Zug in Lyon hält, direkt in ihr Abteil gehen, sie erwürgen, die Rubine mitnehmen und wieder vom Zug springen, ohne dass jemand etwas bemerkt? Vielleicht ist sie sogar getötet worden, als der Zug im Bahnhof von Lyon war. Dann hätte sie noch gelebt, als Derek hineingegangen ist, und wäre tot gewesen, als die andere Person sie gefunden hat.»

Poirot lehnte sich in seinem Sessel zurück. Er holte tief Atem, sah das Mädchen an und nickte dreimal, dann seufzte er.

«Mademoiselle», sagte er, «was Sie da gesagt haben, ist wahr – sehr wahr. Ich bin im Dunkeln herumgetappt, und Sie haben mir ein Licht gezeigt. Es gab einen Punkt, den ich nicht verstehen konnte, und Sie haben ihn mir klargemacht.»

Er stand auf.

«Und Derek?», sagte Lenox.

«Wer weiß?» Poirot hob die Schultern. «Aber ich will Ihnen eines sagen, Mademoiselle. Ich bin nicht zufrieden. Nein, ich, Hercule Poirot, bin noch nicht zufrieden. Es kann sein, dass ich noch in dieser Nacht mehr erfahre. Jedenfalls werde ich es versuchen.»

«Sind Sie verabredet?»

«Ja.»

«Mit jemandem, der etwas weiß?»

«Mit jemandem, der etwas wissen könnte. In solchen Fällen muss man jeden Stein umdrehen. *Au revoir*, Mademoiselle.»

Lenox begleitete ihn zur Tür.

«Habe ich Ihnen geholfen?», fragte sie.

Sie stand auf der Schwelle. Poirots Gesicht wurde sanft, als er zu ihr emporschaute.

«Ja, Mademoiselle, Sie haben mir geholfen. Vergessen Sie das nie, wenn alles sehr düster aussieht.»

Als der Wagen losgefahren war, fiel er wieder in tiefes Grübeln, aber in seinen Augen war jenes schwache grüne Leuchten, das immer dem späteren Triumph voranging.

Er kam wenige Minuten zu spät zu seiner Verabredung; Papopoulos und seine Tochter waren bereits da. Poirot bat überaus zerknirscht um Entschuldigung und übertraf sich selbst an Höflichkeit und kleinen Aufmerksamkeiten. Der Grieche sah an diesem Abend besonders gütig und edel aus, ein kummervoller Patriarch mit makellosem Leben. Zia sah hübsch aus und war gut gelaunt. Das Essen war ersprießlich. Poirot war in glänzender Form und sprühte vor Einfällen. Er erzählte Anekdoten, machte Witze, berichtete von interessanten Ereignissen aus seiner Karriere und machte Zia Papopoulos anmutige Komplimente. Das Menü war mit besonderer Sorgfalt zusammengestellt, die Weine waren vorzüglich.

Als das Dinner seinem Ende zuging, erkundigte sich Monsieur Papopoulos höflich:

«Und der Tipp, den ich Ihnen neulich gegeben habe? Haben Sie auf das Pferd gesetzt?»

«Ich bin noch in Verbindung mit – eh – meinem Buchmacher», antwortete Poirot.

Die Blicke der beiden Männer begegneten sich.

«Ein sehr bekanntes Pferd, eh?»

«Nein», sagte Poirot, «es ist, was unsere englischen Freunde ein *dunkles Pferd* nennen.»

«Ah!», sagte Monsieur Papopoulos nachdenklich.

«Jetzt sollten wir ins Casino hinübergehen und ein bisschen unser Glück beim Roulette versuchen», rief Poirot fröhlich.

Im Casino trennte sich die kleine Gesellschaft. Poirot widmete sich ganz Zia, während Papopoulos sich ein wenig die Beine vertrat.

Poirot hatte kein Glück, Zia hingegen eine Strähne und binnen kurzem einige tausend Francs gewonnen.

«Es wäre besser», bemerkte sie trocken, «wenn ich jetzt aufhörte.»

Poirots Augen zwinkerten.

«Fabelhaft!», rief er aus. «Sie sind wirklich die Tochter Ihres Vaters, Mademoiselle Zia. Zu wissen, wann man aufhören muss. Ah!, das ist Lebenskunst.»

Er sah sich um.

«Ich sehe Ihren Vater nirgends», bemerkte er sorglos. «Wenn es Ihnen recht ist, Mademoiselle, hole ich Ihren Mantel, und wir gehen ein wenig im Park spazieren.»

Er ging jedoch nicht geradewegs zur Garderobe. Sein scharfes Auge hatte kurz zuvor gesehen, dass Papopoulos in einen anderen Saal gegangen war. Er wollte unbedingt wissen, was der schlaue Grieche trieb. Er stöberte ihn unerwartet in der großen Eingangshalle auf, wo er neben einer der Säulen stand und sich mit einer eben angekommenen Dame unterhielt. Die Dame war Mirelle.

Poirot schlenderte unauffällig durch die Halle. Er erreichte die andere Seite der Säule unbemerkt von den beiden, die sich angeregt unterhielten – oder genauer, die Tänzerin redete, und Papopoulos steuerte gelegentlich eine Silbe und viele ausdrucksvolle Gesten bei.

«Ich sage Ihnen, ich brauche Zeit», sagte die Tänzerin eben. «Wenn Sie mir Zeit geben, treibe ich das Geld auf.»

«Warten» – der Grieche hob die Schultern – «ist schwierig.»

«Nur eine kleine Weile», bat sie. «Ah!, aber Sie müssen einfach! Eine Woche – zehn Tage – mehr verlange ich doch nicht. Sie können ganz sicher sein, was das Geschäft angeht. Das Geld wird da sein.»

Papopoulos bewegte sich ein wenig, sah sich unruhig um – und fand Poirot gleich neben sich, mit unschuldig strahlendem Gesicht.

«*Ah! Vous voilà*, Monsieur Papopoulos. Ich suche Sie überall. Erlauben Sie, dass ich Mademoiselle Zia auf einen kleinen Spaziergang in den Garten begleite? Guten Abend, Mademoiselle.» Er verbeugte sich sehr tief vor Mirelle. «Ich bitte vielmals um Vergebung, dass ich Sie nicht sofort gesehen habe.»

Die Tänzerin nahm seine Begrüßung eher unwirsch entgegen. Sie war sichtlich verärgert über die Unterbrechung ihres *tête-à-tête*. Poirot registrierte den Wink mit dem Zaunpfahl sofort. Papopoulos hatte bereits «natürlich – aber selbstverständlich» gemurmelt, und Poirot entfernte sich sofort.

Er holte Zias Mantel, und zusammen schlenderten sie hinaus in die Gärten.

«Genau hier bringen sich die Leute immer um», sagte Zia.

Poirot zuckte mit den Schultern. «So wird erzählt. Die Menschen sind Narren, nicht wahr, Mademoiselle? Es ist doch sehr angenehm, zu essen, zu trinken und die gute Luft einzuatmen, Mademoiselle. Man muss dumm sein, um all das aufzugeben, nur weil man kein Geld hat – oder weil das Herz gebrochen ist. *L'amour* – sie sorgt für viele Todesfälle, nicht wahr?»

Zia lachte.

«Sie sollten nicht über die Liebe lachen, Mademoiselle», sagte Poirot; energisch drohte er ihr mit dem Zeigefinger. «Sie, die Sie jung und schön sind.»

«Wohl kaum», sagte Zia. «Sie vergessen, dass ich dreiunddreißig bin, Monsieur Poirot. Ich bin offen mit Ihnen, alles andere hat keinen Sinn. Wie Sie meinem Vater sagten, ist es genau siebzehn Jahre her, dass Sie uns damals in Paris geholfen haben.»

«Wenn ich Sie ansehe, kommt es mir viel kürzer vor», sagte Poirot galant. «Sie sahen damals fast so aus wie heute, Mademoiselle, ein wenig schmächtiger, ein wenig blasser, ein wenig ernster. Sechzehn Jahre alt und frisch aus dem Pensionat. Nicht mehr ganz *la petite pensionnaire*, noch nicht ganz Frau. Sie waren auch damals sehr charmant, sehr reizvoll, Mademoiselle Zia, zweifellos haben andere das auch empfunden.»

«Mit sechzehn», sagte Zia, «ist man nichts als eine dumme Gans.»

«Das mag sein», sagte Poirot, «ja, das mag wohl sein. Mit sechzehn ist man jedenfalls vertrauensselig. Man glaubt, was einem erzählt wird.»

Vielleicht bemerkte er den raschen Seitenblick, den das Mädchen ihm zuwarf, aber er verriet das mit keiner Geste. Verträumt fuhr er fort: «Es war eine ganz merkwürdige Geschichte damals. Ihr Vater, Mademoiselle, weiß bis heute nicht, was wirklich geschehen ist.»

«Nein?»

«Als er mich nach Details, nach Erklärungen gefragt hat, habe ich ihm gesagt: ‹Ohne Skandal habe ich Ihnen zurückgebracht, was verloren war. Sie dürfen keine Fragen stellen.› Wissen Sie, Mademoiselle, warum ich das gesagt habe?»

«Ich habe keine Ahnung», sagte das Mädchen kalt.

«Weil ich eine Schwäche für die blasse, schmächtige, ernste, kleine *pensionnaire* hatte.»

«Ich weiß nicht, wovon Sie reden», rief Zia ärgerlich.

«Wirklich nicht, Mademoiselle? Haben Sie Antonio Pirezzio vergessen?» Er hörte, wie sie schnell einatmete – es war beinahe ein Ächzen.

«Er hat als Gehilfe im Laden gearbeitet, aber so konnte er nicht das bekommen, was er haben wollte. Ein Gehilfe darf doch die Augen zur Tochter seines Meisters erheben, nicht wahr? Wenn er jung und hübsch ist und eine glatte Zunge hat. Und da die beiden nicht ununterbrochen turteln können, muss man gelegentlich auch von Dingen reden, die beide interessieren – etwa über diese sehr interessante Sache, die zeitweilig im Besitz von Monsieur Papopoulos war. Und da, wie Sie sagen, Mademoiselle, junge Mädchen dumme Gänse und leichtgläubig sind, war es ganz leicht, ihm zu glauben und ihm einen Blick auf dieses besondere Ding zu gönnen, ihm zu zeigen, wo es aufbewahrt wird. Und später, wenn es verschwunden ist –

wenn die unglaubliche Katastrophe geschehen ist … *Hélas*, die arme kleine *pensionnaire*. In was für einer furchtbaren Lage sie ist. Sie hat Angst, die arme Kleine. Reden oder nicht reden? Und dann kommt dieser treffliche Bursche daher, Hercule Poirot. Es muss beinahe ein Wunder gewesen sein, wie alles wieder in Ordnung kommt. Die unbezahlbaren Erbstücke sind wieder da, und es gibt keine peinlichen Fragen.»

Zia sagte heftig:

«Sie haben es die ganze Zeit gewusst? Wer hat es Ihnen gesagt? War es – war es Antonio?»

Poirot schüttelte den Kopf.

«Niemand hat es mir verraten», sagte er ruhig. «Ich habe es erraten. Ich habe gut geraten, wie? Wenn man kein Talent zum Rätselraten besitzt, hat man als Detektiv wenig Aussicht auf Erfolg.»

Zia ging einige Minuten schweigend neben ihm her. Dann sagte sie mit harter Stimme:

«Also, was wollen Sie daraus machen? Wollen Sie es meinem Vater erzählen?»

«Nein», sagte Poirot scharf. «Ganz sicher nicht.»

Sie sah ihn neugierig an.

«Sie wollen etwas von mir?»

«Ich will Ihre Hilfe, Mademoiselle.»

«Wieso meinen Sie, ich könnte Ihnen helfen?»

«Ich weiß es nicht. Ich hoffe es nur.»

«Und wenn ich Ihnen nicht helfe, dann – erzählen Sie es meinem Vater?»

«Aber nein, aber nein! Schlagen Sie sich das aus dem Kopf, Mademoiselle. Ich bin kein Erpresser. Ich werde Sie doch nicht mit Ihrem Geheimnis bedrohen.»

«Wenn ich mich weigere, Ihnen zu helfen …», begann Zia langsam.

«Dann weigern Sie sich, das ist alles.»

«Warum …» Sie hielt inne.

«Ich will es Ihnen sagen. Frauen, Mademoiselle, sind großherzig. Wenn sie jemandem, der ihnen einmal einen Dienst erwiesen hat, einen Gegendienst erweisen können, dann tun sie es. Ich war Ihnen gegenüber einmal großmütig, Mademoiselle. Als ich hätte sprechen können, habe ich den Mund gehalten.»

Wieder trat Schweigen ein. Dann sagte Zia: «Mein Vater hat Ihnen dieser Tage einen Tipp gegeben.»

«Das war sehr freundlich von ihm.»

«Ich glaube nicht», sagte Zia langsam, «dass ich dem viel hinzufügen kann.»

Wenn Poirot enttäuscht war, so zeigte er es nicht. In seinem Gesicht bewegte sich kein Muskel.

«Eh bien!», sagte er fröhlich, «dann reden wir von etwas anderem.»

Er fuhr fort, vergnügt zu plaudern. Zia hingegen war *distraite,* ihre Antworten waren mechanisch und nicht immer treffend. Als sie sich wieder dem Casino näherten, schien sie einen Entschluss zu fassen.

«Monsieur Poirot?»

«Ja, Mademoiselle?»

«Ich – ich würde Ihnen gern helfen, wenn ich könnte.»

«Sie sind sehr liebenswürdig, Mademoiselle – sehr liebenswürdig.»

Wieder trat eine Pause ein. Poirot drang nicht in sie. Er gab sich damit zufrieden, zu warten und ihr Zeit zu lassen.

«Ah bah», sagte Zia, «warum soll ich es Ihnen eigentlich nicht sagen? Mein Vater ist vorsichtig – immer vorsichtig bei allem, was er sagt. Aber ich weiß, dass das Ihnen gegenüber nicht nötig ist. Sie haben uns gesagt, dass Sie nur auf der Suche nach dem Mörder sind und nicht nach dem Schmuck. Ich glaube Ihnen. Sie hatten vollkommen Recht, als Sie angenommen haben, dass wir wegen der Rubine in Nizza sind. Man hat sie hier verabredungsgemäß übergeben. Mein Vater hat sie jetzt. Übrigens hat er Ihnen ja neulich einen Wink gegeben, wer unser mysteriöser Kunde ist.»

«Der *Marquis?»*, fragte Poirot leise.

«Ja, der *Marquis.*»

«Haben Sie den *Marquis* jemals gesehen, Mademoiselle Zia?»

«Einmal», sagte sie. «Aber nur undeutlich», setzte sie hinzu. «Durch ein Schlüsselloch.»

«Das ist immer mit Schwierigkeiten verknüpft», sagte Poirot mitfühlend. «Immerhin haben Sie ihn gesehen. Würden Sie ihn wieder erkennen?»

Zia schüttelte den Kopf.

«Er trug eine Maske», erklärte sie.

«Jung oder alt?»

«Er hatte weißes Haar. Vielleicht eine Perücke, vielleicht auch nicht. Eigentlich glaube ich nicht, dass er so alt war. Sein Gang war jung, und seine Stimme auch.»

«Seine Stimme?», sagte Poirot nachdenklich. «Ah, seine Stimme! Würden Sie die wieder erkennen, Mademoiselle Zia?»

«Ich glaube schon.»

«Sie interessierten sich für ihn, wie? Das hat Sie zum Schlüsselloch getrieben.»

Zia nickte.

«Ja, ja, ich war neugierig. Man hat so viel über ihn gehört – er ist kein gewöhnlicher Dieb – er ist eher eine Gestalt aus der Geschichte oder einem Roman.»

«Ja», sagte Poirot nachdenklich, «ja, vielleicht.»

«Aber nicht das wollte ich Ihnen eigentlich sagen, sondern eine andere kleine Tatsache, die Ihnen – na ja – nützlich sein könnte.»

«Ja?», sagte Poirot ermutigend.

«Wie ich Ihnen schon sagte, wurden die Rubine meinem Vater hier in Nizza übergeben. Ich habe die Person, die sie ihm übergab, nicht gesehen, aber…»

«Ja?»
«Eines weiß ich: *Es war eine Frau.*»

Neunundzwanzigstes Kapitel

Ein Brief von daheim

Liebe Katherine!
Da Sie jetzt in der großen Welt leben, wird es Sie vielleicht nicht weiter interessieren, was hier bei uns vorgeht. Da ich Sie aber immer für ein vernünftiges Mädchen gehalten habe, ist Ihnen vielleicht alles weniger zu Kopf gestiegen, als ich annehme. Hier ist eigentlich alles wie immer. Es gab einigen Ärger mit dem neuen Kaplan, der skandalös hochtrabend ist. Meiner Meinung nach ist er nicht weniger und nicht mehr als ein Römer. Alle haben mit dem Pfarrer darüber geredet, aber Sie wissen ja, wie der Pfarrer ist – lauter christliche Nächstenliebe und überhaupt kein Mumm. Ich hatte zuletzt viel Ärger mit den Dienstmädchen. Diese Annie war nicht zu gebrauchen – Röcke kaum bis zum Knie und nicht dazu zu bringen, vernünftige Wollstrümpfe zu tragen. Sagen lassen die sich alle nichts. Mein Rheumatismus hat mir viel zu schaffen gemacht, und Dr. Harrison hat nicht lockergelassen, bis ich mich eines Tages doch nach London aufgemacht habe, um einen Spezialisten zu konsultieren – eine Verschwendung von drei Guineen samt Bahnfahrt, habe ich ihm gesagt. Aber ich konnte eine verbilligte Rückfahrkarte bekommen. Der Spezialist machte ein langes Gesicht und redete hin und her, bis ich ihm endlich gesagt habe: «Ich bin eine einfache Frau, Doktor, und ich will, dass man einfach zu mir spricht. Ist es also Krebs oder nicht?» Da musste er es

freilich zugeben. Ein Jahr lang wird's wohl noch gehen, mit Pflege, und mit den Schmerzen soll es nicht so arg sein, obwohl ich sicher bin, ich kann Schmerzen genauso gut ertragen wie jede andere Christenfrau. Ich fühle mich aber oft recht einsam hier, wo doch die meisten meiner Freundinnen tot oder weggezogen sind. Ich wünschte, Sie wären in St. Mary Mead, meine Liebe, und das ist eine Tatsache. Wenn Sie nicht das ganze Geld geerbt und sich in die große Gesellschaft davongemacht hätten, würde ich Ihnen das Doppelte von dem anbieten, was die arme Jane Ihnen gezahlt hat, damit Sie kommen und sich um mich kümmern. Aber es hat keine Sinn, sich zu wünschen, was man nicht kriegen kann. Nur für den Fall, dass die Dinge bei Ihnen schief gehen sollten – und das ist ja immer möglich. Ich habe so viele Geschichten gehört über angebliche Adlige, die Mädchen heiraten und ihnen ihr Geld abknöpfen und sie dann an der Kirchentür stehen lassen. Ich bin sicher, Sie sind zu vernünftig, als dass Ihnen so etwas passieren könnte, aber man weiß ja nie; und da Sie ja nie viel Aufmerksamkeit erhalten haben, kann Ihnen so etwas leicht zu Kopf steigen. Deshalb, meine Liebe, vergessen Sie nicht, es gibt für Sie hier immer ein Zuhause; und wenn ich auch manchmal ein bisschen direkt bin, es kommt doch von Herzen. – Mit lieben Grüßen – Ihre Ihnen wohlgesonnene alte Freundin

Amelia Viner

PS Neulich stand etwas über Sie in der Zeitung und über Ihre Kusine, die Viscountess Tamplin, und das habe ich ausgeschnitten und zu den anderen Zeitungsausschnitten gelegt. Am Sonntag habe ich für Sie gebetet, dass der liebe Gott Sie vor Stolz und Hochmut bewahre.»

Katherine las diesen charakteristischen Brief zweimal durch, dann ließ sie ihn sinken und starrte aus dem Schlafzimmerfenster auf das blaue Mittelmeer. Sie spürte einen seltsamen Kloß im Hals. Plötzliche Sehnsucht nach St. Mary Mead überkam sie. So voll von vertrauten, alltäglichen, dummen kleinen Dingen – und trotzdem – Heimat. Sie hatte gute Lust, den Kopf auf die Arme zu betten und ganz ordentlich zu weinen.

Lenox kam in diesem Moment herein und bewahrte sie davor.

«Hallo, Katherine», sagte sie. «Hör mal – was ist denn los mit dir?»

«Nichts», sagte Katherine; sie ergriff Miss Viners Brief und stopfte ihn in ihre Handtasche.

«Du siehst ganz komisch aus», sagte Lenox. «Ja, was ich sagen wollte – ich hoffe, es macht dir nichts aus – ich habe deinen Freund, den Detektiv, angerufen, Monsieur Poirot, und ihn zum Essen mit uns eingeladen, heute Mittag in Nizza. Ich habe gesagt, du wolltest ihn sehen, weil ich dachte, meinetwegen kommt er nicht.»

«Willst du ihn sehen?», fragte Katherine.

«Ja», sagte Lenox. «Ich habe mein Herz an ihn verloren. Ich habe noch nie einen Mann mit so grünen Katzenaugen gesehen.»

«Na schön», sagte Katherine. Sie klang gleichgültig. Die letzten Tage waren eine Prüfung gewesen. Derek Ketterings Verhaftung bildete das allgemeine Tagesgespräch, und das Geheimnis des *Blauen Express* war von allen nur denkbaren Seiten aus durchgehechelt worden.

«Ich habe das Auto bestellt», sagte Lenox, «und Mutter irgendetwas vorgeflunkert – leider weiß ich nicht mehr genau was, aber sie merkt es sich sowieso nicht. Wenn sie wüsste, wohin wir fahren, würde sie unbedingt mitkommen wollen und Monsieur Poirot in Beschlag nehmen.»

Im *Negresco* erwartete Poirot die beiden Mädchen bereits. Er war voll gallischer Höflichkeit und überschüttete die Mädchen derartig mit Komplimenten, dass sie bald beide hilflos vor

Lachen waren; aber trotz alledem war es kein fröhliches Essen. Katherine war in sich gekehrt und zerstreut, und Lenox wechselte zwischen schubweiser Gesprächigkeit und Schweigepausen. Als sie auf der Terrasse ihren Kaffee tranken, ging sie plötzlich auf Poirot los.

«Wie stehen die Dinge? Sie wissen, was ich meine.»

Poirot hob die Schultern. «Es geht seinen Gang.»

«Und Sie lassen alles seinen Gang gehen?»

Er sah Lenox ein wenig traurig an.

«Sie sind jung, Mademoiselle, aber es gibt drei Dinge, die man nicht beschleunigen kann – *le bon Dieu*, die Natur und einen alten Mann.»

«Unsinn!», widersprach Lenox, «Sie sind nicht alt.»

«Ah, das ist sehr nett von Ihnen.»

«Da kommt Major Knighton», sagte Lenox.

Katherine sah sich rasch um und wandte wieder den Kopf.

«Er ist in Gesellschaft von Mr. Van Aldin», fuhr Lenox fort. «Es gibt etwas, das ich Major Knighton fragen möchte. Entschuldigen Sie mich eine Minute.»

Als sie allein waren, beugte Poirot sich vor und murmelte:

«Sie sind *distraite,* Mademoiselle; Ihre Gedanken sind weit weg, nicht wahr?»

«Nur in England, weiter nicht.»

Einem plötzlichen Impuls folgend, zog sie den Brief hervor, den sie am Morgen erhalten hatte, und reichte ihn Poirot.

«Die erste Nachricht überhaupt aus meinem früheren Leben; irgendwie – tut es weh.»

Er las den Brief durch und gab ihn ihr zurück.

«Sie gehen also zurück nach St. Mary Mead?», fragte er.

«Nein», sagte Katherine, «warum sollte ich auch?»

«Ah», sagte Poirot, «dann habe ich mich geirrt. Wollen Sie auch mich für einen Augenblick entschuldigen?»

Er ging hinüber zu Lenox Tamplin, die sich mit Van Aldin und Knighton unterhielt. Der Amerikaner sah alt und vergrämt aus. Er begrüßte Poirot teilnahmslos mit einem kurzen Nicken.

Als er sich abwandte, um auf eine Bemerkung von Lenox zu antworten, nahm Poirot Knighton beiseite.

«Monsieur Van Aldin sieht krank aus», sagte er.

«Wundern Sie sich darüber?», sagte Knighton. «Der Skandal, der durch Derek Ketterings Verhaftung hervorgerufen wurde, hat allem die Krone aufgesetzt. Es war zu viel für ihn. Nun tut es ihm schon Leid, dass er Sie gebeten hat, die Wahrheit herauszufinden.»

«Er sollte nach England zurückfahren», sagte Poirot.

«Übermorgen fahren wir.»

«Das ist eine gute Nachricht», sagte Poirot.

Er zögerte und blickte über die Terrasse hin zu Katherine.

«Ich wünschte», murmelte er, «Sie könnten das Miss Grey mitteilen.»

«Was mitteilen?»

«Dass Sie – ich meine, dass Monsieur Van Aldin nach England zurückkehrt.»

Knighton schaute ein wenig erstaunt, ging aber bereitwillig über die Terrasse zu Katherine hinüber.

Poirot sah ihm mit einem zufriedenen Nicken nach und gesellte sich zu Lenox und dem Amerikaner. Nach ein paar Minuten kamen sie zu den anderen zurück. Eine Weile machten sie allgemeine Konversation, dann brachen der Millionär und sein Sekretär auf. Auch Poirot machte sich bereit zum Gehen.

«Tausendfachen Dank für Ihre Gastfreundschaft, Mesdemoiselles», rief er, «es war ein ganz reizendes Essen. *Ma foi*, das habe ich gebraucht!» Er wölbte die Brust und hieb dagegen. «Jetzt bin ich ein Löwe – ein Riese. Ah, Mademoiselle Katherine, Sie haben mich noch nicht so gesehen, wie ich sein kann. Sie kennen den sanften, ruhigen Hercule Poirot, aber es gibt einen anderen Hercule Poirot. Ich ziehe nun aus, um zu knechten, zu drohen, Entsetzen in den Herzen meiner Zuhörer zu verbreiten.»

Er sah sie selbstgefällig an, und beide wirkten gebührend beeindruckt, wiewohl Lenox sich auf die Unterlippe biss und Katherines Mundwinkel verdächtig zuckten.

«Und ich werde es tun», sagte er feierlich. «O ja, es wird mir gelingen.»

Er war kaum ein paar Schritte gegangen, als Katherines Stimme ihn dazu brachte, sich umzudrehen.

«Monsieur Poirot, ich – ich möchte Ihnen noch etwas sagen. Ich glaube, Sie hatten vorhin ganz Recht mit dem, was Sie sagten. Ich fahre umgehend zurück nach England.»

Poirot schaute sie so durchdringend an, dass sie unwillkürlich errötete.

«Ich verstehe», sagte er.

«Das glaube ich nicht», sagte Katherine.

«Mehr, als Sie glauben, Mademoiselle.»

Er verließ sie mit einem seltsamen kleinen Lächeln, stieg in das wartende Auto und fuhr nach Antibes.

Hippolyte, des Comte de la Roche Diener mit dem reglosen Gesicht, war in der Villa Marina gerade damit beschäftigt, die wunderbar geschliffenen Gläser seines Herrn zu polieren. Der Comte selbst verbrachte den Tag in Monte Carlo. Als er zufällig aus dem Fenster schaute, sah Hippolyte einen Besucher rasch auf die Tür zur Diele zugehen, einen Besucher von so ungewöhnlichem Typus, dass Hippolyte, so erfahren er auch war, ihn nicht einordnen konnte. Er rief seine Frau, Marie, die in der Küche beschäftigt war, und machte sie auf den Ankommenden aufmerksam, den er *ce type-là* nannte.

«Etwa schon wieder die Polizei?», fragte Marie besorgt.

«Sieh doch selbst», sagte Hyppolyte.

Marie schaute hinaus.

«Bestimmt keiner von der Polizei», erklärte sie. «Da bin ich aber froh.»

«So viel Ärger haben die uns doch gar nicht gemacht», sagte Hippolyte. «Wenn Monsieur le Comte mich nicht gewarnt hätte, wäre ich nie darauf gekommen, wer der Fremde im Weinladen eigentlich war.»

Die Hausglocke läutete, und Hippolyte, feierlich und würdevoll, öffnete die Tür.

«Monsieur le Comte ist leider nicht anwesend.»

Der kleine Mann mit dem großen Schnurrbart lächelte freundlich.

«Das weiß ich», erwiderte er. «Sie sind Hippolyte Flavelle, nicht wahr?»

«Ja, Monsieur, so heiße ich.»

«Und Sie haben eine Frau, Marie Flavelle?»

«Ja, Monsieur, aber ...»

«Ich will Sie beide sprechen», sagte der Fremde und ging flink an Hippolyte vorbei in die Diele.

«Ihre Frau ist zweifellos in der Küche», sagte er.

Ehe Hippolyte sich von seiner Verblüffung erholen konnte, hatte der andere die richtige Tür am Ende der Diele geöffnet und ging durch den Korridor in die Küche, wo Marie ihn mit offenem Mund anstarrte.

«Voilà», sagte der Fremde; er ließ sich auf einen hölzernen Lehnstuhl sinken. «Ich bin Hercule Poirot.»

«Ja, Monsieur?»

«Mein Name sagt Ihnen nichts?»

«Ich habe ihn nie gehört», sagte Hippolyte.

«Gestatten Sie mir die Bemerkung, dass das eine Lücke in Ihrer Bildung ist. Es ist der Name eines der Größten der Welt.»

Er seufzte und verschränkte die Arme vor der Brust.

Hippolyte und Marie starrten ihn unbehaglich an. Sie wussten nicht, was sie von diesem unerwarteten und ungemein seltsamen Besucher halten sollten.

«Monsieur wünschen ...», murmelte Hippolyte mechanisch.

«Ich wünsche zu wissen, warum Sie die Polizei angelogen haben.»

«Monsieur!», rief Hippolyte, «ich – die Polizei angelogen? Ganz ausgeschlossen, niemals!»

Poirot schüttelte den Kopf.

«Sie irren sich», sagte er, «Sie haben es sogar mehrmals getan. Mal sehen.» Er zog ein kleines Notizbuch aus der Tasche und konsultierte es. «Ah, ja; mindestens bei sieben Gelegenheiten. Ich will sie Ihnen nennen.»

Mit sanfter Stimme ging er daran, die sieben Punkte zu verlesen.

Hippolyte stand mit offenem Mund da.

«Ich bin aber nicht gekommen, um über diese kleinen vergangenen Verfehlungen zu sprechen», fuhr Poirot fort, «nur sollten Sie sich nicht für allzu gescheit halten, *mon ami*. Ich komme jetzt zu der besonderen Lüge, mit der ich mich befasse – Ihrer Aussage, dass der Comte de la Roche diese Villa am Morgen des vierzehnten Februar betreten hat.»

«Aber das war doch keine Lüge, Monsieur, das war die Wahrheit. Monsieur le Comte ist am Dienstag, dem Vierzehnten, morgens hier angekommen. Stimmt das etwa nicht, Marie?»

Marie stimmte eifrig zu.

«Ah, ja, das stimmt. Ich erinnere mich sehr gut.»

«Ach», sagte Poirot, «und was haben Sie dem gnädigen Herrn an dem Tag zu essen serviert?»

«Ich ...» Marie brach ab und versuchte, sich zu sammeln.

«Seltsam», sagte Poirot, «wie man sich an einige Dinge erinnert – und andere vergisst.»

Er beugte sich vor und hieb die Faust auf den Tisch, seine Augen sprühten vor Zorn.

«Ja, ja, es ist so, wie ich sage. Sie erzählen Lügen, und Sie meinen, keiner weiß Bescheid. Aber es gibt zwei Leute, die Bescheid wissen. Ja – zwei Leute. Der eine ist *le bon Dieu* ...»

Er erhob eine Hand zum Himmel, dann setzte er sich wieder zurecht, schloss die Lider und murmelte behaglich:

«Und der andere ist Hercule Poirot.»

«Ich versichere Ihnen, Monsieur, Sie müssen sich irren. Monsieur le Comte hat Paris am Montagabend verlassen ...»

«Stimmt», sagte Poirot, «mit dem *Rapide*. Wo er die Fahrt unterbrochen hat, weiß ich nicht. Vielleicht wissen Sie es. Was ich aber weiß, ist, dass er am Mittwoch früh hier angekommen ist und nicht am Dienstag.»

«Monsieur irrt sich», sagte Marie unerschütterlich.

Poirot stand auf.

«Dann muss ich der Gerechtigkeit ihren Lauf lassen», murmelte er. «Schade!»

«Was meinen Sie damit, Monsieur?», fragte Marie ein klein wenig beunruhigt.

«Sie werden verhaftet werden, und zwar wegen Beihilfe zum Mord an Madame Kettering, der englischen Dame, die umgebracht wurde.»

«Mord!»

Das Gesicht des Mannes war kreideweiß geworden und seine Knie zitterten. Marie ließ den Teigroller fallen und begann zu weinen.

«Aber das ist unmöglich – unmöglich! Ich hatte geglaubt ...»

«Da Sie bei Ihrer Darstellung bleiben, ist jedes weitere Wort überflüssig. Ihr seid beide große Narren.»

Poirot hatte sich bereits zum Gehen gewandt, als eine aufgeregte Stimme ihn zurückrief.

«Monsieur, Monsieur, bitte einen Augenblick. Ich – ich hatte keine Ahnung, dass es um so etwas geht. Ich – ich dachte, es handelt sich um eine Dame. Wegen Damen haben wir schon öfter kleine Unannehmlichkeiten mit der Polizei gehabt. Aber Mord – das ist etwas ganz anderes.»

«Meine Geduld ist zu Ende», rief Poirot. Er drehte sich zu ihnen um und fuchtelte zornig mit der Faust vor Hippolytes Gesicht herum. «Soll ich den ganzen Tag hier stehen und mich mit zwei Idioten zanken? Ich will die Wahrheit wissen. Wenn

Sie sie mir nicht sagen wollen, dann ist das Ihr Vergnügen. *Zum letzten Mal: Wann ist Monsieur le Comte in der Villa Marina angekommen – Dienstagmorgen oder Mittwochmorgen?»*

«Mittwoch», ächzte der Mann, und hinter ihm nickte Marie.

Poirot betrachtete sie eine Minute lang stumm, dann nickte auch er.

«Ihr seid klug, meine Kinder», sagte er ruhig. «Um ein Haar wärt ihr in eine böse Situation geraten.»

Vergnügt vor sich hin lächelnd verließ er die Villa.

«Einmal richtig geraten», murmelte er. «Soll ich es noch einmal versuchen?»

Es war sechs Uhr, als die Karte von Monsieur Hercule Poirots Mirelle hinaufgebracht wurde. Sie starrte sie ein paar Momente an und nickte dann. Als Poirot eintrat, ging die Tänzerin nervös im Zimmer auf und ab. Sie stürzte sich wütend auf ihn.

«Was wollen Sie von mir?», schrie sie ihn an. «Worum geht es jetzt? Haben Sie mich noch nicht genug gequält, Sie alle? Sind Sie nicht alle schuld daran, dass ich meinen armen Derek verraten habe? Was wollen Sie noch?»

«Eine einzige kleine Frage, Mademoiselle. Nachdem der Zug Lyon verlassen hatte und Sie das Abteil von Madame Kettering betreten haben …»

«Was soll das?»

Poirot blickte sie mit mildem Vorwurf an und begann aufs Neue.

«Als Sie Madame Ketterings Abteil betreten hatten …»

«Das habe ich nie getan.»

«Und sie dort liegen sahen …»

«Ich habe das Abteil nicht betreten, das sage ich Ihnen doch.»

«Ah, sacré!»

Er schrie sie so wütend an, dass sie sich vor ihm duckte.

«Mich wollen Sie anlügen? Ich sage Ihnen, was geschehen

ist, so genau, als ob ich dabei gewesen wäre. Sie sind in das Abteil gegangen und haben sie tot vorgefunden. Ich sage Ihnen, ich weiß es. Mich anzulügen ist gefährlich. Seien Sie vorsichtig, Mademoiselle Mirelle.»

Unter seinem Blick zuckten ihre Augen und senkten sich.

«Ich – ich habe doch nicht...», begann sie unsicher und brach ab.

«Ich frage mich nur eines», sagte Poirot, «nämlich, ob Sie das, was Sie suchten, gefunden haben, Mademoiselle, oder ob...»

«Ob was?»

«Oder ob Ihnen jemand zuvorgekommen war.»

«Ich antworte auf keine Frage mehr», kreischte die Tänzerin. Sie riss sich von Poirot los, der ihr die Hand auf den Arm gelegt hatte, und warf sich zu Boden, wo sie kreischte und schluchzte. Eine erschreckte Zofe kam herbeigelaufen.

Hercule Poirot zuckte mit den Schultern, hob die Brauen und verließ ruhig das Zimmer.

Aber er schien zufrieden zu sein.

Dreissigstes Kapitel

Miss Viners Urteil

Katherine blickte durch Miss Viners Schlafzimmerfenster ins Freie. Es regnete, nicht stark, aber mit ruhiger, gleichmäßiger Beharrlichkeit. Vor dem Fenster erstreckte sich ein schmaler Vorgarten mit einem Weg hinab zum Tor und zu beiden Seiten säuberliche Blumenbeete, in denen später Rosen und Nelken und blaue Hyazinthen blühen würden.

Miss Viner lag auf einem großen viktorianischen Bett. Sie hatte ein Tablett mit den Überbleibseln des Frühstücks beiseite geschoben, öffnete eben ihre Post und gab beißende Kommentare dazu ab.

Katherine hielt einen geöffneten Brief in der Hand und las ihn zum zweiten Mal. Er kam aus dem Ritz in Paris und lautete folgendermaßen:

Chère Mademoiselle Katherine
Ich hoffe, dass Sie gesund sind und der englische Winter Sie nicht allzu sehr deprimiert. Ich setze meine Nachforschungen mit äußerster Sorgfalt fort. Glauben Sie ja nicht, dass ich hier Ferien mache. Bald werde ich nach England kommen und hoffe auf das Vergnügen, Sie wieder zu sehen. Ich werde Sie doch sehen, oder? Bei meiner Ankunft in London werde ich Ihnen schreiben. Sie haben doch nicht vergessen, dass wir in dieser Affäre Kollegen sind? Aber ich glaube, das

wissen Sie sehr wohl. Seien Sie, Mademoiselle, meiner Hochachtung und Ergebenheit versichert.

Hercule Poirot

Katherine schnitt eine kleine Grimasse. Es war, als ob etwas an diesem Brief ihr Rätsel aufgebe und sie beunruhige.

«Ausgerechnet ein Picknick für Chorknaben», brummelte Miss Viner. «Tommy Saunders und Albert Dykes sollten aber nicht mitkommen, und ich unterstütze das Ganze erst, wenn sie nicht dabei sind. Was die beiden Jungs sonntags in der Kirche machen, weiß ich nicht. Tommy hat ‹O Herr, erlöse uns geschwind› gesungen und dann den Mund nicht mehr aufgemacht, und wenn Albert Dykes nicht die ganze Zeit Pfefferminzbonbons gelutscht hat, dann ist meine Nase nicht mehr das, was sie immer war und immer noch ist.»

«Ich weiß, sie sind schrecklich», stimmte Katherine zu.

Sie öffnete einen zweiten Brief, und eine plötzliche Röte stieg in ihre Wangen. Miss Viners Stimme im Zimmer schien in weite Fernen zu rücken.

Als sie sich ihrer Umgebung wieder bewusst wurde, gelangte Miss Viner eben ans triumphale Ende einer langen Rede.

«Und ich sage zu ihr: ‹Überhaupt nicht. Zufällig ist Miss Grey Lady Tamplins Kusine.› Na, was halten Sie davon?»

«Haben Sie meine Schlachten für mich ausgetragen? Das war sehr nett von Ihnen.»

«Sie können es so nehmen, wenn Sie wollen. Für mich hat ein Titel keinen besonderen Wert. Pfarrersfrau oder nicht, diese Frau ist eine Katze. Anzudeuten, Sie hätten sich Ihren Weg in die Gesellschaft erkauft!»

«Vielleicht hatte sie gar nicht so Unrecht.»

«Sehen Sie sich doch an», fuhr Miss Viner fort. «Sind Sie etwa als hochnäsige feine Dame zurückgekommen, was ja durchaus denkbar gewesen wäre? Nein, da sitzen Sie, so vernünftig wie eh und je, in guten dicken Wollstrümpfen und Ihren vernünftigen Schuhen. Erst gestern habe ich mich mit Ellen darüber unterhalten. ‹Ellen›, habe ich gesagt, ‹schauen Sie sich Miss Grey an. Sie war ganz dicke mit einigen von den Größten im Land, und läuft sie vielleicht so herum wie Sie, mit dem Rock knapp überm Knie und Seidenstrümpfen, die Laufmaschen kriegen, wenn man zu scharf hinsieht, und den albernsten Schuhen, die ich je gesehen habe?›»

Katherine lächelte ein wenig vor sich hin. Es hatte sich offenbar gelohnt, Miss Viners Vorurteilen entgegenzukommen. Mit wachsendem Schwung fuhr die alte Dame fort.

«Es war mir eine große Erleichterung, dass Sie so ohne Flausen zurückgekommen sind. Erst neulich habe ich meine Zeitungsausschnitte gesucht. Ich habe nämlich einige Artikel über Lady Tamplin und ihr Lazarett und alles mögliche andere. Ich konnte sie aber nicht finden. Sie sollten einmal danach suchen, meine Liebe. Ihre Augen sind besser als meine. Die sind alle in einer Schachtel in einer der Schubladen des Schreibtischs.»

Katherine warf einen Blick auf den Brief in ihrer Hand und wollte eigentlich etwas sagen, verkniff es sich jedoch, ging zum Schreibtisch hinüber, fand die Schachtel mit Zeitungsausschnitten und begann sie durchzusehen. Seit ihrer Rückkehr nach St. Mary Mead hatte sie Miss Viner ins Herz geschlossen und bewunderte die stoische Haltung und den Mumm der alten Dame. Sie hatte das Gefühl, nicht viel für ihre alte Freundin tun zu können, aber aus Erfahrung wusste sie, wie viel diese scheinbaren Nebensächlichkeiten alten Menschen bedeuteten.

«Hier habe ich einen», sagte sie. «‹Viscountess Tamplin, die ihre Villa in Nizza in ein Lazarett für Offiziere umgewandelt hat, ist das Opfer eines sensationellen Raubes geworden. Ihre gesamten Juwelen wurden gestohlen, darunter auch die berühmten Smaragde, ein Erbstück des Hauses Tamplin.›»

«Wahrscheinlich Glas», sagte Miss Viner, «wie das meiste, was die Damen der Gesellschaft an Schmuck haben.»

«Hier ist wieder etwas», sagte Katherine. «Ein Bild von ihr.

‹Eine entzückende Studie: Viscountess Tamplin mit ihrem Töchterchen Lenox›.»

«Lassen Sie mal sehen», sagte Miss Viner. «Viel ist vom Gesicht des Kindes nicht zu sehen, oder? Ist wahrscheinlich auch besser so. Die Welt wimmelt von Gegensätzen, und schöne Mütter haben grässliche Kinder. Ich nehme an, der Fotograf hat gesehen, dass der Anblick des Hinterkopfs das Beste ist, was er für das Kind tun kann.»

Katherine lachte.

«‹Eine der elegantesten Gastgeberinnen der diesjährigen Riviera-Saison ist Viscountess Tamplin, die eine Villa in Cap Martin besitzt. Ihre Kusine, Miss Grey, die kürzlich auf sehr romantische Weise ein riesiges Vermögen geerbt hat, ist bei ihr zu Gast›.»

«Das ist der, den ich gesucht habe», sagte Miss Viner. «Wahrscheinlich war in einer von den Zeitungen ein Bild von Ihnen, das ich verpasst habe; Sie wissen schon – Mrs. Soundso oder Irgendwas Jones-Williams bei diesem oder jenem Geschieße, meistens mit Flinte unter dem Arm und einem Fuß in der Luft. Für einige von denen muss es schlimm sein, hinterher festzustellen, wie sie aussehen.»

Katherine antwortete nicht. Mit einem Finger glättete sie den Zeitungsausschnitt, und auf ihrem Gesicht lag ein verwirrter, besorgter Ausdruck. Dann zog sie den zweiten Brief aus seinem Umschlag und las ihn abermals. Sie wandte sich an ihre Freundin.

«Miss Viner? Hören Sie bitte – ein Bekannter von mir, den ich an der Riviera kennen gelernt habe, möchte mich gern hier besuchen.»

«Ein Mann?», fragte Miss Viner.

«Ja.»

«Wer ist es?»

«Der Sekretär von Mr. Van Aldin, dem amerikanischen Millionär.»

«Wie heißt er?»

«Major Knighton.»

«Hm. Sekretär eines Millionärs. Und will herkommen. Also, Katherine, ich will Ihnen mal sagen, was gut für Sie ist. Sie sind ein nettes Mädchen und vernünftig, und Ihr Kopf sitzt richtig herum zwischen den Schultern, aber einmal im Leben macht jede Frau sich zum Narren. Zehn zu eins, dass der Mann da hinter Ihrem Geld her ist.»

Mit einer Geste unterband sie Katherines Antwort. «Auf so etwas habe ich gewartet. Was ist der Sekretär eines Millionärs? In neun von zehn Fällen ein junger Mann, der sich gern ein leichtes Leben macht. Ein junger Mann mit guten Manieren und Hang zum Luxus und nichts im Kopf und kein Unternehmungsgeist, und wenn es etwas gibt, was eine noch schlappere Angelegenheit ist als Sekretär bei einem Millionär zu sein, dann ist es das: Eine reiche Frau wegen ihres Geldes heiraten. Ich will nicht sagen, dass Sie keinem Mann gefallen können. Aber Sie sind nicht jung, und Sie haben zwar eine feine Haut, aber eine Schönheit sind Sie nicht, und was ich sagen will, ist: machen Sie sich nicht zum Narren. Aber wenn Sie darauf bestehen, dann sorgen Sie dafür, dass Ihr Geld ganz sicher bei *Ihnen* bleibt. So, ich bin fertig. Was haben Sie dazu zu sagen?»

«Nichts», sagte Katherine, «aber hätten Sie etwas dagegen, wenn er mich besuchen käme?»

«Ich wasche meine Hände in Unschuld», sagte Miss Viner. «Ich habe meine Pflicht getan, und was jetzt passiert, müssen Sie mit sich selbst ausmachen. Wollen Sie ihn zum Mittag- oder zum Abendessen hier haben? Ich glaube, Ellen könnte ein Abendessen hinkriegen – das heißt, wenn sie nicht wieder den Kopf verliert.»

«Ein Mittagessen wäre schön», sagte Katherine. «Das ist sehr nett von Ihnen, Miss Viner. Er hat mich gebeten, ihn anzurufen. Das werde ich gleich tun und ihm sagen, dass wir uns freuen würden, ihn zum Mittagessen hier zu haben. Er kommt von London mit dem Auto.»

«Ellen macht ganz ordentliche Steaks mit gegrillten Tomaten», sagte Miss Viner. «Nicht gut, aber besser als das, was sie sonst macht. Eine Torte sollten wir uns aus dem Kopf schlagen, bei Gebäck ist sie nicht zu ertragen, aber ihr Pudding ist nicht schlecht, und ich nehme an, Sie können bei Abbot einen guten Stilton auftreiben. Ich habe mir immer sagen lassen, dass Gentlemen ein schönes Stück Stilton mögen, und es ist noch einiges von Vaters Wein übrig, vielleicht einen spritzigen Mosel.»

«Ach nein, Miss Viner, das ist wirklich nicht nötig.»

«Unsinn, mein Kind. Kein Gentleman ist glücklich, wenn er nicht zum Essen etwas zu trinken hat. Es liegt auch noch ein guter Whisky von vor dem Krieg herum, wenn Ihnen das lieber wäre. Jetzt tun Sie, was ich sage, und widersprechen Sie mir nicht. Der Schlüssel zum Weinkeller ist in der dritten Schublade von unten in der Frisierkommode, im zweiten Paar Strümpfe auf der linken Seite.»

Gehorsam ging Katherine dorthin.

«Das zweite Paar, hören Sie?», sagte Miss Viner. «Im ersten Paar stecken meine Diamant-Ohrringe und meine Filigran-Brosche.»

«Ach», sagte Katherine, ein wenig erschrocken, «soll ich die nicht lieber in Ihren Schmuckkasten legen?»

Miss Viner stieß einen lauten und sehr langen Schnaufton aus.

«Nein, also wirklich! Dafür habe ich ein bisschen zu viel Grips. Nein, nein, ich weiß noch gut, wie mein armer Vater sich unten einen Safe hat einbauen lassen. Ganz stolz war er darauf, und zu meiner Mutter hat er gesagt: ‹Also, Mary, jetzt bringst du mir jeden Abend deine Schmuckschatulle, die sperr ich dann für dich weg.› Meine Mutter war eine Frau mit viel Takt und wusste, dass Gentlemen gern ihren Kopf durchsetzen, und sie hat ihm wie gewünscht den Schmuckkasten zum Wegschließen gebracht.

Und dann sind nachts einmal Einbrecher gekommen, und selbstverständlich – natürlich – war das Erste, worauf sie sich gestürzt haben, der Safe! War ja nicht anders zu erwarten, wo doch mein Vater im ganzen Dorf damit geprahlt hat, dass man hätte meinen können, er hätte König Salomons Diamanten darin. Sie haben alles leer geräumt, haben die Becher mitgenommen, die Silberpokale und das Goldtablett, das mein Vater geschenkt bekommen hatte, *und* den Schmuckkasten.»

Sie seufzte bei dieser Erinnerung. «Mein Vater war ganz aufgelöst wegen Mutters Schmuck. Da gab es ein venezianisches Ensemble und ein paar sehr schöne Gemmen und einige blassrosa Korallen und zwei Diamantringe mit ziemlich großen Steinen. Und dann musste sie ihm natürlich beichten, dass sie als vernünftige Frau ihren Schmuck in einem Korsett eingerollt hatte, und da war er noch immer, so sicher wie nur etwas.»

«Und der Schmuckkasten ist ganz leer gewesen?»

«O nein, Liebes», sagte Miss Viner. «Dann wäre er zu leicht gewesen. Meine Mutter war eine sehr kluge Frau, sie hat sich das gut überlegt. Im Schmuckkästchen hatte sie ihre Knöpfe, und das war ein sehr guter Platz dafür. Stiefelknöpfe im obersten Fach, Hosenknöpfe im zweiten, und alle anderen darunter. Seltsamerweise war mein Vater verärgert über sie. Er sagte, er hielte nichts von Täuschungsmanövern. Aber ich sollte aufhören zu plappern, Sie wollen ja los und Ihren Freund anrufen, und denken Sie dran, ein schönes Steak auszusuchen, und sagen Sie Ellen, sie soll bloß nicht mit Löchern in den Strümpfen bei Tisch bedienen.»

«Heißt sie nun Ellen oder Helen, Miss Viner? Ich dachte …»

Miss Viner schloss die Augen.

«Ich verschlucke schon nicht meine Hs, meine Liebe, aber Helen ist kein passender Name für eine Bedienstete. Ich weiß nicht, was heutzutage mit den Müttern in den Unterschichten los ist.»

Als Knighton gegen Mittag im Landhaus ankam, hatte es aufgehört zu regnen. Die blasse Wintersonne färbte Katherines Schopf, als sie im Eingang stand, um ihn zu begrüßen. Er kam hastig, fast jungenhaft auf sie zu.

«Ich hoffe, Sie sind mir nicht böse. Ich musste Sie ganz einfach bald wieder sehen. Hoffentlich störe ich Ihre Freundin nicht, bei der Sie wohnen.»

«Kommen Sie herein, und schließen Sie Freundschaft mit ihr», sagte Katherine. «Sie kann einen ganz schön durcheinander bringen, aber sie hat das beste Herz der Welt.»

Miss Viner thronte majestätisch im Salon und trug einen kompletten Satz jener Gemmen, die der Familie so glückhaft erhalten geblieben waren. Sie begrüßte Knighton mit Würde und einer herben Höflichkeit, die manchen Mann vergrault hätte. Aber Knighton hatte viel Charme, der nicht leicht zu ignorieren war, und nach etwa zehn Minuten begann Miss Viner sichtlich aufzutauen. Es wurde ein munteres Mittagessen, und Ellen – oder Helen –, in neuen Seidenstrümpfen ohne Laufmaschen, vollbrachte Wunderwerke des Aufwartens. Danach machten Katherine und Knighton einen Spaziergang und tranken hinterher den Tee zu zweit, da Miss Viner sich hingelegt hatte.

Als der Wagen schließlich abgefahren war, ging Katherine langsam nach oben. Eine Stimme rief nach ihr, und sie begab sich in Miss Viners Schlafzimmer.

«Ihr Freund ist weg?»

«Ja. Vielen Dank, dass ich ihn einladen durfte.»

«Nichts zu danken, meinen Sie denn, ich wäre ein alter Drachen, der nie etwas für andere tut?»

«Ich meine, dass Sie eine ganz Liebe sind», sagte Katherine.

«Hmph», sagte Miss Viner besänftigt.

Als Katherine aus dem Zimmer ging, rief Miss Viner sie zurück.

«Katherine?»

«Ja?»

«Bei Ihrem jungen Mann hatte ich Unrecht. Wenn ein Mann sich an einen heranmacht, kann er herzlich und galant sein und überaus aufmerksam und insgesamt charmant. Aber wenn einer wirklich verliebt ist, dann kann er nicht anders – er schaut drein wie ein Schaf. Also, jedes Mal, wenn der junge Mann Sie angeschaut hat, sah er aus wie ein Schaf. Ich nehme alles zurück, was ich heute Morgen gesagt habe. Der meint's ehrlich.»

Einunddreissigstes Kapitel

Mr. Aarons' Mittagessen

«Ah!», sagte Mr. Joseph Aarons beifällig.

Er tat einen tiefen Zug aus seinem Humpen, setzte ihn seufzend ab, wischte sich den Schaum von den Lippen und strahlte über den Tisch hinweg seinen Gastgeber an, Hercule Poirot.

«Geben Sie mir», sagte Mr. Aarons, «ein gutes Porterhouse-Steak und einen Humpen mit etwas Trinkbarem, dann schenke ich Ihnen Ihr französisches Gefummel und Dingsbums, Ihre Ohrdöver und Hommletts und Wachtelstückchen. Geben Sie mir», wiederholte er, «ein Porterhouse-Steak.»

Poirot, der diese Forderung eben erfüllt hatte, lächelte verständnisvoll.

«Nicht, dass an Steak-and-Kidney-Pudding viel falsch wäre», fuhr Mr. Aarons fort. «Apfelkuchen? Ja, ich nehme Apfeltorte, danke sehr, Miss, und ein Töpfchen Sahne.»

Das Mahl ging weiter. Schließlich legte Mr. Aarons mit einem langen Seufzer Löffel und Gabel beiseite, um ein wenig mit dem Käse herumzuspielen, ehe er seine Gedanken auf andere Dinge wandte.

«Sie wollten mich doch wegen einer kleinen geschäftlichen Sache sprechen, Monsieur Poirot», bemerkte er. «Ich würde mich wirklich sehr freuen, wenn ich Ihnen irgendwie behilflich sein könnte.»

«Sehr freundlich von Ihnen», sagte Poirot. «Ich habe mir gesagt: Wenn du eine Auskunft über irgendetwas brauchst, was mit den dramatischen Künsten zu tun hat, dann gibt es einen, der alles weiß, was man nur wissen kann, und das ist mein alter Freund, Mr. Joseph Aarons.»

«Und da liegen Sie nicht schief», sagte Mr. Aarons selbstgefällig. «Ob es um Vergangenheit, Gegenwart oder Zukunft geht, Joe Aarons ist der richtige Mann.»

«*Précisément*. Also, was ich Sie fragen wollte, Mr. Aarons, was wissen Sie über eine junge Dame namens Kidd?»

«Kidd? Kitty Kidd?»

«Kitty Kidd.»

«Die konnte was. Hosenrollen, Gesang und Tanz. Meinen Sie die?»

«Ja, die meine ich.»

«*Sehr* tüchtig war sie. Hat gutes Geld verdient. Nie ohne Engagement. Vor allem als Herrendarstellerin; aber, nebenbei, auch als Charakterschauspielerin einwandfrei.»

«Das hab ich auch gehört», sagte Poirot, «aber in letzter Zeit ist sie nicht mehr aufgetreten, oder?»

«Nein. Weg von der Bühne. Ist nach Frankreich übergelaufen, hat sich mit so einem schnieken Adligen zusammengetan. Hat die Bühne, glaube ich, für immer an den Nagel gehängt.»

«Wie lange ist das her?»

«Mal sehen. Drei Jahre. Und ich sage Ihnen, es ist ein Verlust.»

«War sie gerissen?»

«Gerissen wie ne Wagenladung Affen.»

«Wie der Mann heißt, mit dem sie sich da in Paris angefreundet hat, wissen Sie wohl nicht?»

«Er war schnieke, das weiß ich. Ein Graf – oder war es ein Marquis? Wenn ich's mir richtig überlege, glaube ich, es war ein Marquis.»

«Und seitdem haben Sie nichts von ihr gehört?»

«Nichts. Bin ihr nicht mal zufällig über den Weg gelaufen. Treibt sich wahrscheinlich in diesen ausländischen Kurorten herum. Lebenslänglich Marquise, was für ein Leben. Aber Kitty konnte man nichts vormachen. Die konnte so gut einstecken wie austeilen.»

«Verstehe», sagte Poirot nachdenklich.

«Tut mir Leid, dass ich Ihnen nicht mehr erzählen kann, Monsieur Poirot», sagte der andere. «Ich würde Ihnen gern helfen. Sie haben mir ja mal einen großen Gefallen getan.»

«Ah, was das angeht, sind wir quitt, Sie haben mir ja auch geholfen.»

«Lauter gute Taten, eine gegen die andere. Ha, ha!», sagte Mr. Aarons.

«Ihr Beruf muss ja sehr interessant sein», sagte Poirot.

«Es geht», sagte Mr. Aarons leichthin. «Alles in allem ist es nicht uneben. Insgesamt komm ich ganz gut durch, aber man muss verflucht fix sein. Man weiß nie, worauf das Publikum morgen fliegt.»

«In den letzten Jahren ist der Tanz ja sehr erfolgreich gewesen», murmelte Poirot versonnen.

«Ich hab ja nie was mit diesem Russischen Ballett anfangen können, aber die Leute mögen es. Mir ist das zu hochnäsig.»

«Ich habe da an der Riviera eine Tänzerin kennen gelernt – Mademoiselle Mirelle.»

«Mirelle? Heiße Nummer, auf jeden Fall. Irgendwer finanziert die auch immer – aber, was das angeht, das Mädchen kann tanzen; ich habe sie gesehen, und ich weiß, wovon ich rede. Ich hatte nie was mit ihr zu tun, aber sie muss ganz schön schwierig sein. Dauernd Launen und Temperamentsausbrüche.»

«Ja», sagte Poirot versonnen, «ja, das kann ich mir vorstellen.»

«Temperament!», sagte Mr. Aarons, «Temperament! So nennen die das selber. Meine Alte war Tänzerin, ehe sie mich geheiratet hat, aber Gott sei Dank hat sie nie Temperament gehabt. Zu Hause will man kein Temperament, Monsieur Poirot.»

«Ganz Ihrer Meinung, mein Freund; da ist es nicht angebracht.»

«Eine Frau sollte ruhig und verständnisvoll sein, und gut kochen», sagte Mr. Aarons.

«Mirelle tritt wohl noch nicht lange auf, oder?», fragte Poirot.

«Allenfalls seit zweieinhalb Jahren», sagte Mr. Aarons. «So ein französischer Herzog hat sie lanciert. Jetzt soll sie was mit dem Expremier von Griechenland haben. Das sind Burschen, die immer klammheimlich Geld auf die Seite bringen.»

«Das war mir neu», sagte Poirot.

«Also, die lässt weder was anbrennen noch kalt werden. Angeblich hat doch der junge Kettering ihretwegen seine Frau umgebracht. Ich weiß da nichts Genaues. Jedenfalls sitzt er, und sie hat sich was Neues suchen müssen, und das hat sie wohl ganz gerissen angestellt. Es heißt, sie trägt einen Rubin, groß wie ein Taubenei – nicht dass ich je ein Taubenei gesehen hätte, aber so steht es immer in den Romanen.»

«Ein Rubin in der Größe eines Taubeneis!», sagte Poirot. Seine Augen leuchteten grün wie die einer Katze. «Wie interessant!»

«Hab ich von einem Freund gehört», sagte Mr. Aarons. «Kann aber auch nur buntes Glas sein. Die sind doch alle gleich, diese Frauen – hören nie auf mit Jägerlatein über ihren Schmuck. Mirelle erzählt überall, auf ihrem liegt ein Fluch. *Feuerherz* nennt sie ihn, glaube ich.»

«Aber soviel ich weiß», sagte Poirot, «ist der Rubin namens *Feuerherz* das Mittelstück eines Halsbands.»

«Na, sehen Sie! Ich sag's doch, alles Lügen, was Frauen über ihre Klunker erzählen. Der von Mirelle, das ist ein einzelner Stein, hängt an einer Platinkette an ihrem Hals; aber, wie gesagt, zehn zu eins, dass es nur buntes Glas ist.»

«Nein», sagte Poirot sanft. «Nein – irgendwie glaube ich nicht, dass es buntes Glas ist.»

Zweiunddreissigstes Kapitel

Katherine und Poirot vergleichen ihre Notizen

«Sie haben sich verändert, Mademoiselle», sagte Poirot plötzlich. Er und Katherine saßen sich an einem Tischchen im *Savoy* gegenüber.

«Ja, Sie haben sich verändert», fuhr er fort.

«In welcher Hinsicht?»

«Mademoiselle, diese Nuancen sind schwer auszudrücken.»

«Ich bin älter geworden.»

«Ja, Sie sind älter geworden. Und damit meine ich nicht, dass bei Ihnen Runzeln und Krähenfüße kommen. Als ich Sie das erste Mal sah, Mademoiselle, standen Sie dem Leben als Zuschauerin gegenüber. Sie hatten den ruhig-belustigten Ausdruck eines Menschen, der sich in einem Sitz zurücklehnt und der Komödie zuschaut.»

«Und jetzt?»

«Jetzt schauen Sie nicht mehr zu. Es ist vielleicht absurd, was ich sage, aber Sie wirken wie ein misstrauischer Kämpfer in einer schwierigen Partie.»

«Meine alte Dame ist manchmal schwierig», sagte Katherine lächelnd, «aber ich kann Ihnen versichern, dass ich mit ihr kein Duell auf Leben und Tod austrage. Sie müssen sie übrigens einmal besuchen, Monsieur Poirot. Sie dürften zu denen gehören, die ihren Mumm und ihren Geist zu schätzen wissen.»

Sie schwiegen, während der Kellner ihnen geschickt das Huhn *en casserole* servierte. Als er gegangen war, sagte Poirot:

«Habe ich Ihnen je von meinem Freund Hastings erzählt? Der gesagt hat, ich sei eine menschliche Auster? *Eh bien*, Mademoiselle, ich habe meine Meisterin gefunden. Sie spielen ganz für sich, weit mehr als ich.»

«Unsinn», sagte Katherine leichthin.

«Hercule Poirot redet niemals Unsinn. Es ist so, wie ich sagte.»

Wieder herrschte Schweigen. Poirot beendete es, indem er fragte:

«Haben Sie jemanden von unseren Riviera-Bekannten gesehen, Mademoiselle, seit Sie wieder in England sind?»

«Ich habe Major Knighton getroffen.»

«Aha, tatsächlich?»

Etwas in Poirots zwinkernden Augen ließ Katherine die ihren senken.

«Also ist Monsieur Van Aldin noch immer in London?»

«Ja.»

«Dann muss ich versuchen, ihn morgen oder übermorgen zu sehen.»

«Haben Sie Neuigkeiten für ihn?»

«Warum glauben Sie das?»

«Ach, ich frage nur so.»

Poirot schaute sie mit seinen Augen zwinkernd über den Tisch hinweg an.

«Und nun, Mademoiselle, sehe ich, dass Sie mich vielerlei fragen wollen. Warum auch nicht? Ist nicht die Affäre um den *Blauen Express* unser *roman policier?*»

«Ich möchte Sie wirklich einiges fragen.»

«Eh bien?»

Katherine blickte auf, plötzlich wirkte sie sehr entschlossen.

«Was haben Sie in Paris gemacht, Monsieur Poirot?»

Poirot lächelte flüchtig.

«Ich habe der russischen Botschaft einen Besuch abgestattet.»

«Oh.»

«Ich sehe, das sagt Ihnen nichts. Aber ich will nicht die menschliche Auster spielen. Nein, ich lege meine Karten auf den Tisch, was Austern sicher niemals tun. Sie nehmen wohl an, nicht wahr, dass mich der Fall Derek Kettering nicht befriedigt?»

«Das hatte ich mich eben gefragt. In Nizza dachte ich, Sie hätten den Fall für sich abgeschlossen.»

«Sie sagen nicht alles, was Sie meinen, Mademoiselle. Aber ich gebe alles zu. Ich – meine Ermittlungen – haben Derek Kettering dorthin gebracht, wo er jetzt ist. Ohne mich würde der Untersuchungsrichter noch immer vergeblich versuchen, das Verbrechen dem Comte de la Roche zuzuschreiben. *Eh bien*, Mademoiselle, ich bereue nicht, was ich getan habe. Ich habe nur eine Pflicht – die Wahrheit herauszufinden, und dieser Weg führte geradewegs zu Monsieur Kettering. Aber endet er auch dort? Die Polizei sagt ja, aber ich, Hercule Poirot, bin nicht zufrieden.»

Er brach plötzlich ab. «Sagen Sie, Mademoiselle, haben Sie in der letzten Zeit etwas von Mademoiselle Lenox gehört?»

«Ein sehr kurzer, zusammenhangloser Brief. Ich glaube, sie ist böse auf mich, weil ich nach England zurückgegangen bin.»

Poirot nickte.

«Am Abend, an dem Monsieur Kettering verhaftet wurde, hatte ich ein Gespräch mit ihr. Es war ein in mehrfacher Hinsicht interessantes Gespräch.»

Wieder verfiel er in Schweigen, und Katherine unterbrach sein Nachdenken nicht. «Mademoiselle», sagte er schließlich, «ich betrete jetzt heikles Gelände, aber eines will ich Ihnen doch sagen. Ich glaube, es gibt eine Person, die Monsieur Kettering liebt – korrigieren Sie mich, wenn ich etwas Falsches sage –, und für diese Person – nun ja – um dieser Person willen hoffe ich, dass ich Recht habe und die Polizei Unrecht. Sie wissen, wer diese Person ist?»

Nach einer Pause sagte Katherine leise:

«Ja – ich glaube, ich weiß es.»

Poirot beugte sich über den Tisch zu ihr.

«Ich bin nicht zufrieden, Mademoiselle; nein, ich bin nicht zufrieden. Die Fakten, die wichtigsten Fakten, führen unmittelbar zu Monsieur Kettering. Aber es gibt etwas, das man übersehen hat.»

«Und das wäre?»

«Das verstümmelte Gesicht des Opfers. Hundertmal, Mademoiselle, habe ich mich gefragt: Ist Derek Kettering der Mensch, der so einen Hieb versetzen würde, nachdem er den Mord begangen hat? Was hätte das für einen Sinn? Wozu könnte es dienen? Ist es eine Handlungsweise, die zu einem mit Monsieur Ketterings Temperament passt? Und, Mademoiselle, die Antwort auf diese Fragen ist zutiefst unbefriedigend. Immer und immer wieder komme ich zurück auf diesen einen Punkt – ‹Warum?› Und alles, was ich habe, um zu einer Lösung des Problems zu gelangen, ist das hier.»

Er zog sein Notizbuch hervor, entnahm ihm etwas und hielt es ihr zwischen Daumen und Zeigefinger hin.

«Erinnern Sie sich, Mademoiselle? Sie waren dabei, als ich diese Haare von der Decke im Abteil entfernte.»

Katherine beugte sich vor und musterte die Haare aufmerksam.

Poirot nickte mehrmals langsam.

«Die Haare sagen Ihnen nichts, das sehe ich, Mademoiselle. Und dennoch – irgendwie glaube ich, dass Sie einiges sehen.»

«Man hat so seine Ideen», sagte Katherine langsam, «seltsame Ideen. Und deshalb frage ich Sie, was Sie in Paris gemacht haben, Monsieur Poirot.»

«Als ich Ihnen schrieb ...»

«Aus dem *Ritz*?»

Ein eigentümliches Lächeln glitt über Poirots Gesicht.

«Ja, wie Sie sagen, aus dem *Ritz*. Manchmal führe ich ein Luxusleben – wenn ein Millionär es bezahlt.»

«Die russische Botschaft», sagte Katherine mit gerunzelter Stirn. «Ich verstehe nicht, wie die ins Spiel kommt.»

«Sie kommt nicht direkt ins Spiel. Ich bin hingegangen, um eine bestimmte Auskunft zu erhalten. Ich habe mit einem bestimmten Mann gesprochen und ihm gedroht – ja, Mademoiselle, ich, Hercule Poirot, habe ihm gedroht.»

«Mit der Polizei?»

«Nein», sagte Poirot trocken. «Mit der Presse – einer weit tödlicheren Waffe.»

Er sah Katherine an, und sie lächelte; dabei schüttelte sie leicht den Kopf.

«Werden Sie nicht gerade wieder zur Auster, Monsieur Poirot?»

«Nein, nein, ich will Ihnen keine Rätsel aufgeben. Sehen Sie, ich werde Ihnen alles sagen. Ich habe diesen Mann im Verdacht, am Verkauf der Juwelen an Monsieur Van Aldin aktiv teilgenommen zu haben. Ich sage es ihm auf den Kopf zu, und am Ende kriege ich die ganze Geschichte aus ihm heraus. Ich erfahre, wo der Schmuck übergeben wurde, und ich höre auch einiges über den Mann, der draußen auf der Straße auf und ab gegangen ist – ein Mann mit einem ehrwürdigen weißen Schopf, aber mit dem leichten, elastischen Gang eines Jünglings –, und in Gedanken gebe ich diesem Mann einen Namen – den Namen Monsieur le Marquis.»

«Und jetzt sind Sie nach London gekommen, um mit Mr. Van Aldin zu sprechen?»

«Nicht nur deswegen. Ich hatte noch anderes zu tun. Seit ich nach London gekommen bin, habe ich mich mit zwei Leuten unterhalten, einem Theateragenten und einem Arzt aus der Harley Street. Von beiden habe ich gewisse Informationen erhalten. Fügen Sie diese Dinge zusammen, Mademoiselle, und sehen Sie zu, ob Sie dieselben Schlüsse daraus ziehen wie ich.»

«Ich?»

«Ja, Sie. Ich will Ihnen eines sagen, Mademoiselle. Die ganze

Zeit hatte ich meine Zweifel daran, dass der Raub und der Mord von derselben Person begangen wurden. Lange Zeit war ich nicht sicher...»

«Und jetzt?»

«Und jetzt *weiß* ich.»

Wieder trat Schweigen ein. Dann hob Katherine den Kopf, ihre Augen leuchteten.

«Ich bin nicht so scharfsinnig wie Sie, Monsieur Poirot. Die Hälfte dessen, was Sie mir erzählt haben, scheint mir nirgendwohin zu führen. Die Ideen, die mir gekommen sind, kommen aus einem völlig anderen Blickwinkel...»

«Ah, aber das ist immer so», sagte Poirot ruhig. «Ein Spiegel zeigt die Wahrheit, aber jeder steht anders davor, um hineinzuschauen.»

«Meine Idee von der Sache mag absurd sein – sie ist sicherlich von der Ihren ganz verschieden, aber...»

«Nun?»

«Sagen Sie, könnte Ihnen das hier helfen?»

Ihrer ausgestreckten Hand entnahm er einen Zeitungsausschnitt. Er las ihn, blickte auf und nickte ernst.

«Wie ich Ihnen sagte, Mademoiselle, jeder schaut aus einem anderen Blickwinkel in den Spiegel, aber der Spiegel ist der gleiche, und die gleichen Dinge spiegeln sich darin.»

Katherine stand auf. «Ich muss mich beeilen», sagte sie. «Sonst verpasse ich meinen Zug. Monsieur Poirot...»

«Ja, Mademoiselle!»

«Es – es darf nicht mehr lange dauern, verstehen Sie. Ich – ich kann nicht mehr lange so weitermachen.»

Ihre Stimme klang brüchig.

Er tätschelte ihr beruhigend die Hand.

«Courage, Mademoiselle, Sie dürfen jetzt nicht schwach werden, das Ende steht nahe bevor.»

Dreiunddreissigstes Kapitel

Eine neue Theorie

«Monsieur Poirot möchte Sie sprechen, Sir.»

«Der Teufel soll ihn holen!», sagte Van Aldin.

Knighton schwieg verständnisvoll.

Van Aldin erhob sich und ging auf und ab.

«Ich nehme an, Sie haben heute Morgen die verfluchten Zeitungen gelesen?»

«Nur flüchtig, Sir.»

«Immer noch Halali?»

«Ich fürchte ja, Sir.»

Der Millionär setzte sich wieder hin und presste seine Stirn in die Hand.

«Wenn ich das alles geahnt hätte», stöhnte er. «Mein Gott, hätte ich doch bloß nie dieses belgische Frettchen darauf angesetzt, die Wahrheit ans Licht zu bringen. Ruths Mörder finden – das war alles, woran ich gedacht habe.»

«Wäre es Ihnen lieber, wenn Ihr Schwiegersohn davonkäme?»

Van Aldin seufzte.

«Ich hätte es vorgezogen, das Gesetz selbst in die Hand zu nehmen.»

«Ich fürchte, das wäre nicht besonders klug gewesen, Sir.»

«Trotzdem – sind Sie sicher, dass der Kerl mich sprechen will?»

«Ja, Mr. Van Aldin. Er tut so, als wäre es sehr dringend.»

«Dann muss es wohl sein. Von mir aus kann er heute Vormittag mitkommen.»

Ein frischer und liebenswürdiger Poirot wurde hereingeführt. Einen Mangel an Herzlichkeit im Verhalten des Millionärs schien er nicht zu spüren und er plauderte fröhlich drauflos. Er sei in London, erklärte er, um seinen Arzt zu konsultieren. Er nannte den Namen eines bedeutenden Chirurgen.

«Nein, nein, *pas la guerre* – ein Souvenir aus meiner Zeit bei der Polizei, die Kugel eines schurkischen Apachen.»

Er berührte seine linke Schulter und zuckte ein wenig theatralisch zusammen.

«Ich habe Sie immer für einen glücklichen Mann gehalten, Monsieur Van Aldin; Sie entsprechen so gar nicht unseren herkömmlichen Vorstellungen von amerikanischen Millionären, Märtyrern des Magenleidens.»

«Ich bin ziemlich zäh», sagte Van Aldin. «Ich führe ein ganz einfaches Leben, wissen Sie, schlichte Kost, und davon nicht zu viel.»

«Sie haben inzwischen Miss Grey wieder gesehen, nicht wahr?», erkundigte sich Poirot, wobei er sich unschuldig an den Sekretär wandte.

«Ich – ja, ein- oder zweimal», sagte Knighton.

Er wurde ein wenig rot, und Van Aldin rief erstaunt:

«Seltsam, dass Sie mir gar nichts davon gesagt haben, Knighton.»

«Ich dachte, es würde Sie nicht interessieren, Sir.»

«Ich mag das Mädchen sehr gern», sagte Van Aldin.

«Es ist ein tausendfacher Jammer, dass sie sich wieder in St. Mary Mead vergräbt», sagte Poirot.

«Es ist sehr nett von ihr», sagte Knighton hitzig. «Es gibt wohl nur wenige, die sich da vergraben würden, um für eine alte zänkische Frau zu sorgen, die keinerlei Ansprüche gegen sie hat.»

«Ich bin ja schon still», sagte Poirot begütigend, und seine

Augen zwinkerten ein wenig. «Trotzdem sage ich, es ist ein Jammer. Und jetzt, Messieurs, lassen Sie uns zum Geschäft kommen.»

Die beiden anderen sahen ihn ein wenig überrascht an.

«Sie sollten über das, was ich Ihnen sagen will, nicht beunruhigt oder besorgt sein. Nehmen wir an, Monsieur Van Aldin, dass Derek Kettering seine Frau doch nicht ermordet hätte?»

«Was?»

Beide starrten ihn völlig verblüfft an.

«Ich sagte, angenommen, Monsieur Kettering hätte seine Frau nicht umgebracht?»

«Sind Sie wahnsinnig, Poirot?», rief Van Aldin.

«Nein», sagte Poirot, «ich bin nicht wahnsinnig. Ein bisschen exzentrisch vielleicht – das behaupten jedenfalls gewisse Leute. Aber was meinen Beruf angeht, bin ich durchaus, wie man sagt, ‹ganz da›. Ich frage Sie, Monsieur Van Aldin, ob Sie traurig oder froh wären, wenn das, was ich Ihnen gesagt habe, sich als die Wahrheit herausstellen sollte?»

Van Aldin starrte ihn an.

«Natürlich wäre ich froh», sagte er schließlich. «Ist das eine Übung im Mutmaßen, Monsieur Poirot, oder stehen Fakten dahinter?»

Poirot betrachtete die Decke.

«Es gibt eine geringe Chance», sagte er ruhig, «dass es schließlich doch der Comte de la Roche war. Jedenfalls ist es mir gelungen, sein Alibi zu zerstören.»

«Wie haben Sie das geschafft?»

Poirot zuckte bescheiden mit den Schultern.

«Ich habe so meine Methoden. Ein wenig Taktgefühl, ein wenig Gerissenheit – und schon ist es erledigt.»

«Aber die Rubine», sagte Van Aldin, «diese Rubine, die der Comte hatte, waren falsch.»

«Und er hätte das Verbrechen nur wegen der Rubine begangen. Aber Sie übersehen einen Punkt, Monsieur Van Aldin.

Was die Rubine angeht, ist ihm vielleicht jemand zuvor gekommen.»

«Aber das ist ja eine ganz neue Theorie», rief Knighton.

«Glauben Sie diesen ganzen Ringelpiez wirklich, Monsieur Poirot?», fragte der Millionär.

«Bewiesen ist es nicht», sagte Poirot ruhig. «Bis jetzt ist es nur eine Theorie, aber ich sage Ihnen, Monsieur Van Aldin, die Fakten sind der Erforschung wert. Sie müssen mit mir nach Südfrankreich kommen und die Sache an Ort und Stelle untersuchen.»

«Halten Sie das wirklich für notwendig – dass ich mitkomme?»

«Ich dachte, es wäre das, was Sie selbst wünschen», sagte Poirot.

In seiner Stimme lag ein Unterton des Tadels, der seine Wirkung auf den Millionär nicht verfehlte.

«Ja, ja, natürlich», sagte er. «Wann wollen Sie abreisen, Monsieur Poirot?»

«Sie haben ziemlich dringende Geschäfte vor sich, Sir», murmelte Knighton.

Aber der Millionär hatte sich bereits entschlossen und schob die Einwände beiseite.

«Ich glaube, dieses Geschäft geht vor», sagte er. «Also abgemacht, Monsieur Poirot, morgen. Mit welchem Zug?»

«Wir fahren, finde ich, mit dem *Blauen Express»,* sagte Poirot, und er lächelte.

Vierunddreissigstes Kapitel

Wieder im Blauen Express

Der «Zug der Millionäre», wie er manchmal genannt wird, raste in scheinbar riskantem Tempo durch eine Kurve. Van Aldin, Knighton und Poirot saßen schweigend beieinander. Knighton und Van Aldin hatten zwei miteinander verbundene Abteile, wie Ruth Kettering und ihre Zofe auf der verhängnisvollen Fahrt. Poirots Abteil lag am andern Ende des Wagens.

Die Fahrt war schmerzlich für Van Aldin, da sie in ihm die schlimmsten Erinnerungen weckte. Poirot und Knighton unterhielten sich bisweilen leise, um ihn nicht zu stören.

Als der Zug jedoch seine langsame Fahrt um die *ceinture* beendet hatte und den Gare de Lyon erreichte, wurde Poirot plötzlich überaus lebendig. Van Aldin begriff, dass es ein Teilziel der Zugreise gewesen war, das Verbrechen rekonstruieren zu können. Poirot selbst spielte sämtliche Rollen. Er war abwechselnd die Zofe, eilig in ihr Abteil geschickt, dann Mrs. Kettering, die überrascht und ein wenig besorgt ihren Gatten erkennt, und Derek Kettering, der entdeckt, dass seine Frau mit dem gleichen Zug reist. Er probierte verschiedene Dinge aus, suchte etwa nach der besten Möglichkeit, sich im zweiten Abteil zu verstecken.

Plötzlich schien ihm eine Idee zu kommen. Er packte Van Aldin bei der Hand.

«*Mon Dieu,* daran habe ich ja gar nicht gedacht! Wir müssen die Reise in Paris unterbrechen. Schnell, schnell, steigen wir sofort aus.»

Er schnappte sich seinen Koffer und sprang aus dem Zug. Verstört, aber gehorsam folgten ihm Van Aldin und Knighton. Van Aldin, dessen Meinung über Poirots Fähigkeiten gerade erst bestärkt worden war, beschlichen Zweifel. An der Bahnsteigsperre hielt man sie auf. Sie hatten ihre Fahrkarten der Obhut des Schaffners überlassen, daran hatte in der Eile keiner von ihnen gedacht.

Poirots Erklärungen kamen schnell, flüssig und leidenschaftlich, bewirkten aber nichts bei dem Beamten.

«Schluss mit dem Unfug», sagte Van Aldin brüsk. «Ich nehme an, Sie haben es eilig, Monsieur Poirot. Zahlen Sie doch um Gottes willen die Karten für die Fahrt von Calais hierher und lassen Sie uns weitermachen mit dem, was Sie sich in den Kopf gesetzt haben.»

Aber Poirots Redestrom war plötzlich versiegt, und er blieb wie versteinert stehen. Sein Arm, in einer leidenschaftlichen Gebärde gereckt, wirkte plötzlich wie gelähmt.

«Ich bin ein Trottel», sagte er schlicht. «*Ma foi*, ich fange an, den Kopf zu verlieren. Kommen Sie, meine Herren, wir setzen unsere Reise ruhig fort. Wenn wir Glück haben, ist der Zug noch nicht weg.»

Sie kamen gerade noch rechtzeitig; der Zug fuhr an, als Knighton, als Letzter der drei, sich mit seinem Koffer gerade noch auf die Plattform schwingen konnte.

Der Schaffner machte ihnen eindringliche Vorhaltungen, half ihnen aber dann, das Gepäck in die Abteile zurückzuschleppen. Van Aldin sagte nichts, war aber sichtlich verärgert über Poirots ausgefallenes Benehmen. Als er ein paar Augenblicke mit Knighton allein war, bemerkte er:

«Das ist ein hirnrissiges Unternehmen. Der Mensch weiß doch nicht mehr, was er tut. Bis zu einem gewissen Grad hat er Grips, aber einer, der den Kopf verliert und herumsaust wie ein verschrecktes Kaninchen, kann nichts mehr zuwege bringen.»

Bald darauf kam Poirot zu ihnen, voller kniefälliger Entschuldigungen und offenbar derart niedergeschlagen, dass harte Worte nicht am Platz schienen. Van Aldin nahm die Entschuldigungen ernst an; es kostete ihn allerdings Mühe, bissige Bemerkungen zu unterdrücken.

Sie aßen im Speisewagen, und danach schlug Poirot zur Überraschung der anderen vor, die Nacht sitzend in Van Aldins Abteil zu verbringen.

Der Millionär sah ihn neugierig an.

«Verheimlichen Sie uns irgendetwas, Monsieur Poirot?»

«Ich?» Poirot riss in unschuldigem Staunen die Augen auf. «Aber keine Spur!»

Van Aldin antwortete nicht, aber er war alles andere als zufrieden. Dem Schaffner sagte man, er brauche die Betten nicht herzurichten. Das großzügige Trinkgeld, das ihm Van Aldin gab, machte jede Verblüffung wett, die er empfinden mochte. Die drei saßen schweigend da. Poirot zappelte herum und schien rastlos. Schließlich wandte er sich an den Sekretär.

«Major Knighton, ist die Tür Ihres Abteils verschlossen? Ich meine die Tür zum Gang?»

«Ja, ich habe sie eben selbst abgeschlossen.»

«Sind Sie sicher?», fragte Poirot.

«Wenn Sie wollen, sehe ich noch einmal nach.» Knighton lächelte.

«Nein, nein, bemühen Sie sich nicht. Ich werde selbst nachsehen.»

Er nahm die Verbindungstür, kehrte nach wenigen Sekunden zurück und nickte.

«Ja, ja, Sie haben Recht. Bitte entschuldigen Sie das Gezappel eines alten Mannes.» Er schloss die Verbindungstür und setzte sich wieder auf seinen Platz in die rechte Ecke.

Die Stunden verstrichen. Die Männer schlummerten unruhig und fuhren immer wieder auf. Wahrscheinlich hatten noch nie zuvor drei Fahrgäste Betten im luxuriösesten Zug gebucht und sich dann geweigert, die bezahlten Annehmlichkeiten auch zu nutzen. Von Zeit zu Zeit warf Poirot einen Blick auf seine Uhr, nickte und setzte sich dann wieder bequem hin, um ein wenig zu schlummern. Einmal sprang er auf, öffnete die Verbindungstür, warf einen raschen Blick in das Nebenabteil und setzte sich kopfschüttelnd wieder auf seinen Platz.

«Was ist denn los?», flüsterte Knighton. «Erwarten Sie, dass etwas passiert?»

«Meine Nerven!», gestand Poirot. «Ich bin wie die Katze auf dem heißen Dach. Das kleinste Geräusch lässt mich auffahren.»

Knighton gähnte.

«Verdammt unbehagliche Reise», murmelte er. «Ich hoffe, Sie wissen, was das Ganze soll, Monsieur Poirot.»

Er versuchte, so gut es ging, zu schlafen. Er und Van Aldin waren eingeschlummert, als Poirot zum vierzehnten Mal auf die Uhr schaute, sich vorbeugte und dem Millionär leicht auf die Schulter klopfte.

«Eh? Was gibt es?»

«In fünf bis zehn Minuten, Monsieur, sind wir in Lyon.»

«Mein Gott!» Van Aldins Antlitz wirkte weiß und eingefallen in der matten Beleuchtung. «Ungefähr um diese Zeit muss also die arme Ruth ermordet worden sein.»

Er sah starr vor sich hin. Seine Lippen zuckten ein wenig, und seine Gedanken befassten sich mit der furchtbaren Tragödie, die sein Leben verdüstert hatte.

Das übliche lange kreischende Seufzen der Bremsen war zu hören, der Zug verminderte seine Geschwindigkeit und fuhr in den Bahnhof von Lyon ein. Van Aldin öffnete das Fenster und lehnte sich hinaus.

«Wenn es nicht Derek war – wenn Ihre neue Theorie stimmt, hat der Mann also hier den Zug verlassen?», fragte er über die Schulter.

Zu seinem Erstaunen schüttelte Poirot den Kopf.

«Nein», sagte er nachdenklich, «kein *Mann* hat hier den Zug verlassen, aber ich glaube – ja, ich glaube, vielleicht eine Frau.»

Knighton ächzte.

«Eine Frau?», fragte Van Aldin scharf.

«Ja, eine Frau.» Poirot nickte. «Sie erinnern sich vielleicht nicht daran, Monsieur Van Aldin, aber Miss Grey hat in ihrer Aussage erwähnt, dass ein junger Mann mit Mütze und Mantel aus dem Zug gestiegen ist, offenbar um sich auf dem Bahnsteig die Beine zu vertreten. Meiner Ansicht nach war dieser junge Mann wahrscheinlich eine Frau.»

«Aber wer war sie?»

Van Aldins Gesicht drückte Unglauben aus, aber Poirot erwiderte ernst und kategorisch:

«Ihr Name – oder besser gesagt der Name, unter dem sie viele Jahre lang bekannt war – ist Kitty Kidd, aber Sie, Monsieur Van Aldin, kennen sie unter einem anderen Namen – *Ada Mason.*»

Knighton sprang auf.

«Was?», rief er.

Poirot wandte sich rasch zu ihm um.

«Ah! – ehe ich es vergesse.» Er zog blitzschnell etwas aus der Tasche und hielt es hoch.

«Darf ich Ihnen eine Zigarette anbieten – aus Ihrem eigenen Zigarettenetui? Es war achtlos von Ihnen, es fallen zu lassen, als Sie auf der *ceinture* von Paris auf den Zug gesprungen sind.»

Knighton starrte ihn fassungslos an. Dann machte er eine schnelle Bewegung, aber Poirot hob warnend die Hand.

«Nein, bitte nicht bewegen», sagte er mit samtiger Stimme, «die Tür zum Nachbarabteil ist offen, und unsere Freunde von der Polizei, die sich darin befinden, haben die Waffen auf Sie gerichtet. Ich habe die Tür zum Korridor geöffnet, als wir Paris verließen, und unsere Freunde haben sich dort niedergelassen. Es wird Ihnen ja nicht unbekannt sein, dass die französische

Polizei Sie ziemlich dringend sucht, Major Knighton – oder sagen wir lieber – Monsieur le Marquis?»

Fünfunddreissigstes Kapitel

Erklärungen

«Erklärungen?»

Poirot lächelte. Er saß am Esstisch, dem Millionär gegenüber in dessen Suite im Negresco. Er betrachtete einen erleichterten, aber sehr verblüfften Mann. Poirot lehnte sich auf seinem Stuhl zurück, zündete eine seiner winzigen Zigaretten an und starrte nachdenklich zur Decke empor.

«Ja, ich will Ihnen Erklärungen geben. Es begann mit einem Punkt, der mir Kopfzerbrechen bereitet hat. Wissen Sie, was dieser Punkt war? *Das entstellte Gesicht!* Es ist nicht ungewöhnlich, entstellte Leichen zu finden, wenn man sich mit Verbrechen befasst, und natürlich stellt sich sofort eine Frage, die nach der Identität. Das war natürlich mein erster Gedanke. War die Tote wirklich Mrs. Kettering? Aber das führte zu nichts, denn Miss Greys Aussage war eindeutig und sehr verlässlich, so dass ich diese Idee wieder fallen ließ. Die Tote *war* Ruth Kettering.»

«Ab wann haben Sie erstmals die Zofe verdächtigt?»

«Nicht so bald, aber eine eigenartige Kleinigkeit hat meine Aufmerksamkeit auf sie gelenkt. Das Zigarettenetui, das im Abteil gefunden wurde, war ihrer Aussage nach ein Geschenk von Mrs. Kettering an ihren Mann. Nun war das in Anbetracht des Zustands ihrer Beziehung von vornherein sehr unwahrscheinlich. Das hat bei mir die ersten Zweifel an der Glaubwürdigkeit von Ada Masons Aussagen aufkommen lassen. Hinzu kam die ziemlich verdächtige Tatsache, dass sie erst seit zwei Monaten bei Mrs. Kettering war. Natürlich sah es nicht so aus, als ob sie etwas mit dem Verbrechen zu tun haben könnte; sie war ja in Paris zurückgeblieben, und mehrere Leute hatten Mrs. Kettering danach noch lebend gesehen. Aber...»

Poirot beugte sich vor. Er hob emphatisch den Zeigefinger und fuchtelte mit ihm vor Van Aldin herum.

«Aber ich bin ein guter Detektiv. Ich verdächtige. Es gibt niemanden und nichts, den und das ich nicht verdächtige. Ich glaube nichts, was man mir erzählt. Ich sage mir: Woher wissen wir, dass Ada Mason in Paris zurückgeblieben ist? Und die erste Antwort auf die Frage schien durchaus befriedigend. Es gab die Aussage Ihres Sekretärs, Major Knighton, eines gänzlich Außenstehenden, dessen Aussage man für absolut unparteiisch halten darf, und die Worte Ihrer Tochter zum Schaffner. Aber diesen letzteren Punkt habe ich vorläufig beiseite gelassen, weil mir eine ganz merkwürdige Idee kam – eine vielleicht phantastische und unmögliche Idee. Wenn sie zufällig richtig sein sollte, wäre die erwähnte Aussage wertlos.

Ich habe mich auf den wichtigsten Stolperstein bei meiner Theorie konzentriert, Major Knightons Aussage, er hätte Ada Mason im *Ritz* gesehen, nachdem der *Blaue Express* Paris verlassen hatte. Das schien eindeutig genug, aber bei sorgsamer Untersuchung der Fakten sind mir zwei Kleinigkeiten aufgefallen. Erstens, dass Major Knighton – merkwürdiger Zufall – auch gerade erst seit zwei Monaten in Ihren Diensten stand. Zweitens, dass der Anfangsbuchstabe seines Nachnamens ein K ist. Angenommen – nur angenommen –, dass es *sein* Zigarettenetui ist, das man im Abteil gefunden hat? Falls nun Ada Mason und er zusammengearbeitet haben und sie das Etui erkennt, als wir es ihr zeigen, würde sie dann nicht genau so reagieren, wie sie reagiert hat? Zuerst war sie erschrocken und hat schnell eine plausible Theorie entwickelt, die zu Mr. Ketterings Schuld passen würde. *Bien entendu*, das war nicht die ursprüngliche Idee. Der Comte de la Roche sollte der Sündenbock sein; allerdings durfte Ada Mason ihn nicht zu gut erkannt haben, falls er ein Alibi hatte. Wenn Sie sich jetzt genau an diesen Moment erinnern, wird Ihnen ein bedeutsames Vorkommnis wieder einfallen. Ich habe Ada Mason suggeriert, dass der Mann, den sie gesehen hatte, nicht der Comte de la Roche, sondern Derek Kettering gewesen sein könnte. Zuerst schien sie unsicher, aber als ich wieder in meinem Hotel war, haben Sie mir telefonisch mitgeteilt, dass sie zu Ihnen gekommen ist und gesagt hat, nach nochmaliger Überlegung sei sie ziemlich überzeugt, dass der fragliche Mann wirklich Mr. Kettering war. Ich hatte so etwas erwartet. Es konnte nur eine Erklärung für ihre plötzliche Gewissheit geben. Nachdem sie Ihr Hotel verlassen hatte, hatte sie die Zeit gehabt, sich mit jemandem zu beraten, und sie hatte Anweisungen erhalten, nach denen sie nun handelte. Wer hatte ihr diese Anweisungen gegeben? Major Knighton. Und da gab es noch eine Kleinigkeit, die entweder nichts oder sehr viel bedeuten konnte. Während einer beiläufigen Unterhaltung hat Knighton von einem Juwelenraub geredet, in einem Haus in Yorkshire, in dem er sich gerade aufhielt. Vielleicht nur ein Zufall – vielleicht ein weiteres winziges Glied in der Kette.»

«Aber eines verstehe ich nicht, Monsieur Poirot. Wahrscheinlich bin ich schwer von Begriff, sonst hätte ich wohl schon längst darauf kommen müssen. Wer war der Mann im Zug in Paris? Derek Kettering oder der Comte de la Roche?»

«Das ist die bemerkenswerte Einfachheit des Ganzen. *Es gab keinen Mann.* Ah – *mille tonnerres!* – sehen Sie nicht, wie gerissen das Ganze war? Wessen Wort haben wir denn dafür, dass überhaupt ein Mann da war? Nur das von Ada Mason. Und wir glauben Ada Mason, weil Knighton bestätigt hatte, dass sie in Paris zurückgeblieben ist.»

«Aber Ruth hat doch dem Schaffner selbst gesagt, dass sie ihre Zofe in Paris gelassen hat», beharrte Van Aldin.

«Ah! Darauf komme ich jetzt. Wir haben Mrs. Ketterings eigene Aussage, aber andererseits haben wir ihre Aussage nicht, weil nämlich, Monsieur Van Aldin, eine Tote keine Aussage machen kann. Es ist nicht *ihre* Aussage, sondern die des Schaffners – etwas ganz anderes.»

«Der Schaffner hat also gelogen?»

«Nein, nein, überhaupt nicht. Er hat das gesagt, was er für die Wahrheit hielt. Aber die Frau, die ihm gesagt hat, sie hätte ihre Zofe in Paris gelassen, war nicht Mrs. Kettering.»

Van Aldin starrte ihn an.

«Monsieur Van Aldin, Ruth Kettering war tot, bevor der Zug den Gare de Lyon in Paris erreichte. Es war Ada Mason, die in den auffälligen Kleidern ihrer Herrin einen Speisekorb besorgt und dem Schaffner gegenüber diese höchst notwendige Äußerung getan hat.»

«Unmöglich!»

«Nein, nein, Monsieur Van Aldin, nicht unmöglich. *Les femmes*, sie sehen einander heutzutage so ähnlich, dass man sie mehr an der Kleidung erkennt als am Gesicht. Ada Mason war so groß wie Ihre Tochter. In dem kostbaren Pelzmantel und mit dem tief ins Gesicht gedrückten roten Lackhütchen, unter dem man nur ein paar kastanienbraune Locken über den Ohren sah, konnte sie den Schaffner leicht täuschen. Vergessen Sie nicht, er hatte bis dahin nicht mit Mrs. Kettering gesprochen. Zwar hatte er einen Moment lang die Zofe gesehen, aber er konnte sich da nur an eine hagere, schwarz gekleidete Frau erinnern. Nur ein außergewöhnlich intelligenter Mensch wäre vielleicht auf die Idee gekommen, dass Herrin und Zofe einander ähneln, aber selbst das ist sehr unwahrscheinlich. Und vergessen Sie nicht, Ada Mason, oder Kitty Kidd, ist Schauspielerin und kann ihr Aussehen und den Klang ihrer Stimme im Nu verändern. Nein, nein, es bestand keine Gefahr, dass er die Zofe in den Kleidern der Herrin erkennt, wohl aber, dass er später angesichts der Leiche darauf kommt, dass das nicht die Frau ist, mit der er am Vorabend gesprochen hat. Und hier haben wir den Grund für das entstellte Gesicht. Die einzig wirkliche Gefahr für Ada Mason war, dass Katherine Grey noch einmal ins Abteil kommen könnte, nachdem der Zug Paris verlassen hatte, und dagegen schützt sie sich, indem sie den Speisekorb bestellt und sich dann im Abteil einschließt.»

«Aber wer hat Ruth getötet? Und wann?»

«Merken Sie sich zunächst, dass das Verbrechen von beiden gemeinsam geplant und ausgeführt wurde – Knighton und Ada Mason haben zusammengearbeitet. Knighton hatte an diesem Tag für Sie geschäftlich in Paris zu tun. Er ist irgendwo auf der Pariser *ceinture* auf den Zug gesprungen. Mrs. Kettering war über sein plötzliches Erscheinen sicher erstaunt, aber sie schöpfte bestimmt keinen Verdacht. Vielleicht lenkt er ihre Aufmerksamkeit auf etwas vor dem Fenster, und als sie sich umdreht, um hinauszuschauen, legt er ihr die Schnur um den Hals – alles ist in ein paar Sekunden vorbei. Die Tür des Abteils wird abgeschlossen, und er und Ada Mason machen sich an die Arbeit. Sie ziehen der Toten die Oberkleidung aus. Mason und Knighton wickeln die Leiche in eine Decke und legen sie im Nebenabteil auf den Sitz, zwischen die Koffer und Taschen. Knighton springt mit den Rubinen in der Schmuckschatulle vom Zug ab. Da angenommen wird, dass das Verbrechen erst fast zwölf Stunden später begangen wurde, ist er völlig in Sicherheit, und seine Aussage und das Gespräch der vermeintlichen Mrs. Kettering mit dem Schaffner ergeben ein perfektes Alibi für seine Komplizin.

Im Gare de Lyon kauft Ada Mason einen Speisekorb, schließt sich in der Toilette ein, zieht schnell die Kleider ihrer Herrin an, macht zwei Büschel braunrote Locken am Hut fest und richtet sich insgesamt so her, dass sie Mrs. Kettering möglichst ähnlich sieht. Als der Schaffner kommt, um das Bett zu machen, erzählt sie ihm die vorher ausgedachte Geschichte, dass sie die Zofe in Paris gelassen hat. Und während er das Bett macht, steht sie am Fenster und schaut hinaus, mit dem Rücken zum Korridor und zu den dort Vorübergehenden. Das war eine kluge Vorsichtsmaßnahme; wie wir wissen, war ja Miss Grey unter den Vorübergehenden, und wie einige andere war sie ja bereit zu schwören, dass Mrs. Kettering um diese Zeit noch gelebt hat.»

«Weiter», sagte Van Aldin.

«Ehe der Zug Lyon erreichte, hat Ada Mason die Leiche ihrer Herrin auf das Lager gebettet, die Kleider der Toten sauber am Fußende zusammengefaltet, selber Männerkleider angezogen und sich bereitgemacht, den Zug zu verlassen. Als Derek Kettering ins Abteil seiner Frau kam und sie, wie er meinte, schlafen sah, ist die Bühne längst fertig, und Ada Mason hat sich in dem anderen Abteil versteckt und wartet auf die Gelegenheit, den Zug unbemerkt zu verlassen. Sobald der Schaffner in Lyon auf den Bahnsteig gesprungen ist, folgt sie ihm und schlendert umher, als ob sie nur ein bisschen frische Luft schnappen will. In einem unbeobachteten Moment eilt sie auf den anderen Bahnsteig und fährt mit dem ersten Zug zurück nach Paris und zum Ritz. Ihr Name ist schon am Vorabend durch eine von Knightons Komplizinnen in die Hotelliste eingetragen worden. Sie braucht also nichts weiter zu tun, als seelenruhig auf Ihre Ankunft zu warten. Der Schmuck war weder zu diesem noch zu einem anderen Zeitpunkt in ihrem Besitz. Auf Knighton fällt keinerlei Verdacht, und als Ihr Sekretär bringt er die Juwelen nach Nizza, ohne die geringste Gefahr einer Entdeckung. Die Übergabe der Juwelen an Monsieur Papopoulos ist längst arrangiert, und im letzten Moment werden sie Ada Mason übergeben, die sie dem Griechen bringen soll. Insgesamt ein sehr sauber geplanter Coup, wie man ihn von einem Meister in diesem Spiel wie dem Marquis erwarten kann.»

«Und Sie meinen ernsthaft, dass Richard Knighton ein bekannter Verbrecher ist, der das seit Jahren betreibt?»

Poirot nickte.

«Einer der wichtigsten Trümpfe des Gentleman namens Marquis war seine angenehme, Vertrauen erweckende Art. Sie sind Opfer seines Charmes geworden, Monsieur Van Aldin, als Sie ihn nach so kurzer Bekanntschaft zu Ihrem Sekretär gemacht haben.»

«Er hat sich absolut nicht aufdringlich um diesen Posten beworben», rief der Millionär.

«Es war sehr raffiniert eingefädelt – so raffiniert, dass sich einer täuschen ließ, dessen Menschenkenntnis ebenso groß ist wie Ihre.»

«Ich habe auch seine Vergangenheit überprüft. Der Bursche hatte erstklassige Referenzen.»

«Ja, ja, das gehörte zum Spiel. Als Richard Knighton hat er ein tadelloses Leben geführt. Gute Familie, gute Verbindungen, ehrenhafte Pflichterfüllung im Krieg; insgesamt schien er über jeden Verdacht erhaben. Aber als ich mir Informationen über den geheimnisvollen Marquis beschafft habe, fand ich viele Ähnlichkeiten. Knighton sprach Französisch wie ein Franzose, war in Amerika, Frankreich und England genau zur selben Zeit, als der Marquis dort gearbeitet hat. Das Letzte, was man vom Marquis hörte, war die Planung und Durchführung groß angelegter Schmuckdiebstähle in der Schweiz, und in der Schweiz haben Sie Major Knighton kennen gelernt; und zwar genau zu der Zeit, als die ersten Gerüchte über Ihre Absicht umliefen, die berühmten Rubine zu kaufen.»

«Aber warum Mord?», murmelte Van Aldin gebrochen. «Ein raffinierter Dieb hätte doch sicher die Juwelen stehlen können, ohne den Galgen zu riskieren.»

Poirot schüttelte den Kopf. «Das ist nicht der erste Mord, den man dem Marquis zuschreibt. Er ist ein Mörder aus Instinkt; außerdem liebt er es nicht, Spuren zu hinterlassen. Tote können nicht reden.

Der Marquis hatte eine große Leidenschaft für berühmte

und historisch interessante Edelsteine besessen. Er hat die Pläne von langer Hand vorbereitet, sich bei Ihnen als Sekretär verdingt und seiner Komplizin die Stelle als Zofe bei Ihrer Tochter verschafft. Er konnte ja mühelos erraten, dass die Juwelen für sie bestimmt waren. Und er hatte zwar diesen ausgereiften und sorgsam ausgeheckten Plan, hatte aber keine Skrupel, eine Abkürzung zu versuchen, indem er ein paar Apachen mietet, die Sie in der Nacht des Juwelenkaufs in Paris überfallen sollten. Das ist misslungen, was ihn kaum überrascht haben dürfte. Er hielt seinen eigentlichen Plan für absolut sicher. Auf Richard Knighton konnte kein Verdacht fallen. Aber wie alle großen Männer – und der Marquis ist auf seine Art ein großer Mann – hat er seine Schwächen. Er hat sich ernstlich in Miss Grey verliebt, und als er spürte, dass sie Derek Kettering den Vorzug gab, konnte er der Versuchung nicht widerstehen, ihm das Verbrechen anzuhängen, als sich die Gelegenheit dazu bot. Und jetzt, Monsieur Van Aldin, muss ich Ihnen etwas sehr Merkwürdiges erzählen. Miss Grey ist absolut keine phantastische Natur, und doch ist sie der festen Überzeugung, dass sie eines Abends im Casinogarten von Monte Carlo die Gegenwart Ihrer Tochter gespürt hat, und zwar unmittelbar nach einem langen Gespräch mit Knighton. Sie sagt, sie war überzeugt, dass die Tote angestrengt versucht hat, ihr etwas mitzuteilen, und ganz plötzlich hatte sie das Gefühl, die Tote wollte ihr sagen, dass Knighton ihr Mörder sei! Die Idee erschien Miss Grey damals so hirnverbrannt, dass sie mit keinem darüber geredet hat. Aber sie war so überzeugt, dass es die Wahrheit sei, dass sie entsprechend gehandelt hat. Sie hat Knightons Werbung um sie nicht entmutigt und ihm gegenüber so getan, als ob sie von Derek Ketterings Schuld überzeugt sei.»

«Außerordentlich», sagte Van Aldin.

«Ja, es ist sehr seltsam. Solche Dinge kann man nicht erklären. Oh, nebenbei, es gibt eine Kleinigkeit, die mich sehr beschäftigt hat. Ihr Sekretär hinkt merklich – infolge einer

Kriegsverletzung. Der Marquis hinkte aber bestimmt nicht. Damit bin ich lange nicht zurechtgekommen. Aber Miss Lenox Tamplin hat eines Tages ganz zufällig erwähnt, dass Knightons Hinken den Arzt überrascht hat, der im Lazarett ihrer Mutter für den Fall zuständig gewesen war. Das sah nach Camouflage aus. Als ich in London war, habe ich den fraglichen Arzt aufgesucht und von ihm einige technische Details erhalten, die mich darin bestärkt haben. Vorgestern habe ich in Knightons Gegenwart den Namen dieses Arztes genannt. Es wäre ganz natürlich für Knighton gewesen zu erwähnen, dass gerade dieser Arzt ihn im Krieg behandelt hat, aber er hat nichts gesagt – und diese Winzigkeit, neben allem anderen, hat mich endgültig davon überzeugt, dass meine Theorie über das Verbrechen korrekt war. Miss Grey hat mir noch einen Zeitungsausschnitt gezeigt, aus dem hervorging, dass in Lady Tamplins Lazarett während Knightons Aufenthalt dort ein Juwelendiebstahl stattgefunden hatte. Als ich ihr aus dem Ritz in Paris schrieb, ist ihr klar geworden, dass ich auf der gleichen Fährte war wie sie.

Ich hatte einige Mühe bei meinen Ermittlungen dort, aber ich habe bekommen, was ich wollte – den Beweis, dass Ada Mason am Morgen nach dem Verbrechen ins Hotel gekommen ist und nicht am Tag vorher.»

Die beiden Männer schwiegen lange. Dann reichte der Millionär über den Tisch hinweg Poirot seine Hand.

«Sie werden sich wohl denken können, was das für mich bedeutet, Monsieur Poirot», sagte er mit belegter Stimme. «Morgen früh werde ich Ihnen einen Scheck senden, aber kein Scheck der Welt kann die Dankbarkeit ausdrücken, die ich Ihnen gegenüber empfinde. Sie liefern, was Sie versprechen, Monsieur Poirot, jedes Mal liefern Sie, was Sie versprechen.»

Poirot erhob sich mit geschwollener Brust.

«Ich bin nur Hercule Poirot», sagte er bescheiden, «und doch bin ich, wie Sie sagen, auf meine Weise ein großer Mann, so wie Sie ein großer Mann sind. Ich freue mich sehr, dass ich

Ihnen einen Dienst erweisen konnte. Jetzt gehe ich, um die vom Reisen verursachten Schäden zu beseitigen. *Hélas!,* mein trefflicher Georges ist nicht da.»

In der Lounge des Hotels traf er einen Freund – den ehrwürdigen Monsieur Papopoulos nebst seiner Tochter Zia.

«Ich dachte, Sie hätten Nizza verlassen, Monsieur Poirot», murmelte der Grieche, als er die ihm herzlich entgegengestreckte Hand des Detektivs drückte.

«Geschäfte haben mich zur Rückkehr gezwungen, mein lieber Papopoulos.»

«Geschäfte?»

«Ja, Geschäfte. Und da wir gerade von Geschäften sprechen – ich hoffe, es geht Ihnen gesundheitlich besser, *mon ami?*»

«Viel besser. Tatsächlich kehren wir morgen nach Paris zurück.»

«Ich bin entzückt über eine so erfreuliche Nachricht. Ich hoffe, Sie haben den griechischen Expremier nicht ganz ruiniert.»

«Ich?»

«Ich hörte, Sie hätten ihm einen wunderbaren Rubin verkauft, den gegenwärtig – ganz *entre nous* – Mademoiselle Mirelle trägt, die Tänzerin?»

«Ja», murmelte Monsieur Papopoulos, «ja, das stimmt.»

«Einen Rubin ganz ähnlich wie das berühmte *Feuerherz.*»

«Es gibt eine entfernte Ähnlichkeit», sagte der Grieche beiläufig.

«Sie haben wirklich ein Händchen für Juwelen, Monsieur Papopoulos. Ich gratuliere Ihnen. Mademoiselle Zia, ich bin untröstlich, dass Sie schon so bald nach Paris zurückfahren. Ich hatte gehofft, mehr von Ihnen zu sehen – jetzt, da meine Geschäfte beendet sind.»

«Ist es indiskret zu fragen, welcher Natur diese Geschäfte waren?», fragte Papopoulos.

«Aber ganz und gar nicht. Es ist mir gelungen, den Marquis dingfest zu machen.»

Monsieur Papopoulos' Augen schauten sinnend ins Weite.

«Der Marquis?», murmelte er. «Warum kommt mir das bekannt vor? Aber nein – ich kann mich nicht erinnern.»

«Woher denn auch?», sagte Poirot. «Ich spreche von einem sehr bekannten Verbrecher und Juwelenräuber. Er wurde soeben wegen des Mordes an Madame Kettering, dieser englischen Lady, verhaftet.»

«Was Sie nicht sagen! Höchst interessant!»

Man tauschte höfliche Abschiedsgrüße aus, und als Poirot außer Hörweite war, wandte sich Monsieur Papopoulos an seine Tochter.

«Zia», sagte er mit Nachdruck, «dieser Mann ist der Teufel!»

«Ich mag ihn.»

«Ich auch», gab Monsieur Papopoulos zu. «Aber der Teufel ist er trotzdem.»

Sechsunddreissigstes Kapitel

Am Meer

Die Mimosenblüte war vorüber. Ihr Duft lag noch in der Luft – leicht unangenehm. Rosa Geranien rankten sich um die Balustrade von Lady Tamplins Villa, und von unten sandten die üppigen Nelkenbeete einen schweren, süßen Duft zum Haus empor. Das Mittelmeer war blauer denn je. Poirot saß mit Lenox Tamplin auf der Veranda. Er hatte ihr eben die gleiche Geschichte erzählt wie zwei Tage zuvor Van Aldin. Lenox hatte mit angespannter Aufmerksamkeit, gerunzelter Stirn und düsteren Blicken zugehört.

Als er geendet hatte, sagte sie einfach:

«Und Derek?»

«Er wurde gestern freigelassen.»

«Und wo ist er hin?»

«Er hat Nizza gestern Abend verlassen.»

«Nach St. Mary Mead?»

«Ja, nach St. Mary Mead.»

Pause.

«Ich habe mich in Katherine geirrt», sagte Lenox. «Ich dachte, sie macht sich nichts aus ihm.»

«Sie ist sehr zurückhaltend. Sie traute niemandem.»

«Mir hätte sie trauen können», sagte Lenox mit einem Unterton von Bitterkeit.

«Ja», sagte Poirot ernst, «Ihnen hätte sie trauen können. Aber Mademoiselle Katherine hat einen großen Teil ihres Lebens mit Zuhören verbracht, und diejenigen, die zugehört haben, finden es nicht leicht zu sprechen; sie behalten ihre Sorgen und Freuden für sich und reden nicht darüber.»

«Ich war eine dumme Gans», sagte Lenox, «ich habe geglaubt, sie wäre in Knighton verliebt. Ich hätte es besser wissen müssen. Wahrscheinlich habe ich das geglaubt, weil – ich es gehofft habe.»

Poirot nahm ihre Hand und drückte sie freundschaftlich. «Courage, Mademoiselle», sagte er sanft.

Lenox schaute geradeaus aufs Meer, und ihr Gesicht hatte in seiner hässlichen Strenge für einen Moment etwas von tragischer Schönheit.

«Na ja», sagte sie schließlich, «es wäre nicht gut gegangen. Ich bin zu jung für Derek; er ist wie ein Junge, der nie erwachsen geworden ist. Er braucht den Madonnentyp.»

Wieder trat langes Schweigen ein. Dann wandte sich Lenox rasch und impulsiv dem Detektiv zu. «Aber ich habe Ihnen wirklich geholfen, Monsieur Poirot – jedenfalls habe ich Ihnen geholfen.»

«Ja, Mademoiselle. Sie haben mir den ersten Schimmer der Wahrheit gezeigt, als Sie sagten, dass der Mörder nicht unbedingt im Zug gewesen sein muss. Vorher hatte ich nicht gesehen, wie es gewesen sein könnte.»

Lenox holte tief Atem.

«Ich freue mich», sagte sie, «das ist wenigstens etwas.»

Aus der Ferne tönte der lang gezogene Pfiff einer Lokomotive.

«Das ist der verfluchte *Blaue Express*», sagte Lenox. «Züge haben etwas Gnadenloses, finden Sie nicht, Monsieur Poirot? Menschen werden ermordet und sterben, aber sie fahren einfach weiter. Ich rede Unsinn, aber Sie wissen, was ich meine.»

«Ja, ja, ich weiß. Das Leben ist wie ein Zug, Mademoiselle. Es geht weiter. Und es ist gut, dass es weitergeht.»

«Warum?»

«Weil der Zug irgendwann einmal das Ende der Reise erreicht, und dazu gibt es ein Sprichwort in Ihrer Sprache, Mademoiselle.»

«‹Am Ende der Reise treffen sich die Liebenden›.» Lenox lachte. «Für mich wird das nicht stimmen.»

«Doch – doch, es stimmt. Sie sind jung, jünger, als Sie selbst wissen. Vertrauen Sie dem Zug, Mademoiselle; der Lokomotivführer ist nämlich *le bon Dieu.*»

Wieder war das Pfeifen der Lokomotive zu hören.

«Vertrauen Sie dem Zug, Mademoiselle», murmelte Poirot wieder. «Und vertrauen Sie Hercule Poirot – *er weiß Bescheid.*»

Über dieses Buch

Im Februar des Jahres 1927 reist Agatha Christie mit ihrer siebenjährigen Tochter Rosalind auf die Kanarischen Inseln. Sie war zu dieser Zeit in schlechter Verfassung, denn die Scheidung von ihrem ersten Ehemann, Archibald Christie, stand bevor, und ihr fehlte die Lust am Schreiben. Nur widerwillig begann sie mit dem Roman *The Mystery of the Blue Train.* In ihrer Autobiographie lesen wir: «Was mich zur Eile antrieb, das war der Wunsch, besser gesagt die Notwendigkeit, ein weiteres Buch zu schreiben und Geld zu verdienen. Das war der Moment, wo ich vom Amateur zum Profi überwechselte. Ich nahm die Last eines Berufes auf mich, der darin besteht, dass man schreiben muss, auch wenn einem nicht danach zumute ist...»

Das Buch, das im März 1928 bei Collins in London herauskam, war ein großer Erfolg, die Kritiker sprachen ausnahmslos positiv über den Roman, den die Autorin selbst nie recht mochte. Die deutsche Erstausgabe erschien 1957 beim Scherz Verlag.

Die Widmung des Buches «Zwei hervorragenden Mitgliedern des O.F.D. gewidmet – Carlotta und Peter» bedarf der Erklärung. O.F.D. steht für «Order of the Faithful Dogs» («Orden der treuen Hunde»). Nach ihrer Scheidung wurde Agatha Christie von manchen «guten» Freunden im Stich gelassen. Halb ernst, halb im Spaß kam sie zusammen mit ihrer Sekretärin Charlotte Fischer, genannt Carlotta auf die Idee, Orden zu vergeben – wahre Freunde bekamen den «O.F.D. erster Klasse», andere den «Rattenorden dritter Klasse». Peter, dem das Buch gleichfalls gewidmet ist, dürfte ihr sprichwörtlich treuester Freund gewesen sein: ihr Drahthaar-Terrier.